취적취무 醉笛醉舞

설봉 新무협 판타지 소설

FANTASTIC ORIENTAL HEROES

취적취무 5
설봉 新무협 판타지 소설

초판 1쇄 찍은 날 § 2011년 9월 1일
초판 1쇄 펴낸 날 § 2011년 9월 8일

지은이 § 설봉
펴낸이 § 서경석

편집부장 § 권태완
편집책임 § 주소영

펴낸곳 § 도서출판 청어람
등록번호 § 제1081-1-89호
등록일자 § 1999. 5. 31
어람번호 § 제2-2146호

주소 § 경기도 부천시 원미구 심곡2동 163-2 서경B/D 3F (우) 420-822
전화 § 032-656-4452 팩스 § 032-656-4453
http://www.chungeoram.com
E-mail § chungeoram@chungeoram.com

ⓒ 설봉, 2011

ISBN 978-89-251-2614-2 04810
ISBN 978-89-251-2518-3 (세트)

※ 파본은 구입하신 서점에서 교환하여 드립니다.
※ 저자와 협의하여 인지를 붙이지 않습니다.
※ 이 책은 도서출판 청어람과 저작자의 계약에 의해 출판된 것이므로,
   무단 전재 및 유포·공유를 금합니다.

5

화부단행(禍不單行)
엎친 데 덮친다

취적취무
醉笛醉舞

한 잔 술에 취해 곡조 없는 피리를 분다.
술기운을 빌어 흥겨운 가락에 몸을 맡긴다.
취하자. 춤추자.
오늘 하루만, 이 시간만이라도 그저 취하고 웃어보자.

설봉 新무협 판타지 소설
FANTASTIC ORIENTAL HEROES

目次

第三十一章　반변(叛變)　　7
第三十二章　필연(必然)　　43
第三十三章　독련(獨練)　　81
第三十四章　배사(背師)　　115
第三十五章　농연(濃煙)　　147
第三十六章　출구(出口)　　185
第三十七章　조랑(刁娘)　　219
第三十八章　일별(一瞥)　　249
第三十九章　폭사(暴死)　　279
第四十章　　붕괴(崩壞)　　297

第四十一章
반변(叛變)

1

 추포조두가 한 말은 근거가 있다. 그저 뭔가 될 것 같다는 느낌에서 괜히 툭 던진 말이 아니다.
 당우는 진기를 쓰지 못한다. 다시 말해서 내공을 한 푼도 사용하지 못한다. 그러나 방금 전에 봤다시피 그는 치검령의 일촌비도를 피해냈다. 정상적인 무공을 소지하지 않았다면 도저히 벌어질 수 없는 일이다.
 당우는 진기를 쓴다.
 이 말은 방금 전의 말과 모순된다. 당우는 진기를 쓰지 못한다고 했으면서 다시 쓴다고 말할 수는 없다.
 한데 모순된 이 말이 정답이다.
 진기를 운용한다는 측면에서는 백지 상태다. 깨끗하다. 단한 방울의 진기도 움직이지 못한다. 하지만 경맥을 통하지 않은 진기, 단전에서 흘러나오지 않은 진기는 분명히 사용된다.

엄밀히 말하면 이건 진기가 아니다. 무인이 말하는 진기가 아니라 인간이 지닌 그 어떤 신비한 힘이다.

전장에 나간 군인이라면 사흘 내리 싸웠다는 소리를 한 번쯤은 한다. 눈 한 번 붙이지 못하고, 밥도 먹지 못하고, 쉬지도 못하고 죽을힘을 다해서 싸웠다고 말한다. 해가 뜨고 달이 뜨는 것도 의식하지 못하고 죽기 살기로 싸우다 보면 주변에 시신만 널려 있더라는 소리를 귀에 못이 박히도록 한다.

어느 정도 과장된 면은 있다. 하지만 실제로 전장에서는 그런 싸움이 종종 벌어진다.

인간은 사흘 내리 싸울 수 없다. 그만한 힘이 없다. 무인도 마찬가지다. 진기를 사용한다고 해도 한시도 쉬지 않은 채 사흘 내리 싸운다는 건 불가능하다.

하나 정작 싸움에 임하면 그런 싸움이 가능해진다.

사흘 동안 쉬지 않고 싸운다. 나흘이 될 때도 있고 닷새가 될 때도 있다.

인간의 한계를 넘어서 싸운다.

이것은 진기의 힘이 아니다. 그때쯤이면 진기는 모두 소진되고 남아 있지 않다. 육신의 힘도 아니다. 근육과 힘줄에서 나오는 힘은 진기가 소진되기 전에 이미 끊긴다.

그런데도 싸운다. 싸울 수 있는 힘이 생긴다.

인간이 파악하지 못하는 제삼의 힘이 존재한다는 소리다.

추포조두는 당우에게서 그런 면을 봤다. 육신의 힘을 벗어나서 끊임없이 솟구치는 진기 아닌 진기를 봤다.

그 힘은 진기보다 훨씬 고차원적인 것이다.

물론 당우가 그런 힘에 대해서 정확한 정의(定義)를 가지고 있는지는 의문이다. 아마도 갖고 있지 않을 가능성이 높다. 본인도 모르게 우연히 찾은 능력일지도 모른다.

어쨌든 그는 길을 열어주었다.

"조금 더 살펴보자."

추포조두는 묵혈도의 손을 잡고 동굴 속을 걸었다.

당우는 어디에 있을까? 지금 이 시간 즈음에는 늘 같은 장소, 같은 자리에 있다.

장소는 홍염쌍화가 거주하는 동혈 앞이다. 하면 왜 같은 자리를 고집하나? 홍염쌍화에게 자신의 위치를 알려준다. 그래야 공격이 시작된다.

어둠 속에서 무기지신의 힘은 절대적이다.

당우가 무공까지 겸비한 상태에서는 더더욱 상대하기 어렵다.

"있죠?"

"있어. 차분히 앉아서 살펴보자고."

추포조두는 당우가 보이는 곳에 자리를 잡고 앉았다.

홍염쌍화의 동혈에서 푸른빛이 일렁거린다. 아주 미세한 빛이 흘러나와 당우를 비춘다.

그런 빛이 없었다면 당우를 찾을 수 없었으리라.

당우는 고민했다.

'어떻게 한다……'

만정을 벗어날 수 있는 길은 홍염쌍화에게 있다. 그녀들은 십 일에 한 번씩 바깥세상과 소통한다.

그녀들은 만정에 놀러 온 게 아니다. 무언가 할 일이 있어서 온 것이다. 한데 지난 삼 년간은 자신에게 가로막혀서 아무것도 하지 못했다.

아니, 하고 싶은 것을 모두 했나?

동구에서 먹이가 아닌 마인이 투하되면 그녀들이 제일 먼저 나타나 간을 본다.

살릴 놈인가, 죽일 놈인가.

거의 대부분 살려주지만, 즉석에서 검을 찔러 넣는 경우도 있다.

딱 두 번 그런 경우가 있었다.

편마는 죽은 자를 알아봤다.

사향색마(麝香色魔), 그리고 음색마군(淫色魔君).

모두 색이라면 달통한 자들이다.

그들은 혈도가 뭉개져서 만정에 투하되었는데, 하필이면 홍염쌍화를 만나서 먹잇감으로 전락해 버렸다.

그들 외에는 죽인 자가 없다. 누가 투하되었는지 살피기는 했지만 별다른 제재 없이 살려두었다.

그러면 그녀들은 이곳에서 무엇을 하고 있는 것인가?

어쨌든 그녀들에게 출구가 있다.

당우의 고민은 여기에 있다.

본격적으로 홍염쌍화와 겨루면 지지 않을 자신이 있다. 그럼에도 팽팽한 접전을 유지해 온 것은 귀영단애의 무공을 살피고 훔쳐 배우기 위해서였다.

그의 일신에는 은가 세 곳의 무공이 응집해 있다. 풍천소옥, 적성비가, 귀영단애. 어느 한 곳만 해도 바닥을 알 수 없는 무공들이 종류별로 분류되어서 차곡차곡 쌓여 있다.

체계적으로 수련한 무학은 아니다. 단편적으로 눈으로 보고 몸으로 겪은 것들만 수련했다. 그렇기 때문에 그가 펼칠 수 있는 부분도 지극히 일부분이다.

그런 무공으로는 진기의 연결이 되지 않는다. 당연히 위력도 떨치지 못한다. 기다란 뱀을 그려야 하는데 몸뚱이 한 부분만 싹둑 잘라서 그린 것과 같다.

그래도 당우의 손에서 펼쳐지면 위력이 된다.

단편적인 무공일망정 생사(生死)를 걸고!

이러한 마음으로 펼치면 아무리 미약한 손짓도 절공으로 둔갑해 버린다.

그리고 또 하나, 상대의 무공을 훔쳐 배우면 기수식만 보고도 어떤 공격이 가해질지 예측할 수 있어서 좋다.

사실 이 부분에서 덕본 게 많다.

당우는 홍염쌍화가 두 발을 움직이는 즉시 처음부터 끝까지 이어질 공격 형태를 예측해 낼 수 있다. 하도 많이 싸워서 그 정도는 눈 감고도 해낸다.

 이런 지경이니 본격적으로 싸운다면 어찌 지겠는가.

 그래도 홍염쌍화라는 장벽을 뚫지 않았다.

 첫째는 나가봤자 별로 할 것이 없다. 인육을 먹고 썩는 냄새를 풀풀 풍기는 마인들이 득실거리지만 이곳에서는 무공을 수련할 수 있다.

 그는 지옥의 끝에서 성장과 발전을 거듭했다.

 그리고 결정적으로 홍염쌍화를 뚫지 않은 이유는 바로 마인들 때문이다.

 그는 마인들의 심성에 자신을 갖지 못했다.

 이들이 풀려나면 어떻게 될까? 세상은 어떤 식으로 바뀔까? 이들이 밖에 나가면 소고기를 먹을까, 사람 고기를 먹을까? 만정에 갇혔던 분노감은 어떤 식으로 터뜨릴까?

 홍염쌍화를 뚫고 탈출로를 연다고 해도 막상 마인들을 밖에 내보낼 자신이 서지 않는다.

 그러나 이제는 결정을 내릴 때가 됐다.

 편마가 죽었으니 무공 수련도 끝이다.

 더 배울 것도 없다. 이제는 자신 스스로 수련하는 것만 남았다. 편마가 살아 있어서 발전 과정을 지켜봐 주면 좋을 테지만, 이미 죽고 없는 것을 어쩌랴.

 자신 혼자서 수련하기 시작한 지는 꽤 오래되었다.

 날짜를 헤아려 본 적은 없지만 아마도 약 일 년 정도는 배우는 것 없이 수련만 하지 않았나 싶다.

만정에 더 있을 이유가 없다.

사흘에 한 번씩 들리는 비명 소리도 듣기 싫고, 먹은 것 없는 뱃속에서 치미는 토악질도 견디기 싫다. 인육을 먹어서인지 생선 썩는 냄새를 풍기는 마인들의 체취도 싫다.

쉐엑! 쉐엑!

어느새 다가온 홍염쌍화가 공격을 시작했다.

이제는 그녀들도 악착같이 당우를 죽이고자 하는 생각은 버렸다. 일 년 정도는 정말 죽이려고 애를 썼고, 일 년 정도는 마지못해서 끌려 다녔고, 지금은 하루를 보내는 놀이 정도로 생각한다.

그녀들은 당우를 잡지 못한다는 사실을 깨달았다.

무기지신이 숨고자 하면 바로 옆에 있어도 찾지 못한다. 야광주의 빛이 횃불처럼 밝은 게 아니라서 한 발짝만 떨어져 있어도 감지하지 못하고 지나치는 경우가 허다하다.

만정에서 당우를 어찌할 수 있는 사람은 없다.

그러나 밖에 나가면 달라진다. 밝은 빛이 있는 곳에서는 전세가 단번에 역전된다. 그때는 무기지신이 쓸모없어진다. 눈으로 볼 수 있는데 굳이 감각에 의존할 필요가 없다.

빛을 끌어들여야 한다.

한데 그런 요구는 거절당했다. 그녀들이 가지고 있는 야광주로 어떻게든 해결하라는 명령이다. 더 이상의 빛은 줄 수 없다고 한다. 그러면서 당우의 죽음을 재촉한다.

삼 년 전에 제일 먼저 명이 떨어졌고, 그 후에는 매달 한 번 꼴로 독촉을 해온다.

밖에 있는 사람들은 홍염쌍화가 일부러 죽이지 않는 줄로 안다. 그녀들이 죽일 수 없다는 사실을 통보했지만 믿지 않는다.

무기지신이 어떻게 존재할 수 있는가!

이것이 그들의 힐문(詰問)이다.

답답한 노릇이지만 실제로 있는 것을 어쩌랴. 잡을 수조차 없는데 어떻게 죽이랴.

그녀들은 있는 사실을 그대로 적시(摘示)했다.

그래도 밖에서는 매번 죽음을 재촉한다. 귀영단애에 책임을 묻겠다는 협박까지 취해온다.

도무지 이해할 수 없다.

귀영단애를 쓰려면 명문 중에 명문이어야 한다. 아주 많은 은자를 지불해야 하기 때문에 어중간한 문파로서는 귀영단애의 위치를 알고 있어도 이용할 생각을 못한다.

그만한 문파에 있는 사람이 별 볼일 없는 꼬마를 왜 죽이려고 할까? 지금이라면 모르겠다. 삼 년 전에는 정말 볼품없었다. 무기지신만 아니었다면 진작 마인들의 먹이로 전락했을 게다.

어쨌든 그들은 계속 죽음을 요구한다.

그래서 첫 번째 공격에는 힘이 실린다.

오늘은 어떻게 죽여볼 수 있지 않을까, 잡아낼 수 있지 않을까 하는 기대를 걸어본다.

위치를 정확하게 파악했을 때 잡아채야 한다.

당우가 움직이기 시작하면 전세가 역전된다. 오히려 자신들이 쫓기는 입장이 된다.

쒜에에엑!

연검(軟劍) 네 자루가 영사(靈蛇)처럼 몸을 비틀며 달려들었다.

홍염쌍화는 무기를 수시로 바꿨다.

어떤 때는 창을 썼고, 어떤 때는 여인에게는 무리가 아닌가 싶은 대도(大刀)를 쓰기도 했다.

다양한 무기들이 공급되고, 또 회수해 간다.

이번에는 연검이다. 검날이 매미 날개처럼 얇아서 검날 반대쪽이 보이는 듯하다.

파앗!

당우는 연기처럼 사라졌다.

방금 전까지만 해도 턱을 괴고 앉아 있었는데 신기루가 꺼지듯 꽉 사라졌다.

"치잇!"

어화영이 이 앓는 소리를 냈다.

"지판탑하거(地板塌下去). 신무신법(迅霧身法)이야."

어해연이 차분하게 말했다.

"이게 그것까지 훔쳐 배운 거야!"

"배울 수 있는 건 닥치는 대로 배우잖아."

"내가 이해할 수 없는 건…… 내공심법도 없고 운기 요결도 모르면서 어떻게 신무신법을 펼칠 수 있냐는 거야."

"잡으면 물어봐."

"계집아! 놀리냐!"

"휴우!"

어해연이 연검을 내려놓고 망연자실, 어둠 속을 쳐다봤다.

계속 공격을 하고 싶어도 어디 있는지 찾지를 못해서 멈출 수밖에 없다.

이런 경우는 없다. 이러니 밖에서도 믿지 않는 것이다.

그때, 그녀의 정강이 가운데 부분 중도혈(中都穴)에 무엇인가 딱딱한 것이 닿았다.

어해연은 꼼짝도 하지 못했다.

중도혈을 압박하는 것은 당우의 석도(石刀)다. 끝을 송곳처럼 갈아서 석도라기보다는 석추(石錐)에 가깝다.

'이놈이!'

당우가 처음으로 반격했다. 예전에는 이런 일이 없었는데, 그저 쫓고 쫓기는 놀이만 즐겼는데 처음으로 은신술에 이어서 기습을 취해왔다.

물론 당우의 석추 따위는 신경 쓸 필요가 없다.

벌써 족궐음간경(足厥陰肝經)에 진기가 흐르고 있다. 두 정강이가 바위처럼 단단해졌다.

진기 없는 손으로 석추를 찔러봤자 한 치도 파고들지 못할 것이다.

"오늘따라…… 왜 무리하지?"

어해연이 발밑을 쳐다보며 말했다.

당우는 그녀의 발목을 한 손으로 잡고 다른 손으로는 석추로 중도혈을 눌렀다.

이것으로 이겼다고 생각하는 듯하다.

경험 부족이다. 강호 경험이 조금이라도 있다면 재빨리 중도혈을 치고 조금 더 깊은 혈을 위협할 것이다.

"물을 게 있어요."

당우가 침착하게 말했다.

"물어봐. 뭐가 궁금한데?"

"출구가 있어요?"

"없어."

"진심입니까?"

"진심이야. 없어. 밖에 연통하는 걸 봤구나? 그게 나가는 문으로 보였니?"

"아뇨. 하지만 언젠가는 나갈 것 아네요?"

"안 나가."

"네?"

"우린 여기 귀신이 되기로 하고 들어온 거야. 여기서 한 발짝도 안 나가. 궁금증이 풀렸니?"

그녀가 묘한 웃음을 지으며 말했다.

그녀들에게도 만정을 벗어날 수 있는 기회가 있었다. 삼 년 전, 당우를 죽이라고 통보가 왔을 때 명령대로 이행했다면 그 즉시 만정을 떠날 수 있었다. 그 명령은 일상적인 명령이 아니었다. 임무 변경이었다.

은자는 한 가지 부림만 받는다.

원래 그녀들이 맡은 임무는 만정 마인들을 통제하라는 것이다. 그것이 당우를 죽이라는 명령으로 바뀌었다.

선택은 그녀들의 몫이다.

작은 임무에서 큰 임무로 바뀌는 것은 삶은 호박에 바늘도 안 들어갈 소리이지만, 큰 임무에서 작은 임무로 바뀌는 것은 얼마든지 수용할 수 있다.

삼 년 전의 명령은 그런 것이었다.

홍염쌍화는 그 명령을 수행하려고 했다. 당우를 죽이고 만정을 벗어나고자 했다. 누구라도 그렇지 않겠는가. 한 번에, 일말의 망설임도 없이 무기지신을 잡아챘다면 그럴 수 있었으리라.

질질 시간을 끈 것이 실수다.

어느 순간부터 그녀들은 당우를 죽일 수 없었다. 무기지신 때문이 아니다. 당우도 인간이다. 인간인 이상 방심할 때가 있다. 노련한 홍염쌍화가 그런 틈을 놓칠 리 있겠는가. 하지만 잡을 수 있어도 잡지 않았다.

그녀들은 작은 임무를 버리고 큰 임무를 택했다.

만정을 벗어날 수 있는 유일한 기회를 저버렸다.

왜 그랬을까? 그런 점을 안다면 지금처럼 '언젠가 나갈 것 아니냐'는 말은 묻지 않았을 게다.

"정말… 여기서……."

당우는 충격을 받은 모양이다.

그녀들이 마치 제집에 있는 것처럼 편하게 생활하니까 언젠가는 나갈 것이라고 생각했나 보다.

당우를 죽이지 못한 이상 원래 계약을 충실히 이행할 일만 남았다.

계약 조건이 만정귀신이다. 만정에서 죽기 전에는 벗어날 수 없다. 홍염쌍화 같은 사람들을 만정에서 평생 썩히려면 어마어마한 은자가 소용되었을 텐데…… 그런 일을 벌였다.

그리고 그녀들은 귀영단애의 명령을 무조건적으로 받아들였다. 이것이 은자들의 삶이며, 숙명이다.

귀영단애가 그 돈으로 무엇을 할지는 알 바가 아니다. 자신들을 누가 고용했는지도 생각할 필요가 없다.

한 가지 명령을 받았고, 이행한다.

그러면 된다. 끝이다. 더 이상 깊이 간여할 것도, 생각할 것도 없다.

그러면 자신은 뭔가? 인생을 두어 번 사는 것도 아니고 그렇게 노예처럼 살다 가기에는 너무 한스럽지 않은가. 안타깝지 않나. 자기 인생은 어디 있는가!

없다. 은자에게 자기 인생 따위는 없다.

이런 점은 치검령이나 추포조두도 마찬가지다.

그런 삶들이기에 만정 같은 지옥에도 기꺼이 내려올 수 있는 것이다. 아니, 이보다 더한 곳이라도 간다.

사실, 그 누구라도 만정 같은 곳에서 한평생을 썩으라면 차라리 지금 죽이라는 소리가 먼저 나올 것이다. 하물며 홍염쌍화 같은 여인들에게야 말해서 무엇하랴.

그녀들은 주안술을 익혔다. 평생 젊음을 유지할 수 있다. 현재 그녀들의 나이가 어떻게 되든 간에 이제 겨우 스물밖에 되지 않았다고 해도 믿을 판이다.

그런 여인들이 만정에서 평생을 보내야 한다는 것은 고문 중에서도 상고문이다.

그래도 명령을 받아들였다.

지옥에서 거주하며, 명령받은 일을 이행한다.

그것은 아주 간단하다. 어쩌다가 내리는 명령인데 거의 대부분 특정인물을 죽이라는 명이다. 그것도 자주 있는 것이 아니고 삼사 년에 한 번 꼴로 떨어진다.

그 외에 특별한 명령이 하달된 경우는 없다.

너무 심심하다. 할 일이 없다.

그래서 그녀들은 놀이를 선택했다. 투하된 마인들을 먼저 점검하고, 마음에 들지 않는 자는 죽인다.

처음에는 거의 대부분 죽였다.

동구에서 투하된 마인뿐만이 아니라 만정에 거주하는 마인들 중에서도 마음에 들지 않는 자는 무조건 쳐 죽였다.

그러자 또 다른 명령이 떨어졌다.

절대적인 위협거리가 되지 않는 자는 죽이지 마라. 이것은 조건이 아니라 명령이다. 차후, 명을 어길 시에는 귀영단애에 책임을 묻겠다. 마인들을 죽이지 말고 보존하라.

정말 더럽고 치사한 명령이다. 아니, 이해할 수도 납득되지도 않는 명령이다.

마인들을 만정에 넣었다는 것은 죽든 살든 신경 쓰지 않겠다는 뜻이지 않나. 한데 보존하라니. 살려두라니.

인육이 떨어진다. 식량으로 공급된다.

개, 돼지, 말, 소…… 먹을 것이 많은데 하필이면 사람이다.

자신들을 고용한 집단은 결코 정도인이 아니다. 만정을 만든 검련 또한 비정상이다. 그렇지 않고서야 이토록 사악한 짓을 할 수가 없다. 만정에서 벌어지는 일을 세상이 알면 검련은 무사하지 못한다. 사마 중에 사마가 된다.

검련이 마인을 보존하는 데는 분명히 어떤 목적이 있을 것이다.

소나 말을 넣어주기는 쉽다. 그런 동물들은 구하기도 쉽다. 하나 사람을 넣는다는 것은 어렵다. 사람은 어렵다. 사람은 팔고 사는 물건이 아니기 때문에 납치라는 수단을 써야 한다.

식량으로 공급된 사람들은 무공을 모르는 평범한 사람들이기 때문에 십중팔구 납치당했을 가능성이 높다.

검련은 힘든 일을 이어가고 있다.

특정한 목적이 있지 않고서야 이럴 리 없다.

알겠는가? 이 비밀을 고수하기 위해서라도 만정에 들어온 사람은 그 누구도 나가지 못한다.

홍염쌍화는 그런 사실을 진작 알아챘다.

그녀들뿐만이 아니다. 만정에 있는 마인들도 눈치가 있다.

혈도가 뭉개졌다고 머리까지 바보가 된 것은 아니다. 만정에 들어와서 하루나 이틀 정도 돌아가는 상황을 살피면 여기서 무슨 일이 벌어지고 있는지 대충 눈치챌 수 있다.

모두들 아는 사실을 당우만 모른다.

오직 무공 수련 외에는 일절 신경 쓰지 않았기 때문이다.

보고 싶지 않은 광경은 보지 않았고, 하고 싶지 않은 일은 하지 않고 견뎌왔다. 즉, 만정에서 벌어지는 대부분의 일에 눈 감고, 귀 막고 살아왔다.

아무도 나갈 수 없다.

삼 년 전, 당우를 죽이라는 명령을 이행했다고 해도 검련이 그녀들을 풀어줬을지는 의문이다.

삼 년 전의 명령은 형식상 지금까지 이어져 오고 있다. 그녀들과 당우는 끊임없이 목숨을 노리는 관계다.

지난 삼 년 동안 억지로 끌려 다닌 것만은 아니다. 그녀들도 즐겼다. 당우가 성장하는 모습, 무공이 늘어가는 모습을 보면서 그녀들끼리 깔깔거리며 이야기를 나누기도 했다.

그런 아이를 죽여야 한다.

어차피 명령이니까. 귀영단애의 은자이니까. 돈에 팔린 몸이니까. 이것이 숙명이니까.

형식상 홍염쌍화와 당우는 목숨을 노리고 끊임없이 싸워야 한다.

'중도혈을 제압했다고 다 이긴 것처럼 방심하다니! 못난……'

자고로 무공을 수련한 자, 한시도 방심하면 안 된다. 설혹 부모자식이 죽은 순간일지라도.

슛!

강철 같은 진기가 족궐음간경으로 밀려든다.

그 순간, 중도혈을 제압했던 석추가 밀려났다. 그리고 번개같이 쳐들린 발길이 당우의 가슴을 걷어찼다.

퍼억!

거의 무방비 상태로 생각에 잠겨 있던 당우는 가슴을 정통으로 얻어맞고 나가떨어졌다.

"엇!"

"저, 저……!"

지켜보던 추포조두와 묵혈도가 깜짝 놀라 소리쳤다.

지금까지 이런 일은 한 번도 없었다. 당우가 가슴을 얻어맞다니. 방심을 하다니!

쐐엑!

어화영이 어둠 속으로 미끄러져 들어가는 당우를 뒤쫓았다. 하나, 그는 이미 거센 힘에 떠밀려 어둠 어딘가로 나가떨어졌다. 그리고 기척을 흘리지 않았다.

"계집아! 발로 짓눌렀어야지, 걷어차!"

어화영이 소리를 빽! 질렀다.

"죽었을 거야."

어해연이 허탈한 음성으로 말했다.

그녀도 당우가 정말 맞을 줄은 몰랐다. 어떻게든 피할 줄 알

왔다. 지금까지 늘 그래 왔으니까.

"그놈이 그렇게 간단한 놈이야!"

"삼기철각(三起鐵脚)이야. 끝났어."

"저놈은 삼기철각도 배웠단 말이야!"

'그렇지! 삼기철각을 배웠어!'

어해연은 당우가 살았을지도 모른다는 생각을 했다.

전력을 다한 일격이었다.

이왕 죽일 바에는 고통이나마 없애주자, 단숨에 죽이자, 아픔도 모르고 무슨 일이 있었는지도 모르게 죽이자.

가슴뼈가 부스러지고, 부러진 뼈들이 심장이나 간을 손상시키고, 최종적으로 심장이 뭉개지는 철각을 썼다.

하지만 삼기철각을 안다면 발길이 다가오는 순간에 약간만 몸을 비튼다면 중상은 당했을지 몰라도 죽지 않았을 가능성이 높다. 상대가 악착같은 당우이기에 가능성이 더욱 높다.

쒜엑!

어해연은 불문곡직 야광주도 지니지 않은 채 어둠 속으로 뛰어들었다.

"앗! 계집아!"

어화영이 뒤에서 소리쳤지만 그녀는 이미 어둠에 묻힌 후였다.

2

사사삭! 사사사삭……!

어둠 속에서 벌레들이 재빠르게 기어간다. 아니, 달려든다.

어해연은 만정에 들어온 지 거의 이십여 년 만에 처음으로 어둠과 직면했다.

치검령과 추포조두는 들어오자마자 어둠을 겪었다. 진기를 잃지 않은 무공으로 진기 잃은 무공과 맞닥뜨렸다. 그리고 진기가 능사가 아니라는 사실을 비로소 알았다.

밝은 세상에서는 상상할 수 없는 일이 이곳에서는 당연한 것처럼 벌어진다.

모든 게 그렇다. 바깥세상의 상식으로 어둠을 판단해서는 안 된다. 식인도, 무공도, 마인들이 겪고 있는 모든 것을 임의로 판단하면 큰코다친다.

'아차!'

그녀는 실수를 직감했다.

어둠에 들어온 이상 그녀의 무공은 장난감이 되어버렸다. 이제 그녀는 수십 명의 당우와 싸워야 한다.

은가 무인들이 침입, 암살 등등의 목적으로 수련하는 은신술!

마인들은 생존을 위해 그런 방식의 무공을 터득했다. 터득하면 살고 터득하지 못하면 뜯어 먹힌다. 당신이라면 어떻게 하겠는가. 어렵다고 하지 않겠는가.

"후우웁!"

숨을 길게 들이쉬어 마음부터 가라앉혔다.

마인들의 은신술이 신기에 가깝다는 사실은 인정한다. 하지만 진기가 없다. 그러니 움직이는 데도 한계가 있을 것이다. 미약한 소리라도 흘릴 것이다.

'정신을 집중하자! 호랑이에게 물려가도 정신만 차리면 산다고 했으니. 이놈들!'

"계집아!"

어화영이 그녀를 불렀다.

어해연은 대답하지 못했다.

그리 멀지 않은 곳에서 야광주의 푸른빛이 넘실거린다.

거리로 따져 보면 십여 장밖에 안 된다. 마음먹고 달리면 한달음, 신법을 펼치면 눈 깜짝할 사이에 다다를 수 있다.

하지만 그 거리가 지금은 천 리로 둔갑했다.

십여 장 사이에 수많은 마인들이 우글거린다.

그들은 침착하게 기다린다. 자신이 이성을 잃고 막무가내로 달려가 주기를 바란다. '그저 한달음이다'라는 생각으로 달려갔다가는 중도에서 난자당할 터이다.

그녀는 미련을 버렸다.

'어차피 가지 못한다면……'

그래서 대답도 하지 않았다.

자신이 대답을 하면 이번에는 어화영이 이성을 잃고 달려온다.

그녀가 야광주를 들고 있다지만 다급한 마음이 그 어떤 화근을 불러올지는 아무도 모른다.

침착! 침착! 침착!

그녀는 두 눈을 감았다. 어차피 어둠 속에서는 아무것도 볼 수 없다. 새카만 어둠뿐이다. 하나 두 눈을 뜨고 있으면 눈은 무엇인가를 보기 위해서 볼 만한 것을 끊임없이 찾는다.

그런 노력까지도 죽인다.

두 귀만 남기고 모든 감각을 죽인다. 그리고 소리가 들리는 즉시 반응한다.

은자들은 이런 수련을 한다.

눈이 부상당한다거나 하는 비상 사태를 대비해서 생존의 무학을 수련해 놓는다.

쒜엑!

무언가가 날아온다.

'이놈을 칠 수 있다. 하지만 이놈을 치면…….'

그렇다고 날아오는 것을 치지 않을 수도 없다.

촤라라랑!

손에 들린 연검이 쇳소리를 울렸다.

퍽! 퍼억!

연검 두 자루는 날아오는 물체를 베었다. 가로로 한 번, 그리고 수직으로 한 번, 네 조각으로 잘라냈다.

손에 둔탁한 느낌이 전해진다.

꼭 사람을 베었을 때의 느낌인데, 사람은 아니다. 뼈를 잘랐을 때의 느낌인데, 사람은 오지 않았다. 어떤 물체를 던졌다. 분명히 사람이 아니라…….

'머리!'

그렇다. 사람 머리다. 얼마 전에 먹잇감이 들어왔는데, 아직 머리를 뜯어 먹지 않은 것 같다.

그 머리가 달려들었다.

"크크크!"

등 뒤에서 음침한 소리가 들렸다.

어해연이 사람 머리에 잠깐 정신이 쏠린 사이, 마인들이 어느새 지척에 다가섰다.

'아!'

어해연은 탄식했다.

마인들은 보통 사람들이 아니다. 절정 마공을 수련했던 무인들이다. 정도와 가는 길이 다르고 심성이 다르기 때문에 배척되기는 했지만 무공만큼은 약하지 않았다.

그들은 자신들의 경험에 비추어서 은신술을 수련했다.

어떻게 다가와야 정상적인 무인과 싸울 수 있는지를 연구했다. 그리고 최적의 답을 찾아냈다.

어해연이 벨 수 있는 자는 한두 명이다. 하나 그녀가 한두 명을 죽일 때 다른 자들의 이빨이 살점을 뜯어내리라.

이들은 그만큼 가까이 다가왔다.

그래도 그냥 죽을 수는 없다. 한두 명이라도 베고 죽으련다. 아니, 더 죽이고 죽겠다.

어해연은 다시 눈을 감았다.

눈을 꼭 감고 있었는데 머리를 베는 동안 자신도 모르게 벌쩍 눈이 뜨였다. 눈을 떠봤자 볼 것도 없는데, 보이는 게 전혀 없는데 그래도 본능적으로 떠진다.

마인들은 진기를 지닌 무인들이 어둠 속에서 이런 식으로 싸울 것이라는 것을 예측했다. 그래서 접근을 할 때 최대 난점이 소리와 냄새를 죽인다는 것이었다.

소리만 죽일 수 있다면 시간은 아무리 늦어도 괜찮다. 어차피 만정에서는 할 것도 없다. 도주할 공간도 없다. 시간과 공간은 마인들 편이니 느긋하게, 최대한 천천히 접근하면 된다.

냄새도 관건이다.

마인들의 몸에서는 구더기 썩는 냄새가 풍긴다. 육신을 먹은 탓도 있지만 보다 근본적으로 씻지를 못해서 그렇다. 돼지처럼 남이 배설물을 갈겨놓은 데 몸을 눕히기도 한다.

마인들도 보이지 않는 것은 마찬가지다.

시간이 아무리 흘러도 절대 어둠은 적응되지 않는다. 눈이라는 것은 빛이 있어야 사물을 본다. 티끌만 한 빛이라도 있어야 한다. 그게 없다면 장님이나 마찬가지다.

아무 곳에서나 뒹굴고, 보는 사람이 없으니 씻지도 않고, 그러다 보니 피부병이 만연하고, 피고름이 흐르고, 그러면 냄새는 더욱 지독해진다.

마인들은 만정 전체를 악취 천국으로 만들었다.

사방이 악취 냄새로 진동한다. 썩은 배설물 냄새 때문에 머리가 아프다. 먹다 남은 시신 조각도 땅에 묻지 않는다. 그냥 버려둔다. 음습한 습기에 곰팡이가 피고, 썩어가도록 내버려

둔다.

마인들은 악취와 하나가 되었다.

아니, 만정에서 이틀만 생활하면 후각 기능을 상실하고 만다. 아무리 둔한 후각일지라도 완전히 마비되어 버린다. 예민한 후각을 가졌다면 미쳐 버릴 것이다.

마인들은 진기를 쓰지 못한다 뿐이지 싸움을 못하는 건 아니다. 아주 간악하게, 지독하게, 더럽게 싸우는 방식을 찾아냈고, 몸에 붙였다. 또한 같은 마인들을 상대로 끊임없이 사용한다. 걸리면 죽고 피하면 사는 치열한 싸움이다.

츠으으읏!

진기를 사지백해로 흘려보냈다.

손, 발, 어깨, 어느 쪽이든 즉각 사용할 수 있게 만반의 준비를 갖췄다.

"크크크크!"

아까부터 등 뒤에서 음침한 괴소가 울린다.

일부러 신경을 자극하고 있다. 뒤돌아보기를 바라면서 터뜨린 괴소다. 아니면 심리적인 허점을 노리고 일부러 괴소를 터뜨린 것인지도 모른다.

멍청한 놈이 아니고서야 소리를 흘리랴. 그러니 일부러 괴소를 터뜨리는 건 너를 유혹하고자 하는 행위다. 자, 뒤돌아볼래? 돌아볼 수 없지? 크크크! 그런 점을 노리고 일부러 괴소를 터뜨린 것이라면, 뒤돌아보지 않으면 낭패를 낭할 텐데? 어때? 뒤돌아볼래?

어해연은 조용히, 조용히 숨을 골랐다.

 어차피 죽는다. 등 뒤에 있는 놈을 죽이고 다른 자들에게 죽는 방법이 있다. 다른 방향에서 덮쳐 오는 놈을 죽인 후에 뒤의 놈에게 죽는 방법도 있다.

 마찬가지다. 다를 게 없다.

 어해연은 뒤에서 들리는 웃음소리를 무시했다. 그리고 오로지 공격해 오는 찰나의 소리에만 집중했다.

 쒜엑!

 무엇인가 달려든다.

 이번에는 무작정 검을 쳐내지 않았다. 마인들이 가까이 있기 때문에 신중을 기해야 한다. 그때,

 차라락! 촤악!

 "컥!"

 뭔가 쇠사슬이 풀리는 것 같은 소리가 들리고, 휘감기는 소리도 들리고, 그리고 마지막으로 비명이 터졌다.

 이 세 가지 소리가 거의 동시에 터졌다.

 이 순간, 어해연도 여러 가지 생각을 동시에 했다.

 '살아 있어!'

 이건 반가움이다. 일격을 다해서 차낸 각법을 맞고도 죽지 않고 살아 있는 것은 기적이다.

 '진짜?'

 이건 당황이다. 순간적으로 들린 소리는 사람 머리를 집어던진 것이 아니라 진짜로 공격해 오는 소리였다.

그 소리를 구분해 내지 못했다.

육중한 무게를 지닌 사내가 달려들었는데도 겨우 사람 머리를 던진 것 같은 소리밖에 울리지 않았다.

자칫했으면 한 명도 베지 못하고 죽을 뻔했다.

그녀는 비로소 치검령과 추포조두를 이해했다.

그들은 무공을 지니고 있다. 만정에 들어설 때는 깊은 충격을 받아서 전신 진기를 모두 활용하지 못했지만 삼 년이 지난 지금은 십 할 활용할 뿐만 아니라 더욱더 깊어졌다.

만정에서는 할 것이 없다.

어둠 속에서 할 것이라고는 오직 무공을 참오하는 것과 운공조식밖에 없다.

이곳은 먹을 것을 구하려고 애쓸 필요가 없다. 워낙 먹을 것이 없기 때문에 구한다고 해서 구해지는 것이 아니다. 공급해 주는 사람을 먹거나 음습한 동굴 바닥에 기어다니는 벌레들, 요깃거리로는 턱도 없는 작은 벌레들을 잡아먹고 버텨야 한다.

그 외에는 먹을거리가 없다.

쥐? 없다. 박쥐? 없다.

예전에는 살이 붙어 있을 만한 것들이 살았는지 모르지만 지금은 다 잡아먹고 없다. 아니, 전부터 살지 않았는지도 모른다. 만정은 먹이사슬이 존재할 수 없는 환경이다. 동물 같은 것이 존재할 수 있는 환경이 아니다.

그러니 움직일 거리가 전혀 없다.

마인들은 이야기도 삼간다. 음성을 내어서 위치를 노출시키면 배고픈 자들의 공격 목표가 되기 때문이다. 서로 간에 친분도 나누지 않는다. 근본적으로 그들은 서로를 믿지 않는다.

오직 무공 수련에만 몰두할 수 있는 최악의 환경이다.

치검령이나 추포조두는 내공도 깊어졌고, 초식에 대한 이해도 역시 한 단계는 진전되었다.

그런데도 마인들에게 쩔쩔맨다.

그 이유가 이런 점에 있다. 자신을 숨길 줄 아는 들쥐 무리에게는 어떠한 무공도 무용지물이다.

'당우가 날 위해서?'

이것은 묘한 느낌이다.

자신은 당우를 죽여야 한다. 죽이려고 했다. 그런데 자신이 살수를 써놓고 살아 있을 수도 있다는 생각이 들자 무턱대고 어둠 속으로 뛰어들었다.

평소에는 절대 하지 않는 짓이다.

만정에서 이십여 년 동안이나 생활했다. 야광주가 있어야만 신으로 군림할 수 있다는 것 정도는 뼈에 각인시켰다.

그런데도 한순간에 모든 것을 망각했다.

당우를 염려하고 있다. 놈이 친근하게 여겨진다.

그런데 당우도 그랬던 모양이다.

엄밀히 말하면 그는 자신들 편에 설 수 없다. 마인들 편에 서야 한다. 지난 삼 년 동안 끊임없이 시비를 걸어온 것도 편마와 사구작서 같은 마인들을 보호하기 위해서였지 않은가.

괜히 시비를 걸어온 게 아니다. 그렇지 않으면 자신들이 나서서 편마를 죽일까 봐 그랬던 게다.

편마가 죽자 마인들은 그를 수괴로 모시기 시작했다.

만정의 조직 구조가 그런 식으로 흘러가고 있다.

당우는 어둠의 무공을 안다. 진기 무공도 쓴다. 그러면서 은신술의 최고봉인 무기지신을 자유자재로 구사한다.

그가 아니면 수괴가 될 사람이 없다.

편마가 위중하다는 말을 들었을 때, 차후 만정은 당우의 손에 좌우될 것이라고 생각했다. 그리고 그렇게 되었다.

그런데 수괴로 올라서자마자 자신을 위해서 마인을 죽였다. 공격해 오는 마인을 채찍으로 휘감아 벽에 던져 버렸다.

탁! 타탁! 탁탁탁!

어해연의 발밑에서 바윗돌 부서지는 소리가 울렸다.

당우가 그녀의 발밑에 있는 바위를 노리고 석도를 날렸다. 그녀를 노린 게 아니라 바위를 노렸다.

목적은 소리에 있다. 아니나 다를까.

쒜엑!

야광주를 든 어화영이 눈치를 채고 쏜살같이 달려왔다.

사실 어화영의 이런 행동도 매우 위험하다. 야광주가 어둠을 따라오지 못한다. 빛이 어둠을 물리치기 전에 그녀의 육신은 어둠 속에 깃들게 된다.

마인들이 찰나의 틈을 노릴 수 있다면 아주 위험한 상태가 된다.

다행스럽게도 마인들은 야광주의 푸른빛에 저항하지 못했다. 틈을 노릴 생각도 하지 못하고 빛이 일렁거리자마자 우르르 달아나기에 바빴다.

"계집아! 괜찮아?"

"괜찮아."

"다친 데 없어?"

"없어. 호들갑 떨지 마."

어해연은 어화영을 이끌고 마인이 던져졌을 것 같은 절벽으로 다가갔다.

그곳에 마인 한 명이 널브러져 있었다.

"즉사했네."

어화영이 볼 것도 없다는 투로 말했다.

마인의 머리는 바위에 부딪쳐서 묵사발이 되었다. 머리뼈가 반쯤 함몰되어서 얼굴을 알아보기 힘들다.

절대고수가 집어 던진 것과 같은 형국이다.

"으음!"

어해연은 신음을 흘리며 시신을 살폈다.

목? 멀쩡하다. 다리? 멀쩡하다. 그렇다면 몸통이다. 헝겊 채찍으로 허리를 감았다는 뜻이 된다.

그녀는 눈짐작으로 자신이 서 있던 곳에서 절벽까지의 거리를 쟀다.

'다섯 장은 실히 돼.'

채찍으로 허리를 감아서 던졌다. 비명 소리는 채찍 소리와 거의 동시에 울렸다. 오 장 거리를 집어 던진 게 칼을 던진 것처럼 빨랐다는 뜻이다.

진기가 없는데 있는 것처럼 무공을 사용했다.

"이놈…… 후후! 만정을 탈출했네."

어화영이 오히려 잘됐다는 투로 말했다.

그녀는 마인들을 증오한다. 유독 증오한다. 그래서 참 많은 마인을 죽였다.

그런데 그러지 말라고 한다. 마인들을 죽이지 말라고. 뿐만 아니라 죽인 수만큼 들여보냈다.

지난 이십여 년간 마인의 숫자는 거의 일정하게 유지되었다. 더 많지도, 적지도 않았다. 한두 명 차이는 있지만 거의 같은 숫자로 조절되었다.

마인들은 자기들끼리도 죽이고, 먹는다. 공급되는 먹이로 배를 채울 수 없을 때는 옆에 있는 마인을 공격한다.

항상 죽일 수 있고, 죽을 수 있다. 누가 죽이든 먼저 먹는 사람이 임자다. 먹는 놈을 죽일 수도 있다. 일정한 규칙이라는 것은 존재하지 않는다.

그나마 편마라는 거물이 들어와서 약간이라도 통제가 되었다.

"가자, 계집아."

어화영이 어해연의 옆구리를 툭 찌르며 말했다.

그녀는 '당우' 를 거론하지 않았다.

어해연은 당우를 가격했다. 당우가 얼마나 상처를 입었을까? 살아 있는 것은 확인했고, 최소한 갈비뼈 한두 대는 부러졌을 터인데, 괜찮을까?

그 부분에 대해서 한마디도 하지 않았다.

마인은 당우가 죽였다. 놀라운 솜씨로 처단했다. 그가 어해연을 위해서 마인을 죽였다.

몇 마디쯤 나눌 수 있는 화젯거리다.

지금 당장 입 밖으로 튀어나올 수 있는 이야깃거리다.

그러나 어화영은 입에 담지 않았다. 어해연도 말하지 않았다. 당우의 '당' 자도 거론하지 않았다.

당우는 마인들의 수괴다. 한데 수괴가 마인들을 죽였다.

이런 일은 편마 시절에도 없었다. 편마가 마인을 죽일 때는 그녀가 정해놓은 규율을 어겼을 때뿐이다. 그것도 모두가 보는, 아니, 듣는 앞에서 공개 처형했다.

지금은 살인에 가깝다.

당우는 곤란한 처지가 되었다. 마인들이 이대로 침묵할 리 만무하다. 그래서 당우에 대한 말을 하지 않는다. 가급적이면 조용히 묻혀갔으면 하는 바람에서.

하지만 그녀들의 바람은 바람으로 그치고 말았다.

"크크크! 이거…… 채찍 무서워서 살겠나."

"제길! 야들야들한 계집 살 좀 맛볼까 했더니……. 그런데 누가 죽인 거야? 설마 내가 생각하는 그 사람이 우릴 개, 돼지 취급하는 건 아니겠지?"

"크크크! 그 생각이 맞는 것 같은데? 크크크!"

마인들이 분노하기 시작했다. 그리고 그들의 분노는 일제히 당우에게 향했다.

"아이구! 저놈 대가리 터져 죽은 것 봐."

"그래도 인정은 있잖니. 오랜만에 배 터지게 먹어보라고 덩치 큰 놈을 죽여줬잖아."

"그러다 다음에 네가 뒈진다."

"키키킥! 덩치 큰 놈 순서대로 죽이는 건가?"

"이거야 원 발이나 뻗고 잘 수 있겠냐고."

"없지. 암! 없지."

"그렇다고 저놈들이 떼거리로 몰려 있으니 건드릴 수도 없잖아. 완전히 무주공산에 깃발 꽂은 거네?"

"흐흐흐! 누가 무주공산이래."

마인들이 한 명, 두 명 모이기 시작했다.

이것은 매우 민감한 부분이다.

수괴가 되면 마인들을 마음대로 죽일 수 있다. 단, 이유는 분명해야 한다. 특히 적을 두둔하고 마인을 죽이는 것과 같은 행동은 만정이 무너져도 용납될 수 없다.

마인은 언제까지고 마인 편에서 움직여야 한다.

마인이 잘못했고 홍염쌍화가 잘했어도 수괴는 마인 편에서 홍염쌍화를 죽였어야 한다.

마인들이 자신의 목숨을 수괴에게 맡긴 데는 마인 전체를 보호해 달라는 뜻이 깃들어 있다.

당우는 이런 사실을 정면으로 위배했다.

"크크크!"
"히히히!"
마인들이 삼삼오오 무리를 짓기 시작했다.
만정이 생긴 이래 이런 적은 없었다. 마인들은 늘 혼자서 행동했다. 동구에서 먹잇감이 내려왔을 때를 제외하고는.

第四十二章
필연(必然)

1

  노화산(老樺山)은 복건성(福建省)과 광동성(廣東省), 양성(兩省)의 경계에 위치한다.

  노화산은 평범한 산이다.

  산형(山形)이 지극히 평범하다. 높지도 않다. 영험한 구석도 엿보이지 않는다. 더군다나 첩첩산중(疊疊山中)이라는 말이 피부에 젖어들 만큼 깊디깊은 곳에 있다.

  노화산이라는 말도 늙은 자작나무가 군집해 있다고 해서 붙여졌을 뿐, 딱히 산 이름이 있는 것도 아니다.

  그런 곳에 한 사람의 발길이 닿았다.

  "휴! 덥군."

  멀리서 봐도 군계일학(群鷄一鶴)이 틀림없어 보이는 미공자

필연(必然) 45

가 손수건을 꺼내 이마를 닦았다.

날씨는 봄을 지나 여름으로 접어들었다.

남쪽 바닷가 근처의 날씨는 늦봄부터 태양이 작열한다. 아니, 이른 봄부터 땀이란 땀은 모두 쥐어짜 낸다.

류명은 험한 산비탈을 서둘지 않고 천천히 걸었다.

이런 산은 자칫하면 길을 잃기 십상이다. 너무 깊은 산이라서 사람 발길이 닿은 지도 오래되었다. 그래서 짐승 다니는 길조차 눈을 부릅뜨고 찾아야 한다.

"흠!"

또 하나의 표식을 발견했다.

표식은 지극히 은밀하다. 약간 큰 새, 매 정도 되는 새의 발톱을 나무에 박아 넣은 것이 고작이다.

사전에 알고 있지 않았다면 바로 곁을 지나쳐도 찾지 못했을 게다.

깊은 산을 헤매면서 누가 새 발톱 따위에 신경을 쓰겠는가. 더군다나 노화산에는 자작나무가 없다. 있을 리 있는가! 자작나무는 북부 지방에서만 자생한다. 남부지방처럼 더운 지방에서 자라는 걸 본 적이 없다.

하면 자작나무가 많아서 노화산이라고 이름 붙였다고 한 말은 무엇인가?

모를 일이다.

어쨌든 노화산에서 자라는 나무는 굵고 잎이 무성하다. 억세고 뻣뻣하다. 푸른 이끼로 가득 덮여 있어서 숨을 쉴 때마다 답답한 기운이 물씬 들어온다.

음습하고, 덥고, 짜증나고…….

그런 마당에 손가락 두 마디 정도에 불과한 새 발톱을 어떻게 찾겠나. 나무에 새 발톱이 박혀 있는 것을 봤어도 그게 표식이라고 누가 짐작이나 하겠나.

하지만 잘 찾아야 한다.

표식을 찾아야만 길을 찾을 수 있다. 그렇지 않으면 짐승 길조차 끊긴 산중에서 몇 날 며칠을 헤매야 한다. 길을 잃는다고 해도 굶어 죽거나 산짐승에게 물려 죽지는 않겠지만 찾아가고자 하는 곳에 이르지 못한다.

"참 어지간한 족속들이야. 이런 곳에서 사는 걸 보면."

류명이 투덜거리며 산을 기어올랐다.

쨱! 쨱쨱! 쨱액!

산새가 운다.

평범한 산새는 아니다. 크기가 사람만 하다. 사지는 다 갖췄는데 얼굴 윤곽이 없다. 덥지도 않은지 검은 헝겊을 둘둘 말아 쓰고 있어서 윤곽을 찾을 수 없다.

"후후! 후후후!"

드디어 다 왔다는 안도감이 든다. 아니, 안도감이라기보다는 빨리 도착해서 시원한 냉수를 들이켜고 싶다. 지금은 그 생각밖에 아무 생각도 나지 않는다.

지독하게 더운 날씨, 지독스럽게 더운 곳이다.

쒝엑! 쒝에에에엑!

선전 포고도 없이 파공음이 울렸다.

"뭐야? 거절인가?"

류명은 손을 뻗어서 날아오는 화살 한 대를 잡았다. 그리고 상반신을 슬쩍 움직여서 다른 두 대를 피했다.

콱!

손에 강한 압력이 전달된다.

계속 나아가고자 하는 화살과 그만 정지시키고자 하는 손길 사이에서 작은 압력이 발생했다.

'웃! 독전(毒箭)!'

류명은 내심 깜짝 놀랐다.

화살은 보통 화살이 아니라 독화살이다. 보통 독화살은 활촉에 독을 묻히는데, 그가 잡은 화살은 활대에 가시가 박혀 있고 그곳에 독이 묻어 있다.

화살을 잡아달라고 주문한 것이나 마찬가지다.

화살은 쏘아서 맞출 목적이 아니었다. 맞추면 좋고 그렇지 못해도 상관없다. 함정 하나가 더 숨겨져 있다. 무공에 자신이 있는 자라면 대부분 화살을 낚아채더라는 경험에서 만든 함정이다.

이 함정 또한 통하지 않아도 상관없다. 기껏해야 화살 세 대를 날린 것뿐이다.

통하면 좋고 아니면 그만이다.

그런데 통했다. 류명이 화살대를 잡았고, 날카로운 가시가 손바닥을 찔렀다. 한두 개가 찌른 게 아니다. 손바닥 전체에 잔구멍이 가득 뚫려 있다.

'제길!'

류명은 툴툴 웃었다.

이 한 수로 그는 세 가지 사실을 드러냈다.

허점일 수도 있고 장점일 수도 있는데 허점일 가능성이 더욱 높다.

하나는 무공에 자신이 있다는 점이다. 화살 정도는 그냥 피해도 무방하다. 하지만 이 정도의 속도로는 나를 어떻게 할 수 없다는 점을 보여주고 싶었다.

두 번째가 바로 자만심이다.

강한 무공을 드러내고 싶어한다. 완전히 익어서 머리를 숙인 벼가 아니라 고개를 빳빳이 든 설익은 벼다.

세 번째는 설익었다는 점과 연관된다.

강호 경험이 일천하다. 강호 경험이 있다면 그냥 피하고 만다. 그래도 무방하다. 화살을 잡지 못했다고 해서 무공이 낮다고 생각하는 사람은 없다. 피할 수 있으면 잡을 수도 있다고 생각한다.

그런 점을 굳이 보여주고 싶었나?

화살 같은 것에는 무슨 수가 내포되어 있는지 모른다. 지금처럼 독전일 가능성도 있고, 심한 경우에는 화약을 설치하는 경우도 있다. 그런 경우에는 잡으면 즉사요, 피해도 중상이다. 날아오는 소리를 듣고 가장 빠른 신법을 펼쳐서 유효 거리를 벗어나야 한다.

화살에는 많은 암수가 내포된다.

류명은 그런 암수들을 일절 생각하지 않았다. 그저 날아오니 잡아챘고, 피했다.

무공은 강하지만 강호 경험은 일천한, 그러면서도 자존심은 강한 명문가의 도련님이다.

독이 퍼지는지 손바닥이 시퍼렇게 물들었다.

'제길!'

탁! 탁! 탁!

류명은 재빨리 혈도를 막아서 독이 퍼지는 것을 막았다.

'어떻게 할까?'

순간적으로 망설여진다.

독을 완전히 빼내려면 운기조식을 취해야 한다. 내공으로 독기를 밀어내면 간단하게 제거할 수 있다. 하지만 그러려면 적어도 반 각 정도는 차분히 운기를 취해야 한다.

그럴 만한 장소가 있을까? 장소가 있으면? 독화살을 날린 놈들인데, 독기를 빼내도록 가만히 내버려 둘까? 운기하는 동안에 혈이라도 누르면 꼼짝없이 당하는데 그래도 독을 빼내야 하나?

다른 방법은 독을 봉인시킨 채 계속 나아가는 것이다.

그러면 만일의 경우 싸움이 벌어졌을 때 한 손을 쓰지 못하게 된다. 그것도 오른손이다. 무공을 펼치더라도 반 푼의 무공밖에 되지 않는다.

류명은 완전보다는 반 푼을 택했다.
적 앞에서 운공조식을 할 수는 없다.

검은 헝겊으로 얼굴을 감싼 자들이 모습을 드러냈다.
한 명, 한 명, 또 한 명, 습기로 가득한 숲에서 구릿빛 건장한 사내들이 다섯 명이나 나타났다.
그들 중 한 명의 손에 활이 들려 있다. 아마도 화살을 쏘아낸 자인 것 같다.
"너냐?"
류명의 눈길이 그를 향했다.
"……"
활을 든 자는 가타부타 말이 없었다. 무심히 죽은 자의 눈길로 쳐다보기만 했다.
"후후후."
류명은 잔소(殘笑)를 흘리면서 사내를 뚫어지게 쳐다봤다. 마치 사내의 모든 것을 기억 속에 담아놓으려는 듯이. 어디서 만나더라도 단번에 기억해 내겠다는 듯이.
이들을 원망할 생각은 없다.
이들의 공격은 당연한 것이다. 노화산을 들어설 때부터 반드시 공격해 올 것이라고 예측도 했다.
노화산 입구에서부터 감시의 눈초리를 감지했다. 그때부터 자신을 지켜봤다.
이들이 어떤 생각을 했을지 짐작된다.

은가는 방문객을 함부로 받지 않는다.

그들을 방문하려면 규칙을 따라야 한다. 사전에 지불할 대가와 필요한 인원수를 밝힌다. 하면 은가에서 판단을 내린다. 거래가 이루어질 수 있겠다, 혹은 없겠다.

방문 허락은 그 후에나 이루어진다.

은가를 세상 속에서 숨기고자 하는 최소한의 안배다. 거래를 하는 고객에게만, 같은 배를 탄 동지에게만, 일정 수준 이상의 대부호나 무인 같은 고급 고객에게만 위치를 알려준다.

사실 대부분의 고객은 이러한 방문도 거의 하지 않는다. 지불할 대가를 주고 필요한 사람을 받으면 그만인데 뭐하러 깊은 산인 노화산까지 기어들겠는가.

그래서 대부분의 사람들은 은가를 이용하고 싶어도 위치를 알지 못해서 이용하지 못한다.

은가는 여느 살수 집단들처럼 항시 이용할 수 있는 게 아니다.

그는 사전 통보를 넣지 않았다. 넣을 수가 없었다. 지불할 대가가 비밀 중의 비밀인지라 함부로 누설할 수 없었다. 그럴 바에는 차라리 공격을 받는 위험을 감수한다.

이들의 공격은 당연하다.

사전 통보 없이 노화산에 들어섰으니 집중 공격을 받아도 할 말이 없다.

더군다나 그는 표적을 찾아냈고, 표적이 가리키는 길을 따라왔다. 적성비가의 위치를 정확하게 안다는 뜻이다.

이들의 입장에서 보면 불청객(不請客). 일단 제압하고 볼 놈이 나타난 셈이다.
 화살 세 대로 끝난 것이 다행이다.
 그가 피하거나 물러서서 아무런 부상도 입지 않았다면 지금도 공격을 받고 있을 게다. 언제까지? 그가 치명적인 부상을 입었다고 판단될 때까지.
 독에 중독되는 바람에 공격이 일찍 멈췄다.
 그러나 받은 것은 돌려줘야 한다. 고의든 아니든 살을 깎았으면 뼈를 베어낸다.
 '넌…… 죽을 거야!'
 류명은 눈을 감고 활 든 무인을 그렸다.
 그가 선명하게 그려진다. 얼굴은 알 수 없지만 체형이나 분위기가 또렷하게 기억된다. 검은 헝겊을 풀고 지금과는 전혀 다른 복색을 해도 알아볼 수 있을 것 같다.
 '됐어. 넌 이제 죽은 거야.'
 그가 살광을 거두고 눈을 뜰 즈음 숲에서 나뭇잎이 부스럭거리는 소리가 들렸다. 그리고 수풀을 헤치며 야생녀 같은 여인이 모습을 드러냈다.
 "훗!"
 순간, 류명의 머릿속이 하얗게 탈색되었다.
 아무 생각도 나지 않는다. 활 든 사내에 대한 적개심도 지워졌다. 순식간에 사라졌다.
 여인…… 여인…….

자그마한 몸, 더욱 작은 얼굴, 구릿빛 살결이 통통 튕길 듯 탄력있다. 새까만 눈, 도발적으로 새까만 눈썹, 칼날을 세워놓은 듯한 코, 붉은 입술, 그리고 그 속에서 보일 듯 말 듯 살랑대는 새하얀 이…….

여인은 예뻤다.

아니다, 아니다. 예쁜 여인은 많다. 여인은 예쁘다는 말로는 표현할 수 없는 매력이 풍긴다. 그렇다. 여인에게는 사람을 끌어당기는 흡입력이 있다.

류명은 한눈에 반했다.

여인이 숲을 헤치고 나와 류명 앞에 섰다.

"많이 아프세요?"

"……"

류명은 여인만 쳐다볼 뿐 대꾸를 하지 못했다.

"아프시더라도 참으세요. 공자님은 초빙하지 않은 손님이니까. 저희 표식을 정확히 찾아오시더군요. 어느 분이 저희를 말해주신 것 같은데…… 누구 소개로 오신 거죠?"

"……"

류명은 재잘재잘 움직이는 입술만 쳐다봤다.

그녀가 무슨 말을 하는 것 같기는 한데, 귀에 한마디도 들어오지 않았다. 오직 그녀의 얼굴과 가슴에 푹 안길 것 같은 작은 몸만 두 눈 가득히 들어왔다.

"호호호! 갑자기 벙어리가 되셨나?"

"……"

"공자!"

여인의 음성이 쩌렁 귓가를 때렸다.

그제야 류명은 화들짝 정신을 차리고 여인을 쳐다봤다.

한순간 몰입하듯이 여인에게 빨려들었다. 오직 여인밖에 보이지 않았다. 세상은 온데간데없이 사라지고 여인과 자신만 남았다. 그리고 황홀했다. 기분 좋았다. 단둘만 남아서 서로를 마주 보고 있다는 것이 무척 좋았다.

여인은 자신의 결례를 눈치챘다. 그래서 음성에 진기를 실어서 정신을 일깨웠다.

류명은 급히 포권지례를 취하며 말했다.

"아! 미안합니다. 소저가 너무 예뻐서."

뒷말도 무심결에 나왔다. 사과만 하려고 했는데 본심이 저절로 튀어나왔다.

여인은 뱅긋 웃었다.

기분 나쁘지는 않은 것 같다. 다행히도 그의 말을 희롱으로 받아들이지는 않았다. 진심을 알아준 것일까? 아니다. 그녀는 단지 이런 칭찬을 즐길 뿐이다.

'휴우! 내가 왜 이러지? 명아, 명아! 정신 차려!'

류명은 머리를 세차게 흔들며 말했다.

"방금 하신 말씀, 다시 한 번 해주시겠습니까? 하하하! 소저에게 눈만 먼 것이 아니라 귀까지 먹었던 모양입니다. 무슨 말씀을 하신 것 같기는 한데……."

이번에는 조금 더 노골적으로 칭찬했다.

여인은 배시시 웃었다.

또다시 온 정신이 함몰된다. 몸과 마음이 수렁에 빠진 것처럼 정신없이 빨려든다. 사술? 아니다. 마공? 아니다. 심장이 두 배는 빨리 뛴다. 호흡이 가빠진다.

그동안 미인이다 싶은 여인들을 숱하게 보아왔지만 지금처럼 빨려든 적은 없다.

사람은 제각각 짝이 있다던데 그 짝을 만난 것일까?

"소개자가 누군지 물었어요. 이제는 분명히 들으셨죠? 호호호!"

"검련 추포조두요."

류명이 태연하게 말했다.

순간, 여인의 안색이 싸늘하게 변했다. 호의적이던 표정도 일순간에 사라지고 노기 서린 눈빛이 줄줄 피어났다.

"추포조두라고 하셨나요?"

"그렇소."

"추포조두요?"

여인은 세 번째 같은 말을 물어왔다.

얼굴은 더욱 싸늘해지고, 두 눈에서는 한광이 줄기줄기 뻗어 나왔다. 말 한마디 삐끗하면 가차없이 살검을 쏟아내겠다는 무언의 협박이 실려 있다. 그리고 그 협박은 언제든지 사실이 될 수 있다.

류명이 대답을 하지 않자 여인이 다소 차분해진 음성으로, 그러나 단호하게 말했다.

"여기가 어딘지 알아요?"

"하하하! 그걸 모르고 어찌 발을 들여놓겠습니까. 은가 중의 은가라는 적성비가 아닙니까?"

적성비가, 은가 중 제일을 다투는 명가.

추포조두와 묵혈도, 벽사혈의 사문인 적성비가는 중원 남쪽 끄트머리에 위치해 있었다.

여인이 냉막한 얼굴로 말했다.

"그렇다면 장난치지 마세요."

"……."

류명은 침묵했다. 사실 장난쳤으니까.

그는 추포조두의 얼굴도 보지 못했다.

삼 년 전, 투골조 때문에 추포조두와 몇몇 사람이 천검가를 들락거린 사실은 알지만, 그 당시에는 얼굴을 보고 자시고 할 입장이 아니었다. 그저 말만 들었다.

여인이 누구 소개로 왔냐고 묻기에 불쑥 추포조두가 생각나서 말한 것뿐이다.

물론 자신의 말에 신빙성이 없다는 것은 자신도 안다. 그래서 여인이 믿어줄 것이라고 생각하지도 않았다. 통하면 좋고, 아니면 그때 사실대로 말해도 된다.

결론은 통하지 않았다. 계속 거짓을 말하면 상황이 악화된다. 그는 바보가 아니다.

"미안합니다. 쉽게 넘어갔으면 해서 퍼뜩 떠오르는 사람을 말했습니다."

그는 정중히 사과했다.

여인이 한결 누그러진 표정으로 말했다.

"천검가의 소가주란 신분을 참작해서 한 번 더 묻죠. 누구 소개로 오셨어요?"

"……!"

류명의 눈가에 기광이 번뜩였다.

여인에게 반한 것은 반한 것이고, 적성비가의 안목이 의외로 날카롭다.

여인은 자신의 신분을 정확하게 꼬집어냈다.

천검가의 소가주라는 걸 어떻게 알았을까?

이 세상에서 현재 자신의 신분을 아는 사람은 다섯 손가락에 겨우 꼽을 정도밖에 되지 않는다.

그의 존재를 알고 있는 사람이라면 아버님과 어머님들뿐이다. 묵비와 비주도 알고 있지만 입 밖에 낼 사람들이 아니다. 그래서는 안 된다는 것을 누구보다도 잘 안다. 또한 그럴 시간도 없었다.

천검가에 뛰어들어 난장판을 만든 사람은 자신이 아니라 옥면신검이다.

소가주 류명은 드러나지 않은 상태다. 세상에는 아직도 폐관 수련 중인 것으로 알려져 있다.

이 여인은 어떻게 자신의 신분을 알아낸 걸까?

'역시 적성비가.'

감탄이 절로 나온다.

신분까지 알고 있다면 더 이상 숨길 게 없다. 지금부터는 정면 승부다.

"역시 적성비가요."

류명은 엄지손가락부터 추켜세웠다.

그러자 여인도 배시시 웃으며 말했다. 하지만 말의 내용은 결코 웃을 수 없는 것이었다.

"시간이 없을 텐데요. 공자님은 천독혈갈(千毒血蠍)의 독에 중독되었어요. 제가 장담할게요. 앞으로 반 시진만 이 상태로 방치하면 팔을 끊어야 해요. 만약 그런 일이 벌어지지 않는다면, 제 손으로 적성비가를 해체하죠."

류명은 중독된 팔을 내려다보았다.

천독혈갈이 무엇인지 모른다. 본 적도 없고 들은 적도 없다. 하지만 여인의 말을 믿는다.

사실 진작부터 중독된 손에서 마비 중세가 일어나고 있었다. 단순한 마비라면 감각이 사라지는 선에서 그칠 터인데, 이 것은 감각이 없으면서도 간지러움을 수반한다.

긁고 싶어서 미칠 지경이다.

여인이 하는 말은 사실이다. 절대로 간과하면 안 될 독이다.

'반 시진?'

류명은 침을 꿀꺽 삼킨 후 말했다.

"본가에는 정보를 수집하는 기관이 있소."

"묵비요."

"그것도 알고 있소? 하기는…… 나를 알고 있는 사람들이 묵비인들 모르겠소."

"시간이 없다고 했죠?"

"묵비가 검련 본가에서 정보를 빼냈소. 누구에게 어떤 식으로 빼냈는지는 말해줄 수 없소."

"그래요? 그렇군요."

여인이 순순히 고개를 끄덕였다.

'제길! 이것까지…… 알고 있었던 거야!'

류명이 다시 기광을 떠올렸다.

만만치 않은 곳에 왔다. 정신을 바짝 차리지 않으면 물려 죽을 곳에 왔다.

긴장감이 저절로 일어난다.

이들은 묵비를 안다. 그러면 묵비의 행동을 관찰하지 않았으리라는 보장을 하지 못한다. 묵비를 지켜봤고, 검련을 파고드는 것까지 살펴봤다.

누구에게 어떤 식으로 정보를 캐냈는지도 알고 있을까? 말할 것도 없다. 알고 있을 것이다. 알면서도 묻는 것은 거짓을 말하지 말라는 경고일 게다.

"이곳은 빈손으로 방문할 수 없어요. 뭘 가져오셨죠?"

"가주께 직접 말씀드리겠소."

"공자는 같은 말을 반복하게 만드는 버릇이 있군요. 가져오신 게 뭐죠?"

"한 번만 그냥 가면 안 되겠소?"

여인의 입가에 냉소가 어렸다.

"죄송하지만…… 어떤 분이 되었든 간에 방문 규칙을 따라 주셔야 해요. 대가와 필요한 인원수를 사전에 알린다. 그러면 우리가 판단한 후에 방문을 허락한다. 입산은 그 후."

"소저, 시간이 없는 것 같은데."

류명이 중독된 팔을 들어 보였다.

봉맥(封脈)을 시켰음에도 불구하고 독이 팔꿈치 부근까지 치솟아 시퍼렇다.

"가져온 게 뭐죠?"

여인은 한 치도 물러서지 않았다.

급한 건 당신이다. 우린 급하지 않다. 전혀 아쉽지 않다. 그러니 들어가고 싶으면 목적을 말하라.

류명은 어금니를 꽉 깨물었다가 풀었다.

이 부분은 가주에게 직접 말해야 한다. 낮말은 새가 듣고 밤말은 쥐가 듣는 법. 지금도 어디서 누가 귀를 기울이고 있을지 알지 못한다. 하지만 여인이 이토록 집요하니…….

류명이 말했다.

"좋소. 천유비비검보요."

"천유비비검보!"

이번에는 여인이 놀랐다.

천유비비검보를 대가로 지불하겠다는 것은 천검가를 내놓는 것과 마찬가지다.

천검가의 기둥뿌리를 뽑아왔다.

여인은 류명을 쳐다보다가 말했다.

"좋아요. 천검가 소가주라는 신분을 참작해서… 길을 안내하죠."

여인이 등을 돌려 앞서 걸었다.

류명이 재빨리 여인 곁에 다가서며 어깨를 나란히 하고 걸었다.

사사사삭!

무인들이 그를 에워쌌다. 옆에는 여인, 뒤에는 무인들이다. 하지만 개의치 않았다.

"소저, 방명(芳名)은 어찌 되시는지?"

"마사(瑪娑). 마사라고 해요."

여인은 의외로 선선히 대답했다.

"마사……. 고운 이름이오."

"호호호! 고와요? 계집이 사내처럼 날뛴다는 뜻인데, 곱나요?"

"아! 그런 뜻이었소?"

여인은 배시시 웃었다.

'싫어하지 않아!'

류명은 자신감을 가졌다.

여인도 자신을 딱히 싫어하는 것 같지는 않다.

류명은 어떻게든 여인과 한마디라도 더 나누고 싶었다. 그래서 대화를 계속 이어갔다.

"아까 신분을 참작해서 길을 안내한다고 했는데, 신분을 참작하지 않으면 어찌 되는 거요?"

"류명 개인으로요?"

"내 이름도 알고 있었던 거요?"

"호호호! 공자께서 이만큼 오신 것도 소가주 신분이기 때문에 가능했던 거예요. 만약 소가주 신분으로 방문하실 게 아니라면 지금이라도 돌아가세요. 원래는 안 되지만…… 해독약은 드리죠."

류명은 손을 내저었다.

"아니오. 갑시다. 안내하시오."

류명은 무심히 말했다. 자신의 이 한마디가 몰고 올 파란을 전혀 짐작하지 못한 채.

2

마사는 류명을 데리고 산골 촌락으로 안내했다.

검은 헝겊으로 얼굴을 두른 사내들은 마을 입구에서 떨어져 나가 숲 속으로 사라졌다. 그들을 대신해서 뒤를 막아선 사람은 없다. 그럴 필요가 없다. 수많은 사람들의 눈초리가 바로 감시망이다.

한 걸음 내디딜 때마다 적어도 십여 명이 눈초리가 달라붙는다. 걸음을 재촉하면 지나온 곳에서는 눈길을 떼고, 새로운 곳에서는 눈길을 보탠다.

촌락 사람들은 자연스럽게 쳐다보는 것으로 감시를 대신한다.

'용담호혈(龍潭虎穴)이군.'

류명은 가슴이 서늘해졌다.

이곳은 천검가와는 또 다른 분위기를 창출한다.

천검가가 경직된 분위기라면 이곳은 자유분방하다. 천검가는 위계질서가 잘 구축되어 있다. 하지만 이곳에는 그런 게 없다. 모두가 서로를 평등하게 생각한다.

이들에게는 상하(上下)가 없다.

마사가 앞서 가고, 류명이 뒤따라간다. 하지만 그들에게 말을 건네는 사람은 없다. 낯선 사람이 들어왔어도 남의 일인 듯 간섭하지 않는다.

굉장히 느슨해 보인다.

아니다. 그렇게 생각했다면 잘못 생각한 게다. 잘못 본 것이다.

류명의 감각은 뒤에서 무인들이 따라붙을 때보다 한층 더 곤두섰다. 실례가 아니라면, 괜찮다면 검을 뽑고 싶다. 검을 손에 든 채 걷고 싶다.

남의 집을 방문하면서 그렇게까지 경계심을 돋울 수는 없다. 하지만 언제든지 검을 뽑을 수 있도록 마음의 준비를 단단히 했다.

파아아아!

살기가 쏟아진다.

평범한 눈길 속에서 가공할 혈광(血光)이 튀어나온다.

겉에서 보기에는 지극히 평화롭다. 하지만 말 한마디만 떨어지면 즉각 도산검림(刀山劍林)으로 변할 곳이다.

류명은 칼날 위를 걷는 기분이었다.

'이런 점은 배워도 좋겠군.'

솔직히 천검가는 좀 느슨하다.

아버님께서 왜 그런 식으로 천검가를 운영했는지 모르겠는데 강자다운 면모가 전혀 엿보이지 않는다.

보라. 천검십검이 떠나가자 천검가에는 무엇이 남았는가.

아무것도 남지 않았다. 아버님만 운명하시면 그야말로 끝장이다. 그때는 삼류무인에게조차 짓밟힐 정도로 나약한 문파가 되지 않을까 염려된다.

사실 그대로이다.

자신은 무적이 아니다. 엄밀히 말하면 이제 갓 무공 수련을 마친, 그것도 초보 수련을 마친 풋내기에 불과하다. 그런 자에게 추풍낙엽처럼 나가떨어졌다.

천검가 무인들이 그토록 허약했던가?

천검가는 문제가 많다.

반면에 적성비가는 어떤가? 이곳은 일개 은가다. 암살이나 추적 같은 것을 전문적인 업(業)으로 삼는다.

이들에게는 강한 무공이 없다.

사람을 속이는 눈속임, 은신술, 비열한 수법 등등을 제외하면 알몸이 된다. 이들에게 강한 무공이 있었다면 진작 중원 무림에 뿌리를 내렸을 게다.

그런데도 강한 면모를 풍긴다.

이들과 싸우면 무공 대 무공의 겨룸이 아닐 것이다. 수단 방법을 가리지 않고 오직 상대만 죽이면 되는 그런 싸움이 될 것이다. 그래서 그런지 더욱 날카로워 보인다.

천검가도 이런 기세가 필요하지 않을까?

류명은 적성비가 사람들을 쓸어보면서 안으로, 안으로 들어섰다.

"무섭지 않아요?"

마사가 문득 물어왔다.

"날카롭다는 생각이오."

"그 생각뿐인가요?"

"다른 생각이 필요하오?"

"아뇨. 호호호!"

마사가 맑게 웃었다.

류명은 마사의 웃음이 좋았다. 그녀가 맑게 웃으니 자신의 마음까지 시원해지는 느낌이다.

마사는 살아 있다. 생명력이 있다. 분을 바르지 않고 입술도 칠하지 않았다. 살을 뽀얗게 만들기 위해 소젖으로 목욕을 하는 짓도 하지 않을 게다.

그런데도 펄펄 뛰는 생명력이 느껴진다.

"그 웃음 속에 뭔가 다른 뜻이 있는 것 같소만……."

"공자께서 천검가를 휘저었다는 소문을 들었어요. 저흰 곧 조사에 들어갔고, 나름대로 상황을 추리해 냈죠."

"그래서? 계속 말해 보시오."

류명이 호기심을 느끼며 물었다.

적성비가만 그런 게 아니다. 천검가가 옥면신검에게 난타당했다는 소문이 돌자 온 중원이 들썩거렸다.

모두들 대놓고 조사하거나 물어오지는 못한다. 하지만 암암리에 필사적으로 사실 여부를 탐문한다. 검련은 물론이고 여타의 다른 문파들까지 사실 여부에 촉각을 곤두세운다.

천검가는 무림에서 중요한 위치에 있다. 천검가가 차지하는 비중은 결코 작지 않다.

만일 사실이 맞는다면, 한낱 강호 초출에게 난타를 당했다면 당장 검련십가에 변화가 일어난다.

검련십가의 다른 가문들이 가만히 있지 않을 것이다.

망신을 당한 천검가가 검련십가의 한자리를 차지하고 있다면 검련 자체의 위상에 손상이 간다.

검련십가의 체면이 뭐가 되겠는가.

검련십가에 들지 않은 다른 가문들에게는 호기(好機)가 된다. 천검가를 밀어내고 자신이 올라설 수 있는 최고의 기회다.

은가들의 움직임이 활발한 것은 당연하다.

강성했던 문파가 무너질 경우, 은가에게도 제법 쏠쏠하게 은자가 들어온다.

죽일 사람이 많이 생긴다. 추적할 사람도 생긴다. 비밀을 캐내기 위해서, 또 지키기 위해서, 자리를 보존하기 위해서, 또 빼앗기 위해서 심부름꾼이 필요하다.

은가 무인들은 그런 일을 철저한 보안 속에 해낸다.

살수들은 강력하다. 하지만 신뢰성이 약하다.

은가는 완벽한 임무 수행을 보장한다. 지금까지 은가가 활동한 이래 임무 수행을 중도에서 그만둔 전례가 없다.

거의 모든 문파와 무인들이 천검가를 주목하고 있다고 해도 과언이 아닐 게다.

적성비가가 천검가를 조사했다는 건 놀랍지 않다. 다만 어떤 식으로 상황을 추리했느냐가 궁금하다.

"옥면신검으로 공자를 낙점했어요. 맞죠?"

"맞소."

"너무했어요. 자신의 가문을 그렇게 두들기는 사람이 어디 있어요?"

마사는 마치 자신이 당한 것처럼 입술을 뾰족 내밀었다.

너무 예쁘다. 너무 귀엽다. 너무 사랑스럽다.

류명은 자신이 여인에게 이토록 정신없이 빠져들 줄은 꿈에도 몰랐다. 이런 경우는 전혀 생각해 본 적이 없다.

그는 미공자다. 잘생겼다. 호남이다. 그래서 여인도 많이 따른다. 어느 여인이든 말 몇 마디면 술자리를 같이할 수 있고, 한 시진만 같이 술을 마시면 잠자리까지 이어진다.

거의 모든 여인들이 그런 범주에서 벗어나지 못했다.

여인들은 가벼운 존재다. 정신없을 정도로 예쁜 여인도 한 달만 같이 자면 덤덤해진다. 그러니 마음을 깊이 줄 필요가 없다. 필요하면 만나고, 싫어지면 헤어지는 가벼운 관계가 좋다.

그래서 여인을 만나면 제일 먼저 날짜 계산부터 하게 된다.

며칠짜리인가. 한 달은 넘길 수 있겠나?

얼굴이나 몸매는 곧 싫증이 난다. 머릿속에 든 게 있어야 오래간다. 아니다. 머릿속에 든 게 많으면 피곤하다. 생각없이 얼굴만 예쁜 여자가 좋다.

기준은 그때그때 바뀐다.

어떤 이유에서든 싫증이 나면 계속 만날 필요가 없다. 헤어지고 마음에 드는 여자를 만나면 된다.

그랬는데 마사만은 다르다. 이 여자는 날짜 계산을 못하게 만든다. 아니, 그런 건 생각나지도 않는다. 그냥 같이 있고 싶다는 생각만 든다.

류명이 웃으면서 말했다.

"하하하! 누군들 자신의 집안을 때려 부수고 싶겠습니까. 저도 마찬가지지요. 할 수만 있다면 피하고 싶은 방법이지만…… 하하하! 아버님이 원하신 걸 어찌합니까."

순간, 마사의 눈빛이 반짝거렸다. 하지만 류명은 마음이 들떠 있어서 그녀의 눈빛을 보지 못했다.

"천검가 무인들을 허수아비로 만드셨다고요?"

"하하하!"

"묵비 비주도 상대하지 못했다고 들었는데요?"

"하하하!"

류명은 시인도 부인도 하지 않았다. 웃기만 했다.

그의 웃음에는 자신감이 배어 있다. 부인보다는 시인에 가까운 자부심이 스며 있다.

그래, 내가 그런 사람이다!

류명의 웃음소리를 들은 사람이라면 웃음 속에서 답을 찾아내기란 별로 어렵지 않을 게다.

"천유비비검을 완성했죠?"

"하! 그렇게까지 생각했소? 하하하하!"

"천유비비검을 완성하지 않고서야 그럴 수 있나요? 천검가가 어떤 곳인데."

"천유비비검은 무적이오."

"그런 검보를 내놓는 게 불안하진 않으세요?"

"하하하!"

류명은 이번에도 낭랑하게 웃었다.

그는 많은 비밀을 드러냈다. 남들이 애써서 캐묻는 진실을 너무 쉽게 말해주었다.

그래도 괜찮다는 생각이 든다.

벌써 마사와 상당히 가까워졌다.

어깨를 나란히 하고 웃으면서 길을 걷는다. 마사가 곁에 바짝 다가서는 것을 허락했다. 입으로 말해서 아는 허락이 아니라 마음에서 인정하는 허락이다.

남녀 사이에 곁에 다가서도 괜찮다는 허락은 호의를 가지고 있다는 뜻으로 바꿔서 해석해도 무방하다. 최소한 해를 끼칠 사람은 아니라는 뜻으로 받아들인 것이다.

더군다나 마사는 애교스럽다.

말 한마디 한마디에 애교가 뚝뚝 흘러넘친다. 콧소리를 내는 애교가 아니라 눈을 흘기는 표정, 어깨의 들썩임 같은 귀여운 행동으로 가볍게 추파를 보내온다.

자신을 유혹하는 추파가 아니다. 호감을 가진 사람에게 보일 수 있는 친근함의 표시다.

"소저, 초면에 실례인 줄 알지만……."

그는 나이를 물어보려고 했다.

마사는 꽃으로 비교하면 이제 막 개화하기 시작한 꽃봉오리다. 나이가 자신보다 많지는 않다. 그러면서도 상당히 육감적이라서 어리다는 느낌도 들지 않는다.

보면 볼수록 매력이 넘친다.

그때, 마사가 그를 쳐다보며 말했다.

"다 왔어요. 저기예요."

그녀가 손을 들어 오두막 같은 곳을 가리켰다.

오두막은 몹시 초라하다.

시골 들판 어느 곳에서나 흔히 볼 수 있는 오두막이다. 단지 갈대 같은 것으로 벽만 둘러서 시선을 차단했다. 바람은 숭숭 들어가고 비도 막을 수 없을 것 같다.

숙식을 하는 집 같지는 않고, 손님을 맞이하는 한적한 장소 같은 개념의 집이다.

류명은 나무 계단을 밟으며 올라갔다.

삐걱! 삐걱!

계단을 밟을 때마다 낡을 대로 낡은 계단이 비명을 토해낸다.

두어 계단 밟았을까? 오두막 안이 보였다.

'노인?'

오두막 안에 노인이 앉아 있는데, 얼핏 보기에는 추레하기이를 데 없다. 더운지 상의를 벗어서 알몸인데, 갈비뼈가 환히 드러나 보인다. 팔에도 근육이 붙어 있지 않고 앙상하며, 배는 불룩 튀어나와서 무공과는 거리가 먼 노인이다.

얼굴은 간신배의 전형이다.

눈이 가늘고 작은데다가 눈웃음을 연신 흘린다. 이는 누렇고 입술은 검게 탔다.

노인은 그런 몰골로 허리를 구부정하게 굽힌 채 앉아 있다.

'저런 노인이 가주일 리 없고…….'

뭔가 무시무시한 사람을 생각하고 왔다가 협잡꾼 같은 사람을 보니 싱거운 느낌마저 들었다.

"류명입니다."

그는 가볍게 포권하며 이름을 밝혔다.

"내가 가주네."

노인은 누런 이를 드러내며 히죽 웃었다.

"아! 실례했습니다. 전 가주님이 아니신 줄 알고……."

류명은 황급히 포권지례를 취했다. 두 손을 가슴에 모으고 허리는 최대한 깊이 숙였다.

"허허! 이러시지 말게. 천검가의 소가주께서 한낱 미천한 은자 나부랭이에게 예라니. 남들이 보면 웃네."

볼품없는 노인은 맞은편 자리를 권했다.

파앗!

두 사람 사이에 불똥이 튀었다.

류명은 굽혔던 허리를 펴면서 암경(暗勁)을 쏘아냈다. 볼품없는 노인이 정말로 가주인지 알아볼 심산이다. 설마 적성비가의 가주가 무공을 모르는 백면노인일 리는 없지 않나.

스릇!

그가 쏘아낸 암경은 흔적도 없이 사라졌다.

노인은 아무런 행동도 취하지 않았다. 손을 들지도 않았고, 몸을 움직이지도 않았다. 담담한 표정으로 여전히 그에게 자리를 권하고 있다. 그런데 암경만 감쪽같이 사라졌다.

'고수!'

은가에 정통 무공이 없다고 생각한 것은 착각이었나?

"결례했습니다. 하지만 가주이신지 확인할 필요가 있어서요."

류명은 자신의 행동을 속이지 않았다. 대신 바로 시인했다. 이런 점은 마사와 몇 마디 다투면서 배운 것이다. 적성비가 사람들과는 가급적 다투지 말아야 한다. 고집이 워낙 세서 한 번 우기기 시작하면 절대로 거두지 않는다. 또한 이미 발각된 거짓은 자신이 먼저 밝히는 게 낫다.

그런 생각을 하자 또다시 마사의 얼굴이 떠올랐다.

지금은 그럴 때가 아닌데, 마사의 얼굴이 머릿속에 각인되어 떠나지 않는다.

여자에게 홀렸나? 마사가 정말 사술이라도 쓴 건가?

'내가 이게 무슨…… 지금이 여자 생각이나 할 때인가!'

그는 자신을 질책하며 다시 한 번 포권지례를 취했다. 이번에는 다른 뜻을 품지 않았다. 오로지 예만 취했다.

"허허허! 신중하기까지."

가주는 칭찬인지 비웃음인지 모를 말을 흘렸다.

신중한 사람이 독화살을 만져서 중독되겠는가. 풋내기이면서 괜히 신중한 척한다는 뜻은 아닐까.

류명은 가주의 말에 일희일비(一喜一悲)하지 않았다. 지금부터는 줄 것은 주고 얻을 것은 얻어야 한다.

그는 맞은편에 앉았다.

"먼저 양해를 부탁해야겠네."

가주가 웃는 낯으로 말해왔다.

그러고 보니 은가 사람들은 웃지 않는 사람이 없다. 마사도 그렇고 가주도 그렇고 항상 웃는 낯이다. 이것이 손님을 맞이하는 예의인가? 그렇다면 마사가 자신을 보며 배시시 웃은 것도, 애교스럽게 말한 것도 단순히 손님에 대한 예우였던가?

갑자기 가슴 한구석이 아려온다. 아무 일도 없는데 괜히 씁쓸해지면서 서운하다.

"말씀하시지요."

"자네는 방문 규칙을 어겼네. 다시 말해서 자넨 우리에게서 생각할 시간을 빼앗았네. 자네가 무슨 말을 할지 모르겠네만…… 들어주고 안 들어주고는 우리 마음일세. 이 점은 이해하시게."

"당연한 말씀입니다."

"거침없이 말하는군. 말뜻을 알아듣지 못한 것 같은데……"

"알아들었습니다. 이해합니다."

가주가 씩 웃었다. 그리고 말했다.

"그럼 들어주지 않았을 때…… 다시 말하면 거절당했을 때지. 그때도 대가를 내놓아야 하는데, 그것도 알고 있나?"

"그렇습니까? 그건 몰랐습니다."

류명은 차분하게 말했다.

사실 금시초문이다. 그런 규칙도 있었나? 하지만 상관없다. 거래는 이루어진다. 천유비비검보로 해내지 못할 거래는 없다.

가주가 보충 설명이라도 하는 듯 말을 덧붙였다.

"그래서 모두들 사전에 방문 통보를 하는 것이네. 우리가 거절하면 아예 찾아오지 않는 것이고. 자네처럼 불쑥 찾아왔다가 들어주지 못할 경우에는…… 거래는 이루어지지 않았으면서 괜히 우리 위치만 노출시킨 격이 되지 않나."

"네."

"그래서 거래가 안 되면 우린 자네를 죽일 걸세."

"이해합니다."

류명은 담담하게 말했다.

가주가 능글맞게 웃었다.

자신의 죽음을 말하는데 이해한다?

말은 하는 사람에 따라서 각기 다른 뜻을 지니는 법이다.

소가주의 말뜻은 적성비가쯤은 안중에 두지 않는다는 뜻으로 해석해도 무방하다. 무공 대 무공으로 격전이 벌어졌을 때 지지 않을 자신이 있다는 뜻이다.

천유비비검법을 완성한 류명이 한 말이기 때문에 이런 식으로 해석되는 것이다.

가주가 웃으면서 말했다.

"그럼 본론으로 들어가지. 대가는 천유비비검보라고 들었네만."

"맞습니다."

류명은 품에서 검보 한 권을 꺼내 가주 앞에 디밀었다.

"천유비비검보 진품입니다. 제가 아버님께 직접 받은 것이죠. 저도 이 검보로 수련했습니다."

가주는 슬쩍 쳐다보기만 했다.

"우리 거래 조건은 간단하네. 대가를 받고 사람을 준다. 천유비비검보 정도라면…… 다섯 명까지 줄 수 있네."

이건 말이 안 된다.

천유비비검보는 무상지보(無上之寶)다. 값을 책정할 수 없다. 굳이 책정하자면 부르는 게 값이다.

이 검보만 수련하면 천검가 같은 문파를 창건할 수 있다. 당장 상승고수로 탈바꿈한다. 류명이 직접 몸으로 보여주었지 않은가. 옥면신검이라는 고수가 탄생하지 않았는가.

한데 겨우 다섯 명?

류명은 자신이 알고 있는 사람들을 떠올렸다.

치검령, 추포조두, 묵혈도, 벽사혈…… 그런 사람들이 다섯 명이다.

'괜찮을까?'

아니다. 부족하다. 그들로서는 무리다. 절반쯤은 더 있어야 한다.

"일곱 명으로 하죠. 기간은 평생."

"이게 그만한 가치가 있다고 생각하나?"

가주가 손가락으로 검보를 툭툭 건드리며 말했다.

"그거야 가주께서 판단하실 문제 아닙니까. 물건을 내놓은 제가 뭐라고 할 수는 없는 것이고……."

"평생이라는 조건은 없네. 일인일건(一人一件)이 원칙이지. 검련에서 추포조두를 썼네만…… 건당 지불할 비용이 정해졌었지. 일인일건이네. 알겠나?"

"꼭 그렇지도 않더군요. 귀영단애 쪽 정보가 있습니다. 홍염쌍화라고… 만정에서 평생을 썩고 있더군요."

"후후후! 잘못 알았군. 그게 일인일건이네. 운수 나쁘게 맡은 일이 평생 갈 뿐이지. 그리고…… 그렇게 잘 알면 귀영단애로 가지 그랬나? 다시 한 번 말하네만 우린 일인일건이네. 하겠나, 말겠나?"

또 고집이다. 부러지거나 굽히지 않을 고집이다.

"좋습니다. 일인일건. 그들이 무슨 일을 맡았는지는 차후에 보고받으실 테니 생략하고."

"그런 건 굳이 말할 필요 없네. 고객의 비밀은 철저히 보장하네."

"일곱 명에 일인일건. 된 겁니까?"

"좋네. 그렇게 하지."

가주가 또 웃었다.

"사람은 제가 고를 수 있습니까?"

"허허허! 은가를 모욕하는군. 필요할 때, 필요한 장소에 은가 무인이 있을 걸세. 그리고 그들은 자네가 하고자 하는 일을 십 할 완수해 줄 걸세. 그리 알고……."

가주가 대화를 마치려고 했다. 사실 할 이야기는 다 끝났다. 아니, 아직 끝나지 않았다. 류명이 재빨리 말했다.

"그 일곱 명 중에 마사를 끼워주십시오."

"마사를?"

가주가 놀란 눈으로, 의미심장한 표정으로 류명을 쳐다봤다.

류명은 그런 눈길을 피하지 않았다. 속이지도 않았다. 정면으로 직시하며 말했다.

"일인일건. 마사에게 한 가지 맡길 일이 있습니다."

"은가 무인은 물건이 아니지."

"압니다."

"노예도 아니네."

"알고 있습니다."

"마사는 보기보다 사납네. 이곳에서도 마사를 찝쩍거리는 사내는 없네. 계집이 워낙 사나워야지."

"그렇습니까?"

"자네는 순한 모습만 봤군. 그 부분은 내일 다시 결정하지. 오늘은 해독도 할 겸 여기서 쉬게."

"아닙니다. 지금 결정하고 싶습니다. 마사를 포함시켜 주십시오."

"일인일건…… 후후! 일도 일 나름……. 아마도 마사는 돌아오지 못하겠군."

"그럴 겁니다."

"일시적 감정으로 망동을 하면 큰코다칠 게야."

가주는 류명이 무슨 뜻으로 마사를 지목했는지 아는 듯했다. 그리고 허락의 뜻을 비쳤다.

류명은 가슴이 마구 뛰었다.

자신의 의도를 알고 있는 사람이 같은 입장이 되어준다. 이것보다 더 기쁜 일이 어디 있겠나.

"그럼 마사 포함해서 일곱 명으로……."

"그러게."

가주가 비로소 천유비비검보를 집어 들었다. 그리고 눈을 가늘게 좁히며 말했다.

"우리가 사람을 내줄 때는 말일세, 저승길을 간다 생각하고 내주네. 허허허! 우리가 내준 자들 중에서 돌아온 자가 얼마나 되는 줄 아나? 채 일 할도 안 된다네."

천유비비검보가 가주의 품속으로 사라졌다.
"일곱 명에 검보 한 권이라……. 후후후! 천유비비검보……이건 지금 이 순간부로 적성비가 것이네. 알겠나? 우리가 도둑질한 무공이 아니라 천검가 소가주께서 직접 내놓은 검보라는 말일세. 그러니 우리는 앞으로 이 무공을 당당하게 쓸 걸세. 알겠나?"
"당연한 말씀입니다."
류명이 웃으면서 말했다.
'수련할 수만 있다면…… 얼마든지. 후후후!'

第四十三章
독련(獨練)

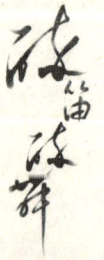

1

눈을 뜨면 제일 먼저 녹엽만주부터 둘러본다.

머릿속으로는 구결을 읊조리고, 몸으로는 솜털 한 올까지 세심하게 신경 쓰면서 손짓발짓을 한다.

녹엽만주는 그가 가진 최상의 무공이다.

다른 무공은 신경 쓰지 않는다.

편(鞭)을 간단하게 쓰기에는 사십사편혈이 좋다. 만정 같은 지옥에서는 기다란 편보다 석도가 훨씬 효율적이다. 그런 면에서는 풍천소옥의 일촌비도가 최상이다.

간혹 근접전을 벌일 때도 있다. 서로의 호흡을 느낄 수 있는 거리에서 손과 발을 섞는다. 적성비가의 일섬겹화와 구중철각은 근접전의 최고봉이다.

독련(獨練) 83

이것을 생각하면 이 무공이 좋고 저것을 쳐다보면 저 무공이 좋다. 어떤 무공이든 장단점이 있게 마련이고, 쳐다보는 입장에서는 단점은 보이지 않고 장점만 눈에 들어온다.

모든 무공을 모두 배우는 게 가장 좋다. 하지만 그럴 수 없을 때는 한 가지만이라도 깊이있게 파고들어야 한다.

당우는 그런 무공으로 녹엽만주를 선택했다.

이런 선택은 분명히 모순이다.

녹엽만주는 수련하기가 상당히 까다롭다.

열일곱 명이 수련을 시작해서 단 한 명만이 일 단계를 통과한 죽음의 무공이다.

편마는 죽는 순간까지도 오 단계를 벗어나지 못했다. 마지막 칠 단계를 수련해 내는 것은 생각도 하지 않았다. 오 단계를 벗어나 육 단계로 진입할 수만 있다면 여한이 없다고 여겼다.

당우는 비교적 쉽게 삼 단계까지 올라섰다.

비교적 쉽게……. 아니다. 그 말은 틀렸다. 만정이라는 특수한 환경이 오직 무공에만 매진하게 만들었다. 이삼 일에 한 번씩 사람이 물어뜯기는 광경을 보았기 때문에 살기 위해서는 악착같이 강해져야만 했다.

일 단계 해공의 고통은 말로 표현하지 못한다.

경맥이 뒤틀리고, 뼈가 부러지고, 관절이 꺾이는 고통은 분근착골(分筋錯骨) 같은 고문도 비웃어 버린다.

담담하게 말해서 고통이다.

격정적으로 말하라면 할 말이 없어진다. 마땅한 말이 생각나지 않아서 숫제 벙어리가 되어버린다.

그런 고통을 비교적 수월하게 견뎌냈다.

이곳이 만정이기 때문이다. 바깥세상이었다면 진정 일 단계를 넘기기가 무지 힘들었을 게다.

잡념을 가질 여유도 없이 오직 삶만 쳐다보고 달려왔기 때문에 수련해 낼 수 있었다.

그는 일 단계를 거치면서 문어인간이 되었다.

손발이 자유자재로 휘어지기 때문에 상상하지 못할 각도에서 공격을 가한다.

이 단계는 해공된 몸에 힘을 실어준다.

아무리 공격이 효율적이라도 타격을 줄 수 없으면 무용지물이다. 그렇기 때문에 일격필살(一擊必殺)의 힘이 실려야 한다.

무인들은 이러한 힘을 진기로 보충한다.

진기를 양성하면, 내공을 북돋우면 인간의 힘을 넘어서서 신의 힘으로 강력한 타격을 가할 수 있게 된다.

빠름, 강함, 변화…… 모든 것이 진기 속으로 녹아든다.

그래서 무공의 시작과 끝은 진기라는 말도 나올 수 있는 것이다.

당우는 진기를 쓰지 못한다. 일으킬 수가 없다. 진기가 사라진 것은 아니다. 존재한다. 하지만 무형(無形)의 상태에서 어떠한 변화도 일으키지 않는다.

의념의 문제가 아니다.

그의 진기를 움직여 보려고 치검령과 추포조두가 진기를 불어넣었다. 몸속 구석구석을 살폈다. 단전 자리를 몇 번이고 살폈다. 산음초의는 완맥을 붙잡고 살았다.

모두가 허사였다.

단단한 씨앗은 단전에 머물러 있다. 하지만 씨앗의 존재를 느끼는 것은 당우 자신뿐이다.

치검령도 추포조두도 씨앗을 탐지해 내지 못했다.

"없어."

"사라져 버렸어. 이럴 수도 있나?"

그들은 불가해(不可解)한 사건을 만난 듯 고개를 저었다.

그들은 씨앗이 존재한다는 말을 안 믿는다. 믿을 수가 없지 않은가. 자신들의 진기로 샅샅이 살펴봤는데도 씨앗은커녕 실낱같은 거치적거림도 없었다.

텅 빈 허공이다.

그렇다고 진기가 사라졌다는 말도 믿지 못한다. 진기가 사라지면 죽는다.

숨을 쉬지 않고 살 수 있는 사람은 없다.

이런 사실을 바탕으로 극단적인 예를 들어보자면, 숨을 쉬지 않고는 살 수 있지만 진기가 사라지면 죽는다.

이것이 진기다.

편마도 그렇고 마인들도 그렇고, 그들은 진기가 사라진 게 아니다. 혈을 망가뜨려서 운집할 수 없게 만든 것이지 근원적인 생명 진기는 여전히 존재한다.

당우는 그러한 생명 진기까지도 탐지되지 않는다.

존재하나 존재하지 않는 상태다.

그런 상태에서는 체계적인 이 단계 수련이 불가하다. 해공된 몸에 강력한 힘을 실어야 하는데, 실을 힘이 없다.

그래서 운집 요령만 수련했다.

진기가 있다고 가정하고, 구결대로 운기를 했다고 상상해서 초식을 펼쳐 냈다.

진기가 깃들지 않았으니 당연히 위력은 없다. 하지만 녹엽만주 사십구초(四十九招)는 모두 수련해 냈다.

각 초식이 지닌 유용성을 깨닫는다. 그리고 그다음에는 사십구 초를 모두 잊어버린다. 새까맣게, 사십구 초를 순서대로 펼쳐 보라고 하면 망설여질 만큼 새까맣게 잊는다.

손을 움직이면 사십구 초 중에 한 초식이 펼쳐진다. 발을 떨쳐 내도 마찬가지다. 공격에 사용되는 모든 신체 부위가 녹엽만주 일 초를 이끌고 있다.

사십구 초는 그의 몸에 녹아든다.

이것이 이 단계다.

일 단계 해공에 비하면 이 단계 만공(滿功)은 비교적 쉽다.

일 단계는 끊임없이 참고 버텨야 하는 인고(忍苦)의 싸움이고, 이 단계는 꾸준한 수련밖에는 답이 없는 인내(忍耐)의 싸움이다.

"됐다. 이제 다음으로 넘어가자."

편마가 이 말을 했다.

당우는 자신이 어느 정도나 앞서나가고 있는지 알지 못한다. 매일 수련을 반복하지만 그날이 그날인 것 같다. 전혀 진보가 없는 것 같고, 딱히 나아졌다고 느끼는 부분도 없다.

하지만 편마는 그 길을 걸어왔다.

이미 앞서 걸었던 사람으로서 뒷사람이 어느 정도 왔는지는 쉽게 알아본다.

편마의 입장에서 볼 때, 당우는 여전히 부족하다. 많이 부족하다. 그녀가 원하는 만큼 충족시키지 못한다.

스승은 제자가 완벽해지기를 기다리면 안 된다.

그런 일이 벌어질 수도 있지만 거의 대부분 그렇지 않은 경우가 많다. 사부는 그 부분에서 상당히 높은 위치에 올라서 있기 때문에 제자가 제아무리 발버둥 쳐도 여전히 낮아 보인다.

완벽하지는 않지만 다음 단계로 들어설 수 있는 정도가 되면 손을 내밀어야 한다. 앞으로 뻗어나갈 수 있도록 길을 인도해 주어야 한다. 이런 일 또한 사부의 의무다.

사실 이런 점은 크게 신경 쓸 필요가 없다.

스승의 위치에서 보면 제자의 성취 정도가 한눈에 보인다.

말할 필요가 없다. 증명할 필요도 없다. 평상시 행하는 일거수일투족만으로도 성취 여부를 읽을 수 있다.

눈빛이 차분히 가라앉았는가? 좋다.

항상 부동심(不動心)이 유지되고 있는가? 좋다.

발걸음이 안정되어 있는가? 좋다.

사부가 판단할 수 있는 근거는 아주 많다. 그저 쳐다보기만 하면 읽힌다. 그리고 그런 판단이 틀리거나 잘못될 리 없다.

당우는 삼 단계, 산공(散功)으로 들어섰다.

산공은 버리는 공부다.

그는 일 단계 해공에서 인체 내의 뼈를 모조리 탈골시켰다. 그리고 재조립했다. 이백여섯 개의 뼈 중에 해공의 손길이 닿지 않은 뼈가 없다.

그 결과로 그의 몸은 연체동물이라고 해도 과언이 아닐 정도로 유연해졌다. 허리를 꺾어서 머리를 발뒤꿈치에 대는 정도는 어린아이 장난이다. 몸을 뒤로 꺾어서, 혹은 좌우로 돌려서 자신의 항문을 볼 수 있다.

그런 몸으로 할 수 있는 것은 너무나 많다.

그가 취할 수 있는 행동 양태, 자세는 보통 사람에 비해서 세 배 이상이나 된다. 굳이 초식을 수련하지 않아도 유연한 몸뚱이 자체가 뛰어난 병기다.

이 단계에서는 초식을 수련했다.

마음대로 구부러지는 몸과 천지사방을 가리는 채찍…….

그 정도의 무공이라면 당장 무림에 출도해도 쉽게 패하지는 않을 것이다. 설혹 진기가 없는 무공일지라도 병기의 효용성을 십분 살리면 일약 명성도 얻을 수 있다.

그러나 이것은 녹엽만주의 겨우 이 단계에 불과할 뿐이다.

삼 단계에서 그는 자신이 배운 모든 것을 버린다.

몸으로 취할 수 있는 이득을 생각하지 않는다. 초식을 이루는 수많은 선(線)과 변(變)을 새카맣게 잊는다.

아무것도 생각하지 않는다.

삼 단계인 산공은 이 단계 만공의 연장선에 놓여 있다.

사십구 초를 완벽하게 습득하고, 궁극에는 새카맣게 잊는 것이 만공의 정점이다.

산공은 만공의 정점에서 곧바로 시작된다.

수련한 것을 잊었는가? 사십구 초를 완전히 잊었는가? 일 초가 펼쳐지는가 하면 즉각 이십 초가 튀어나오고, 또 느닷없이 삼십오 초가 튀어나오는 단계에 이르렀는가? 그러면서도 진기의 순환은 원활하게 이어지는가?

일 초부터 사십구 초까지 일련으로 쭉 이어지는 공부가 하나의 무공이다. 일 초의 진기는 이 초로 쏟아지고, 이 초에 머물던 힘이 더욱 가중되어 삼 초로 전해진다.

이것도 하나의 무공 방식이다.

거기에 하나를 더 추가한다. 일련으로 쭉 이을 수도 있지만 산개시켜서 각각의 초식에 독립성을 부여한다.

사실 무림의 거의 모든 무공은 후자를 따른다.

진기의 흐름은 초식이 일어나는 순간에 시작되어서 끝나는 순간에 마무리된다.

녹엽만주는 일 초에서 사십구 초까지 진기의 흐름을 계속 이어가니 특이하면서도 어렵다. 어려운 것에서 시작하여 일반적인 방법으로 옮겨간다.

등산에 비유하면 간단하게 이해된다.

일반적으로 산을 오르는 사람은 산 어귀를 거치지 않을 수 없다. 산골짜기를 지나고, 오부능선을 거쳐서 칠부능선, 팔부능선에 오른다. 그리고 마침내 정상에 발을 딛는다.

누구나 이렇게 산을 오른다. 이런 방식이 아니고서는 산을 오를 수 있는 길이 없다.

녹엽만주는 다른 방식으로 등산한다.

첫째로 녹엽만주는 산 어귀를 거치지 않는다. 일부, 이부, 삼부…… 이렇게 차근차근히 단계를 밟아가지도 않는다.

일 단계 해공을 보면 알지 않는가. 그것이 어디 평범한 수련 방식이던가.

일 단계 해공은 당우를 구름 위에 올려놓았다.

그렇다. 지상에서 곧바로 승천하여 구름 위에 발을 올려놓는다.

무골이라고 칭하던 사람들이 제대로 수련하지 못하고 죽어갔던 이유가 거기에 있다.

평범한 사람은 절대로 수련할 수 없다.

당우도 만정이 아닌 곳에서 수련했다면 과연 해공의 고통을 이겨낼 수 있었을지 의문이다.

평범한 사람을 구름 위로 올려놓는 공부가 해공이라면, 만공은 그를 살포시 산 정상에 내려놓는다.

해공만으로는 뜬구름이다. 진정한 무인이 아니다. 무인의 역할은 할 수 있지만, 아직도 무림이라는 세계에 들어서지 못하고 바깥을 맴돈다.

만공을 수련함으로써 비로소 무림에 발을 들여놓게 된다. 지상에, 땅 위에 곧게 선다.

어디에? 산 정상에.

그렇다면 만공까지 수련하면 단숨에 절정무인이 된다는 소리인가? 맞다. 바로 그런 말이다. 사십구 초의 초식을 두 가지 방식으로 완벽하게 수련해 내면 단숨에 절정고수 반열에 오른다.

이 단계까지 완성한 무위(武威)가 어느 정도인지는 알 수 없다.

편마는 사 단계를 수련한 후에야 무림에 나섰다. 당우는 만정에 갇혀 있다.

아무도 이 단계의 순수한 위력을 시험해 본 사람이 없다.

편마가 구술해 준 비급에도 절정에 관한 말은 없다. 어느 구석을 뒤져 봐도 이 단계의 만공이 '무학의 절정'이라는 대목은 없다. 그런 말은 일언반구(一言半句)조차 언급되어 있지 않다.

하지만 그래야 맞다.

일 단계 해공은 그를 구름 위로 올려놓아야 하고, 이 단계 만공을 수련함으로써 절정무인이 되어야 한다.

무인의 값어치가 비로소 시작된다고 할 수 있다.

왜 이런 논리가 가능한가? 삼 단계 산공이 하산(下山)을 유도하기 때문이다.

버리는 공부인 산공은 정상에 있는 사람을 산중턱으로 끌어내린다. 아니, 산 밑까지 끌어당긴다. 정상에 섰을 때의 힘, 감각, 느낌을 모두 버리고 평범한 사람으로 돌아가라 한다.

그러기 위해서는 해공을 수련하지 않아야 한다. 만공도 마찬가지다. 수련하지 않는다. 몸의 굴절을 삼가고, 초식은 완전히 머릿속에서 지워 버린다.

왜 이런 과정을 거쳐야 하는가? 뭔가 잘못된 건 아닌가? 무공이란 수련하면 할수록 더 높이 올라가야 하는 것이지 밑으로 내려가는 수련도 있다던가.

수련 목적을 알지 못했다면 아무리 사부의 말일지라도 의심이 들었을 게다.

세상에는 버림으로써 얻는 게 있다.

모든 것을 버릴 때 존재가 보인다.

무공을 수련하고 있는 자가 과연 누구인가? 누가 무엇 때문에 어떤 무공을 수련하고 있나?

겉모습의 당우를 버릴 때 속모습의 당우가 보인다. 현재는 피와 살과 뼈로 이루어진 당우가 무공을 수련하고 있다. 하지만 모든 것을 버리면 다른 자를 보게 된다. 마음을 넘고 감각을 넘어서면 진정한 자신인 본성과 마주 서게 된다.

본성을 봐라.

본성이 무공을 수련해야 한다.

이것이 삼 단계다.

물론 여기서 말하는 본성은 불가나 도가에서 말하는 본성과는 거리가 있다.

의미는 비슷하지만 질적인 면에서 차원을 달리한다.

진정으로 본성을 보게 되면 붓다가 된다. 깨달은 각자(覺者)가 된다. 각(覺)이란 수만에 이르는 스님과 도인들이 평생에 걸쳐서 이루고자 하는 궁극의 염원이다.

녹엽만주는 깨달음을 요구하지 않는다.

'본성을 본다'는 말 또한 깨달음과는 거리가 있다. 내면에 주체(主體)를 세우고 흔들림없이 무공을 전개하라는 뜻이지 자각(自覺)을 하라는 말은 아니다.

녹엽만주는 무공이지 경전(經典)이 아니다.

내면을 들여다보면 그 속에 내가 있다. 그것을 보라. 그것에 의지하라. 그것은 흔들림없는 기둥이 될 터이다. 하니 기둥에 의지하여 무공을 펼치면 어떤 순간, 어떠한 상황에서도 평정심이 흩어지지 않을 것이다.

간단하게 이 정도로 해석하면 된다.

그런데 이것이 무지 어렵다.

이미 기둥을 세운 것 같기도 하고 아닌 것 같기도 하고, 나를 본 것 같기도 하고 보지 못한 것 같기도 하고, 도무지 한 것인지 안 한 것인지 분간할 수가 없다.

이럴 때 편마는 구분을 지어주었다.

그 정도면 되었다. 다음으로 넘어가자. 혹은 아직 멀었다. 계속 수련해라.

자신이 판단할 필요가 없었다. 사부의 말만 믿고 따르면 되었다.

 사부라는 나무가 있었을 때, 그는 생각할 게 없었다. 나무 그늘에서 푹 쉬다 보면 무공이 증진되어 있었다.

 이제는 그늘이 없다. 자신 스스로 얼마나 성취해 냈는지 생각하고 판단해야 한다.

 산공을 이루었나? 내면의 자신을 발견했나?

 편마는 내면의 자신을 발견해 내기 전까지는 무공 수련을 중단하라고 했다.

 산공을 뛰어넘어 사 단계로 들어서면 주화입마(走火入魔)에 빠진다고 누누이 당부했다. 그 말만은 마지막 운명하는 순간까지도 잊지 않았다.

 다 좋다. 다 알아들었다. 한데 빌어먹을! 그놈의 나는 만난 것인가, 만나지 않은 것인가! 만나면 어떤 증상이 나타나는가. 뭐가 달라지는가. 또 내면에 있다는 본성 어쩌고 하는 놈을 만나려면 어떻게 해야 하는가! 무조건 버리기만 하면 되는가. 무공도 버리고, 움직임도 자제하고……. 빌어먹을! 홍염쌍화와 끊임없이 싸워야 하는데, 그러려면 무공을 써야 하는데 무슨 수로 버린단 말인가!

 당우는 사 단계 묵공(默功)으로 들어섰다.

 사실 사 단계는 묵공이 아니라 침공(沈功)이라고 해야 맞다. 이 단계에서 배우는 것이 절대 침묵이기 때문이다.

 침묵, 쉬운 것 같으면서도 어렵다.

 조용함과 침묵은 구분되어야 한다. 침묵은 조용함을 감싸 안지만 조용함은 침묵을 포용하지 못한다.

주변이 조용하다. 이것은 조용함이지 침묵이 아니다.

절대 침묵은 주변의 소음과는 아무런 상관이 없다. 주변이 시장 바닥처럼 시끌벅적해도 무방하다. 내면에서 일어나는 소리가 사라질 때 절대 침묵이 다가온다.

침묵은 남이 이끌어줄 수 없다. 침묵을 유지하는 기공(奇功)이나 신공(神功)도 없다. 무식하지만 절대 침묵이 일어날 때까지 본인 스스로 싸우는 방법밖에 없다.

묵공 역시 산공에서 이어진다. 산공의 절정이 바로 묵공의 시작점이다. 모든 것을 버리고 내면의 나를 만났을 때, 그때 원초적인 침묵이 일어난다.

산공을 터득하는 순간, 묵공으로 자연스럽게 들어선다.

하지만 당우는 자연스러움을 버리고 인위적인 방식을 택했다. 버리는 것은 나중으로 미루고 곧바로 사 단계 묵공 수련으로 진입했다. 그럴 수 있기 때문이다.

어떻게 그럴 수 있는가? 절대 침묵을 어떻게 찾을 것인가?

불가(佛家)나 도가(道家)에서는 좌선(坐禪) 같은 방식으로 자신을 죽이고 또 죽인다. 마음이 일어나지 못하도록 몇 년을 고련한다. 몇십 년이 걸릴 수도 있고 평생이 걸릴 수도 있다.

녹엽만주는 그런 식으로 침묵을 수련하지 않는다. 좌선이나 운공조식 같은 정공(靜功)과는 거리가 멀다. 오히려 동공(動功) 쪽에 가까운 방식을 취한다.

일 단계 해공된 육신으로 이 단계 만공을 수련한다. 쉼없이 수련하고 또 수련한다. 숨이 턱에 닿아도 수련한다. 끊임없이 수련한다. 땀이 줄줄 흘러내려도 닦지 않는다. 닦을 시간이 없다. 수련만 하라. 계속 수련하라. 한시도 쉬지 않고 수련하라. 찰나의 순간도 놓치지 말고 수련하라.

육신을 움직이고 또 움직이다. 계속 움직인다. 기력이 쇠잔한다. 육신의 힘이 바닥을 드러내고, 진기가 고갈된다. 그래도 수련한다. 사력을 다해서 마지막 젖 먹던 힘마저 쏟아낸다.

텅!

한순간 모든 것이 무너진다.

육신이 무너지고 정신도 무너진다.

그곳에는 아무것도 남아 있지 않다. 무공도 진기도 사라지고 없다. 근심이나 걱정은 물론이고 행복하다거나 사랑을 느낀다거나 하는 긍정적인 느낌조차도 없다.

모든 것이 무너진 후에 침묵이 찾아온다.

좌선을 해서 침묵을 찾아내는 건 무척 어렵지만 녹엽만주의 방법으로 침묵을 얻어내는 건 쉽다.

정말 쉬운가?

말처럼 쉽다면 침묵을 얻어내는 공부를 사 단계에 놓지 않았으리라. 한순간의 수련으로 얻어낼 수 있다면 삼 단계 산공의 끄트머리에 살짝 붙여놓는 것으로도 족했으리라.

침묵을 얻어내는 공부는 엄연히 묵공이라는 이름으로 존재한다.

편마는 녹엽만주를 시작한 지 삼십여 년이 지나서야 사 단계를 이뤄냈다. 그녀 나이 마흔이 넘은 다음에야 간신히 침묵이 무엇인지를 발견해 냈다.

일반 무가에서 보면 기가 막힐 수련이다.

녹엽만주의 모든 공부는 이 단계에서 끝난다. 산공이나 묵공이나 무공과는 전혀 관계가 없어 보인다. 이렇게 엉뚱한 것을 수련하느라고 세월을 허비하느니 차라리 이 단계 만공을 더욱 깊숙이 파고드는 게 낫지 않나 싶기도 하다.

당우는 헝겊 채찍을 들고 일어섰다.

산공을 거치지 않고 묵공 수련을 하면 주화입마에 걸린다고 했다. 아주 위험하다고 했다. 하지만 아무리 생각해 봐도 위험할 만한 구석이 없다.

'시작하자.'

스으읏!

헝겊 채찍이 쳐들렸다. 그리고 힘찬 바람 소리를 일으키며 허공을 찢었다.

쐐엑! 쫘아악!

2

"크크크! 저놈이 드디어 미쳤구나."
"그러게. 지랄도 보통 지랄이 아닌데."

사구작서가 심란한 어조로 말했다.

당우는 조용하던 만정에 풍파를 불러일으켰다.

그는 홍염쌍화를 도와서 만정 마인을 공격했다. 물리치라는 적을 오히려 도왔다. 감싸 안아야 할 동료를 벽에 으깨어 죽여 버렸다. 하지 말아야 할 짓을 했다.

 물론 만정에는 살벌한 죽음의 기운이 넘실거린다. 이곳에서는 그 누구도 목숨을 장담하지 못한다. 누가 되었든 약해졌다 싶으면 당장 가슴에 석도를 틀어박는다.

 하나 그런 일은 마인들 사이에서만 일어나야 한다.

 외인이 마인을 공격한다는 건 있을 수 없다. 그런 일이 벌어질 때, 마인들은 공동체가 된다. 서로가 서로를 위해서 손을 합쳐 주는 불가사의한 일이 벌어진다.

 나쁜 놈들에게도 살기 위한 본능은 있다.

 당우는 그런 본능을 건드렸다.

 그리고 아무렇지도 않은 듯 하루 종일 채찍만 휘두른다. 말을 걸어볼 틈조차 주지 않는다. 채찍질이 너무 사나워서 방원 십 장은 접근하지 못하는 금지구역이 되었다.

 그곳에서는 한시도 쉬지 않고 돌개바람이 분다.

 사람이라면 잠시 수련을 멈출 터인데 쉬지 않는다. 바람이 불고 타격 소리가 들린다.

 자신을 학대하는가? 가슴속에 들끓는 무엇이 있는가? 그래서 이런 식으로라도 토해내지 않고는 견딜 수 없는 것인가? 편마의 죽음이 이토록 큰 영향을 준 것인가?

 별별 생각이 다 들지만 당우를 이해하기에는 부족하다.

 홍염쌍화와의 사건이 있은 지 며칠이 흘렀다.

그동안 당우는 아무런 대책도 내놓지 않았다. 아니, 철저하게 마인들을 무시하는 태도로 일관했다. 어찌 된 일인지 마인들에게 설명도 하지 않고 자신의 생각을 말하지도 않았다.

그래서 뭐? 그게 뭐가 잘못됐어?

마치 그런 태도다.

이런 태도는 마인들에 대한 예의가 아니다.

죽은 편마도 마인들에 대한 예의는 지켰다. 누굴 죽이고 살리는 일은 편마의 고유 권한이지만 반드시 설명은 해주었다. 명령조, 강압적인 어조로 공갈을 늘어놨을망정 말은 했다.

마인들에게는 명확한 기준이 있다.

당우는 그런 점을 무시하고 있다.

솔직히 사구작서도 당우의 이런 점이 마음에 들지 않는다.

"몰라서 안 하는 건지 알고도 모른 척하는 건지."

"키키키! 모를 리 있어? 이곳에서 한두 해 살았어?"

"그럼 우릴 무시한다는 말이잖아."

"키키키! 그런 말이지."

"무시한다……. 흐흐흐! 할 말 없군."

"뭐?"

"무시당할 만하잖아. 솔직히 무시한다고 해서 네가 뭘 할래? 대들 수가 있어, 칼로 찌를 수가 있어?"

"입에 똥을 물었나. 꼭 말을 해도."

"흐흐흐! 내가 틀린 말 했냐?"

사구작서가 티격태격 다퉜다.

사실 그들은 마음이 조급했다.

마인들의 분위기가 심상치 않다. 그들은 당우가 자신들을 무시한다고 생각한다. 하찮은 벌레처럼 취급한다고, 언제든 짓밟을 수 있는 존재로 여긴다고 생각한다.

그들의 눈빛은 광기로 번들거린다.

분명히 알아두어야 할 것이 있다. 그들은 단순한 죄수가 아니다. 벌레가 아니다. 한때는 무림을 피로 물들였던 마두 중의 마두였다. 지금도 가슴 한편에는 한때에 불과할망정 무림을 휘젓고 다녔다는 자긍심을 지닌 자들이다.

그들이 당우를 노려본다.

사구작서가 일부러 목청을 돋워서 다툰 것은 다투면 좋지 않다는 뜻을 당우와 마인들 양쪽 모두에게 경고하기 위해서다.

당우, 너 이러면 안 된다. 지금이라도 편을 멈추고 마인들에게 설명을 해주어야 한다.

너희, 이러면 안 된다. 설혹 당우가 너희를 무시한다고 해도 어쩔 텐가? 대들기라도 하겠다는 건가? 당우는 무기지신이다. 어둠의 신이다. 그를 어쩔 것인가?

당우에게는 경고를, 마인들에게는 협박을 한다.

모두들 경고를 알아들으면 좋을 텐데…….

"키키! 저 채찍 소리…… 정말 신경질 나네. 오리 먹따는 것도 아니고, 하루 종일 저렇게 따각따각 해대야 되겠어!"

"지가 좋다는데 어째."

"제길! 어떻게 편을 멈춰야 말이라도 건네보지. 그런데 무슨 놈의 힘이 저리 좋다냐? 지치지도 않고 휘둘러 대네."

"그러게."

사구작서는 당우에게 등을 돌리고 앉았다. 그래야 마인들을 마주 볼 수 있다. 마인들이 어떤 행동을 하는지 지켜볼 수 있다. 설마 기습 같은 섣부른 행동은 하지 않겠지만 그래도 방비한다.

'극한의 수련!'

'자기(自己) 분쇄(粉碎)……'

'탈(脫)…… 신(身)!'

치검령, 추포조두, 홍염쌍화, 그들은 당우의 모습을 전혀 다른 눈으로 지켜봤다.

그들도 이런 수련을 한 번쯤은 해봤다.

무림을 활보하다 보면 별별 일을 다 만난다. 그중에는 극한의 상태에서 싸움을 벌여야 할 때도 있다.

진기가 바닥났다. 검조차 들고 있을 힘이 없다. 젖 먹던 힘까지 끌어내도 단 한 수밖에 펼치지 못할 것 같다. 하지만 적은 많다. 수많은 들개들이 주위를 에워싼다.

가장 만나기 싫은 광경이다.

은자들은 이럴 때를 대비해서 극한의 수련을 거친다.

먼저 자신을 이런 상태로 만들어야 한다.

진기가 바닥날 때까지 검을 휘둘러서, 그야말로 서 있기조차 힘든 상황으로 몰아넣는다.

이젠 정말 움직일 수 없다. 한 걸음도 더 떼어놓을 수 없다. 여기서 더 싸우라고 하면 차라리 검을 맞고 싶다. 죽으면 편할 게 아닌가. 이 고통은 없지 않겠나.

이런 생각이 자연스럽게 떠오를 때까지 육신을 혹사시킨다.

드디어 육신이 재가 되었을 때, 머릿속이 하얗게 비었을 때, 그때 딱 한 번만 더 생각한다.

자! 이제 어떻게 할 것인가!

해답은 각기 다르다.

기가 막힌 탈출로를 찾아냈을 수도 있고, 아니면 인생을 포기할 수도 있다.

어떤 방책이든 오직 자신만의 것을 찾아내게 된다.

이것은 수련이 아니다. 초식을 몸에 붙일 때처럼 반복에 반복을 거듭하면서 좋은 결과를 얻어내는 게 아니다. 그럴 수도 없고, 또 설혹 그럴 수가 있다고 해도 그것은 심연 깊숙이에서 솟아난 자신만의 방책이 되지 못한다.

인생을 살다 보면 반드시 쌍갈랫길이 나온다.

이쪽? 저쪽?

어느 한쪽을 택한다. 물론 최선을 다해서 고심을 거듭한 끝에 내린 결정이다. 하지만 한편으로는 택하지 않은 길에 대한 미련이 가슴에 쌓인다.

이쪽이 아니라 저쪽 길을 택했더라면…….

어쩔 수 없는 현상이다.

최악의 상황에서 내린 결론은 늘 쌍갈랫길이다.

이쪽이 좋을 수도 있고 저쪽이 좋을 수도 있다. 어느 쪽을 택하든 미련은 남는다.

그렇기에 이런 것은 수련으로 해결될 수 없는 것이다.

딱 한 번의 경험으로 족하다.

어느 날 문득 '오늘 해볼까?' 하는 생각을 한다. 그리고 해본다. 최선을 다해서 마지막까지 시험을 치른다. 그리고 번갯불을 맞듯이 번쩍 하나의 경험을 치른다.

그것이면 족하다.

이런 경험은 무림을 활보하는 데 분명히 도움이 된다. 최악의 순간에 자신이 어떤 행동을 할 수 있으며, 그런 행동이 결코 나쁘지 않다는 확신을 갖게 된다. 그것이 설혹 자기 스스로 목숨을 끊는 결과일지라도 후회스럽지는 않다.

당우가 하고 있는 행동은 이런 경험이다.

경험, 경험? 아니다. 저건 경험이 아니라 수련이다. 경험은 한 번으로 그쳐야 하는데, 당우는 반복에 반복을 거듭한다. 쉼없이 자신을 극한으로 몰아넣는다.

저런 식으로 수련하면 경험에 대한 감각이 둔해진다.

쌍갈랫길에서 이쪽을 택해도 시큰둥하고 저쪽을 택해도 시큰둥해서 아무런 느낌도 얻을 수 없다.

무엇을 하고 있는 것인가?

수련을 잘못하고 있다.

그렇다고 제대로 일러줄 방법도 없다.

만정 한 귀퉁이, 방원 십 장 정도가 온통 채찍의 회오리에 휘감겨 있다. 때로는 거침없이 사납게, 또 때로는 힘이 빠져서 흐느적거리는 것처럼 휘둘러진다.

그 속을 뚫고 들어가서 당우를 만난다는 게 몹시 어렵다.

알다시피 당우는 무기지신이다. 어둠 속에서는 형체를 읽을 수 없다. 오로지 채찍 휘두르는 소리로 추측하고 판단해서 찾아가야 하는데 그게 어디 쉬운 일인가.

당우의 편법(鞭法)은 아주 묘하다.

뱀이 머리를 쳐들고 허공을 쏘아가는 동안에는 소리를 흘리지 않는다. 형체도 일어나지 않는다. 그러다가 허공 정점에서 밑으로 뚝 떨어지는 순간부터 소리를 흘린다.

쒝엑!

귓가에 무슨 파공음이 들리면 재빨리 몸부터 피해야 한다. 떨어지는 순간이기 때문이다.

쒝엑! 탁!

파공음이 터지는 순간에서부터 바닥을 후려치는 순간까지가 무척 짧다.

다시 말해서 파공음이 들리지 않는 순간에도 채찍은 날고 있다는 뜻이다. 더군다나 한 치 앞도 보이지 않는 어둠 속이다. 어느 방향으로, 어느 정도의 힘으로, 어떤 변화를 보이면서 날고 있는지 알지 못한다. 알 수 있는 방법이 없다.

당우의 채찍에는 진기가 실려 있지 않지만, 신비한 파괴력이 있다. 진기가 깃들지 않은 채찍이라고는 볼 수 없을 만큼 강한 파괴력을 보인다.

 누구라도 방원 십 장 안으로 뛰어드는 건 내키지 않을 게다.

 은자들은 당우의 모습을 보면서 고개를 갸웃거리기도 하고, 걱정스러운 표정을 짓기도 하고, 눈빛을 날카롭게 빛내기도 했지만 개입은 하지 않았다.

 '경험에 둔해질망정 해는 되지 않을 테니까. 마음이 심란할 때는 마음껏 풀어보는 것도 괜찮지.'

 경근속생술(經筋速生術)이 펼쳐져 있다.

 얼굴도 보지 못한, 은혜만 잔뜩 베풀고 죽어간 일침기화의 작품이다. 덕분에 그의 근골은 인간 중에서는 아마도 가장 질기고 단단하며 유연할 것이다.

 경근속생술이 해공을 비교적 쉽게 터득하는 데 중요한 원인을 제공한 것만은 분명하다.

 어떤 역할을 했는지는 따질 필요가 없다. 몸에 찰싹 달라붙다. 느낄 수 있다. 경혈을 자극하고 있다. 무형의 존재가 뚜렷하게 읽힌다. 감지된다.

 초향교(貂香橋)와 구각교피(九角鮫皮)도 있다.

 구각교피의 양이 적어서 중요한 부분만 막았다지만, 덕분에 홍염쌍화의 발길질에 걸어차이고도 멀쩡할 수 있었다.

 그때, 구각교피의 진정한 효험을 처음으로 봤다.

 막강한 내공이 깃든 발길질에도 가슴뼈가 무사하다. 충격의 아픔도 절반 이상은 덜어내 준다.

산음초의에게 큰 은혜를 입었다.

하지만 그런 것들이 오히려 녹엽만주를 수련하는 데는 방해가 된다.

쉐엑! 쉐엑! 쉐에엑!

연신 채찍질을 하지만 호흡이 곧 돌아온다.

기가 막힌 일이다. 분명히 심장 박동이 금방이라도 쓰러질 것처럼 헐떡였다. 그러면 어김없이 어디선가 알지 못할 힘이 치솟는다. 그리고 그토록 들끓던 기혈이 금방 가라앉는다.

힘은 사지백해에서 고루 솟구친다.

단전이나 기해혈(氣海穴)이나 어느 특정한 부위에서 솟아오르는 게 아니다. 전신에서, 뼈마디에서, 근육에서, 힘줄에서, 전신에서 솟구친다.

탈진하는 것도 쉽지 않다.

그러나 그러면 그럴수록 더욱 세차게 채찍을 휘둘렀다.

쉬익! 쉐엑! 쉐에에엑!

온 힘을 다해서, 일 초만 내뻗고 죽겠다는 심정으로, 만정의 돌벽을 으스러뜨리겠다는 각오로 편을 쳐냈다.

타악! 따악! 따아악!

돌벽이 움푹 파이는 느낌이 든다. 실제로 파이는 것은 아니다. 하지만 손아귀에 전해지는 반탄력으로 미루어보면 산산조각내고도 남을 힘을 쏟아냈다.

"허억! 허어억!"

거친 숨이 쏟아졌다. 그리고,

스웃! 스으으웃!

이번에도 어김없이 알지 못할 힘이 솟구쳤다.

이러한 힘은 타격력을 배가시켜 주지는 않는다. 타격에는 일말의 도움도 주지 않는다. 다만 소진된 기력을 되살리는 데만 쓰인다. 딱 그만큼, 기력을 되살릴 만큼만 솟구친다.

'너도 한계가 있을 터! 어디!'

쒜엑! 따악! 쒜에엑! 따아악!

방원 십 장에 살벌한 예기가 휘돌았다.

드디어, 드디어 힘이 소진되었다.

힘의 근원은 경근속생술이다.

혈도에 집중된 힘이 잠맥(潛脈)에 깃든 힘까지 끌어낸 것이다.

생명의 힘, 원초적인 힘을 끄집어냈다. 쓰지 말아야 할 원정(元精)을 유용했다.

당연히 일반적으로 말하는 기력 소진과 그가 겪는 기력 소진은 완전히 다르다. 보통 말하는 기력 소진은 한두 시진 정도만 쉬어주면 다시 원상으로 회복된다. 하지만 그는 그렇지 않다. 생명의 힘을 끌어다 썼기 때문에 한 달 이상을 요양해야 한다.

남들이 나가떨어질 만큼 힘들 때 그는 여전히 생생하다. 이것은 분명히 경근속생술의 장점이다.

하지만 원정을 끄집어내 쓴다는 점에서 마냥 좋아할 일도 아니다.

 일단 기력이 소진되면 상황이 달라진다. 다른 사람이 털썩 주저앉을 때 그는 펑! 나가떨어진다.

 이것은 경근속생술의 최대 단점이다.

 당우는 이런 사실을 너무 늦게 알았다.

 경근속생술에 대해서 말해준 산음초의조차도 침술에 담긴 효용을 알지 못했다. 죽은 일침기화가 되살아나서 설명해 주지 않는 한 아마 영원히 모를 것이다.

 어쨌든 이번 일로 인해서 장점과 단점을 하나씩 알게 되었으니 다행인 셈이다.

 다행? 다행이 아니다.

 당우는 죽을 맛이었다.

 온몸이 부서져 나간다. 산산이 흩어진다. 물방울이 흩뿌려진다. 활활 타올라 재가 되어 흩어진다.

 "크윽!"

 기어이 비명이 쏟아져 나왔다.

 육신의 분해는 종잡을 수 없을 속도로 진행되었다.

 이러다가는 큰일 날 것 같다. 정말로 육신이 찢어지는 게 아닌지 모르겠다. 자신이 느끼고 있는 것처럼 산산조각나서 허공중에 흩날리는 게 아닌가 싶다.

 중심이 없다. 중심을 잡아야 하는데 잡아줄 중심이 없다.

 '산공! 이래서 산공을…… 주화입마!'

 당우는 육신에서 벌어지는 현상이 단순하지 않다는 것을 직감했다.

　산공은 아무것도 아닌 것 같았지만 아주 중요했다. 내면의 중심, 기둥이 형성되었을 때에야 사 단계로 들어서라는 말뜻을 이제야 비로소, 그것도 체험을 통해서 알게 되었다.

　'안 돼······.'

　그는 저항했다. 이대로 주화입마를 당할 수는 없다. 하지만 이미 몸이 분해되기 시작한 터라서 어찌해 볼 도리가 없다.

　그때, 문득 머릿속을 휘젓는 생각이 있었다.

　녹엽만주는 경근속생술의 존재를 몰랐다. 즉, 원정까지 끌어다 쓸 줄은 예상하지 못했다.

　'무아(無我)······ 지경(之境)······ 흠······!'

　정말 알겠다.

　경근속생술이 없어도 어차피 결과는 같다.

　사 단계, 묵공은 단순히 기력 소진만 원한 게 아니다. 한순간도 쉬지 않고 육신을 움직인다. 마지막 한 올의 힘마저 모두 쏟아낸다. 그리고 그 순간, 무아지경이 된다.

　그는 무아지경 속에서 계속 수련을 한다.

　채찍을 더욱 빠르게, 더욱 강하게 휘두른다.

　분명히 육신의 기력은 모두 소진되고 없건만, 무슨 힘으로 채찍을 휘두르는가?

　무아지경은 잠맥 속에 잠자고 있는 생명의 근원을 드러낸다. 그를 죽음으로 몰아넣는다.

　묵공은 죽음의 수련이다.

한 발만 삐끗하면 영원히 헤어 나오지 못할 죽음의 함정이 곳곳에 도사리고 있다. 그것을 용케 피해서 목적지에 이른다 한들 그곳 역시 죽음이다.

흔히 '기력이 소진되어 죽는다'는 말을 한다.

살 만큼 산 노인이, 수저조차 들지 못하는 노인이 임종을 맞으면서 하는 말이다.

세상을 사느라고 있는 힘, 없는 힘 모두 썼다는 뜻이다.

당우가 그런 상태다. 온몸의 힘을 모두 쏟아내서 남아 있는 게 없다. 생명의 근원이 바닥났다.

이럴 때 내면의 기둥을 꼭 잡고 있어야 한다. 몸이 분해되어 흩어지고 있지만, 그래도 기둥만은 놓치지 말고 붙들어야 한다.

산공을 무시하고 묵공으로 넘어온 결과는 처참함 이상이다.

'이렇게… 끝…… 나는가.'

정신이 흐릿해진다.

깊은 잠 속으로 빨려들 때처럼 어둠이 물밀듯이 밀려오고, 그 속에 온몸이 함몰된다.

정신을 차려야 한다. 이대로 어둠에 묻히면 그야말로 끝장이다. 두 번 다시 눈을 뜨지 못할 게다. 그때,

스으으읏!

무형의 진기가 명문혈을 통해 스며들었다.

사막에서 생명의 물을 만났다 한들 이보다 기쁠까. 가뭄으로 쩍쩍 갈라진 논바닥에 빗물이 떨어진다.

'헉!'

당우는 무엇인지 알아볼 겨를도 없었다. 생명의 감로수를 무조건 쭉쭉 빨아 먹었다. 명문혈을 통해서 들어온 진기를 있는 족족 빨아 당겨서 전신에 휘돌렸다.

스읏! 스으읏! 스으읏!

진기는 휘돌지 않는다.

경맥에서 진기가 일어났다 싶으면 어느새 단전으로 스며들었고, 단단하게 굳어버린 종자(種子)에게 흡수되었다.

그래도 힘이 되살아난다.

잠맥에, 생명의 근원에 물이 쌓인다.

"후욱!"

치검령이 뿌리치듯 손을 뗐다.

"대단한 흡입력이군. 사정을 봐주지 않아."

옆에 있던 추포조두가 놀라서 말했다.

"후후! 빨판을 붙였거든."

"뭐?"

"농담이다."

"후후후! 농담까지 하는 걸 보니 아직 빨릴 게 많이 남았나 보네."

"후웁!"

치검령은 대답하지 못하고 큰 숨을 들이켰다.

진기 주입은 상당히 조심스럽게 행해져야 한다.

주는 자나 받는 자나 부담스러운 것은 마찬가지이다. 어느 쪽이 덜하고 더한 게 없다. 주는 쪽도 좋지 않지만 받는 쪽도 진기 순환 속도가 어긋하면 오히려 독이 된다.

 당우는 이런 요소들을 모두 무시했다.

 물론 본의는 아니다. 혼절지경에 이른 자가 무슨 정신이 남아 있겠는가. 본능적으로 살 수 있는 구멍을 찾았을 뿐이다.

 그것이 하필이면 치검령의 진기다.

 치검령은 진기 유입을 조절하려고 했지만 실패하고 말았다. 방금 전에는 농담 삼아서 한 말이지만 정말로 빨판을 붙이지 않았나 싶을 정도로 거세게 빨아 당겼다.

 손을 떼려고 해도 뗄 수가 없다.

 당우의 어디서 그런 힘이 나왔을까 싶을 정도로 거센 힘이 치검령을 옴짝달싹 못하게 만들었다.

 다행스럽게도 추포조두가 적시에 도움을 주었다.

 그는 편마와 함께 홍염쌍화를 상대한 경험이 있다. 그래서 두 명이 한 명에게 진기를 몰아주는 방식에 능통하다.

 그가 도움의 손길을 내밀자 치검령에게 가해지던 압박은 한결 부드러워졌다. 진기가 빠져나가는 속도는 여전했지만 이제는 두 명이 감당한다.

 당우의 흡입력이 다소 완화되었다. 급한 대로 생명의 갈증은 푼 듯한 모습이다.

 치검령은 기회를 놓치지 않고 손을 뗐다.

 진기를 주입하는 사람이 되레 사정을 살피면서 손을 떼야 하는 상황이라니.

"호법 좀 서."

치검령이 짧게 말하며 곧 운기조식에 들어갔다.

여간해서는 하지 않던 행동. 치검령의 타격이 예상외로 심했던 모양이다.

第四十四章

배사(背師)

1

 당우는 홍염쌍화를 돕느라 동료를 처단했다. 채찍으로 휘감아 벽에 짓이겨 죽였다.
 마인들은 그런 행동을 추궁하지 않는다. 왜 그럴까? 거기에는 두 가지 이유가 있다.
 하나는 당우라는 존재 자체가 공포스럽기 때문이다.
 그는 보이지 않는다. 소리도 흘리지 않는다. 완전히 어둠에 묻혀 있다. 뿐만 아니라 지난 삼 년 동안 홍염쌍화를 상대로 다양한 무공 수련을 해왔다.
 만정에서 당우를 상대할 수 있는 사람은 없다.
 무엇보다도 마인들은 당우와 싸울 생각이 없었다.
 일반적으로 우두머리가 되면 좋은 점이 많다. 특권이 상당하다. 만정에서는 특히 그렇다.

뭐가 그렇게 특별할까? 가진 것도 없고 할 것도 없는데 우두머리가 되었다고 해서 뭐가 그리 달라질까? 특별할 게 없다. 만정에서는 마인들을 부려먹을 일도 없다.

아니다. 진정한 특권은 따로 있다. 바로 동구가 열리면서 공급되는 인간 식량에 있다.

인간 식량에 제일 먼저 손을 대는 사람은 당연히 우두머리다.

그가 제일 맛있는 부위를, 가장 먹고 싶은 곳을, 그것도 마음껏 뜯어 먹는다. 대기하는 사람이 많으니 '마음껏'이라는 말에는 어폐가 있지만 그래도 남들보다 많이 먹는 건 사실이다.

편마와 사구작서가 그런 특혜를 누려왔다.

그런데 당우는 인간을 먹지 않는다. 삼 년이란 긴 시간 동안 벌레를 잡아먹고, 흙을 파먹으며 버텼다.

마인들은 그렇게도 살 수 있다는 점을 배웠다. 도저히 살 수 없을 것 같은데 산다. 버틴다. 단지 살기만 하는 게 아니다. 움직이고 싸우기까지 한다.

마인들도 시도해 봤지만 실패한 일이다.

만약 성공했다면 인육에 손을 대는 일 따위는 없었을 게다. 죽은 사람을 먹는 게 아니라 산 사람을 생으로 뜯어 먹는 역겨운 일을 어떻게 하겠는가.

어떻게든 견뎌낼 수 있었다면 버텼을 게다.

그러지 못했다. 굶어 죽었다. 병 걸려 죽었다. 벌레를 먹자

병균에 감염되었고, 고생 고생 하다가 결국은 죽었다. 그래서 어쩔 수 없이 인육에 손을 댔다.

당우는 견뎌낸다. 치검령과 추포조두, 그리고 묵혈도도 견뎌낸다. 벌레만 먹고도 잘 산다.

어째서 이런 차이가 생긴 것일까?

당우에게는 산음초의가 있다. 약초의 신이 있다. 그가 벌레들의 독을 중화시키고 먹을 수 있게 다듬는다. 생으로 먹을 수 있는 것과 내장을 빼내야 하는 것을 구분지어 준다.

이제는 마인들도 인육에 손댈 필요가 없다. 산음초의가 일러주는 대로 약간의 수고만 하면 살 수 있다. 하지만 이미 맛들려 버린 인육의 맛을 잊을 수 없다. 그리고 또 굳이 인육을 마다할 필요도 없다고 생각한다.

당우는 자신들과 식량을 다투지 않는다.

전혀 싸울 일이 없다.

두 번째로 당우를 추궁하지 않은 이유는 희망 때문이다.

그들은 추포조두가 묵혈도에게 하는 말을 들었다.

"너, 저놈에게 잘 보여야겠다."
"네? 왜요?"
"저놈에게 네 무공을 살려줄 길이 있을지도 모르겠다."

묵혈도는 전신 혈도가 뭉개져서 도저히 회복할 수 없는 몸이 되었다. 무인으로서의 생명은 이미 끝난 것이고, 정상적인 활동도 하지 못하는 상태다.

그는 만정에 떨어진 여타 마인들보다도 훨씬 심하게 짓이겨졌다.

그런 자가 무공을 되찾을 수 있다?

이것은 다른 마인들에게도 희망이다. 불꽃같은 희망이다. 목숨을 내걸고라도, 지금 당장 죽는 한이 있더라도 다시 한 번 옛날의 힘을 되찾아보고 싶다.

그때부터 마인들은 두 눈을 부릅뜨고 당우를 지켜봤다.

물론 당우는 보이지 않는다. 그가 아무것도 하지 않고 가만히 있으면 도저히 찾을 길이 없다.

그러나 당우는 채찍을 휘두른다. 미친 듯이, 거의 세상을 요절 낼 듯이 분노를 터뜨린다.

분노가 아니다. 미친 것도 아니다.

마인들도 절정 무공을 지녀본 경험이 있기 때문에 현재 당우가 어떤 수련을 하고 있는지 안다.

'오래…… 버틴다!'

'진기를 쓸 수 없다고 들었는데 이 정도라면…… 정말 무공을 회복할 수단이 있는 겐가!'

'진기를 쓰지 못해도 저 정도의 무공만 쓸 수 있다면…….'

마인들은 온갖 상상에 몸을 떨었다.

무공 회복의 길이 멀지 않은 곳에 있다. 어쩌면 지금 당장 가능할지도 모른다.

그리고 당우가 무너졌다.

이 상태, 그들도 잘 안다.

완벽한 탈진이다. 저런 상태는 거짓말 한 올 보태지 않고 말해서 정말 수저조차 들 힘이 없다.

치검령과 추포조두가 진기를 밀어 넣는다.

그래도 소용없다.

남의 진기는 흡수되지 못하고 겉돌 뿐이다. 특히 지금과 같은 상태에서 쏟아붓는 진기는 갈증 난 사람에게 물 한 모금 먹이는 역할밖에 못한다.

몸은 피곤하면 쉬고자 한다.

이것은 철칙이다. 선승(禪僧), 무림고수(武林高手), 황상(皇上), 어떠한 인간을 불문하고, 여하의 상태를 불문하고 피곤하면 쉬게 되어 있다.

최소한 하루쯤은 축 늘어져 있을 게다.

마인들에게는 뜻하지 않은 기회가 찾아온 셈이다.

가장 두려운 당우는 축 늘어져 있고, 무공을 잃지 않은 치검령과 추포조두는 진기 주입의 영향으로 운기하기에 급급하다.

'사구작서만 잡으면 당우를……'

'우선 놈을 포박해 놓고 차근차근히 살피면……'

'흐흐흐! 흐흐흐흐!'

그들은 사람을 죽이면서 쾌락을 맛본 경험이 있다. 죽어가면서 내지르는 비명 소리에 몸을 떨어본 기억을 가지고 있다. 또 어떻게 해야 가장 극심한 고통을 받으면서 죽는지도 안다.

그들은 고문에도 능통하다.

특별히 누구에게서 기술을 배운 게 아니다. 사람을 죽이면서 자연스럽게 습득했다.

누구든 손에 잡히기만 하면 끝난다. 입을 열게 만드는 건 문제도 아니다. 호랑이 뼈를 지닌 강골(强骨)도 삶은 연골처럼 노골노골하게 만들 자신이 있다.

그전에 먼저 판단을 해본다.

당우가 자신들의 무공을 회복시켜 줄까? 정상적인 몸으로 만들어줄까?

어림도 없다.

지금도 홍염쌍화를 돕느라고 동료를 죽인 놈이다. 그런 놈이 아량을 베풀 리 없다. 어떤 깨달음을 얻었다면, 무공을 회복할 수 있는 방도를 찾았다면 완전히 안면을 바꿀 놈이다.

치검령이나 추포조두는 놈과 친하다.

지인이라고 할 만큼 가깝지는 않다. 하지만 그래도 서로 말은 주고받는다.

당우 이놈은 마인들과는 말도 섞지 않는다.

동굴 벽을 기어다니는 벌레 보듯이 싸늘한 눈으로 쳐다본다. 빛이 없어서 놈의 눈길을 본 것은 아니지만 그래도 느낌이라는 게 있다. 놈이 어떤 생각으로 자신들을 대하는지는 진작부터 알았다.

놈이 방법을 찾았다면 묵혈도 같은 놈은 되살릴 게다. 그놈은 인육을 먹지 않으니까. 그리고는 뒤도 안 돌아보고 달아날 놈이다. 자신들이 울고불고 바짓가랑이를 붙잡고 늘어져도 냉정하게 뿌리칠 놈이다.

　놈의 아량을 기대해서는 안 된다. 빼앗아야 한다.

　마인들은 누가 먼저라고 할 것도 없이 의기투합했다.

　쥐를 부르는 말은 많다.

　갓 태어난 쥐는 혜서(鼷鼠:생쥐)라고 하며, 나이가 들어서 골골대는 쥐는 노서(老鼠)라고 부른다. 다른 분류도 있다. 들판에 뛰어다니는 들쥐도 있다. 야서(野鼠)라고 한다. 야서의 상대적인 개념으로 집쥐를 들먹인다. 소서(巢鼠)다.

　혜서는 동안(童顔)이다. 주안술을 수련한 홍염쌍화처럼 기형적인 젊음은 아니지만 제 나이보다 네다섯 살은 적게 본다. 얼굴만 동안인 게 아니라 키도 작다. 아주 작다. 오 척 단신이라는 말을 가장 싫어하지만 실제로 그렇다.

　그는 혜서다.

　노서는 늘 병(病)을 안고 산다.

　일어나서 움직일 때보다 앉아 있을 때가 많으며, 앉아 있을 때보다는 누워 있을 때가 많다. 혜서와는 반대로 키만 껑충하게 커서 보통 사람보다 머리 하나는 크다. 하지만 피골이 상접하고 얼굴에 핏기가 없어서 걸어갈 때의 모습을 보면 가는 대나무가 휘청거리고 움직이는 것 같다.

　그들은 용모상 혜서와 노서가 되었다.

　다른 분류를 보자.

　야서는 발 빠르다. 이곳저곳 마구 헤집고 다닌다. 먹을 수 있는 것이면 뭐가 되었든 탐욕스럽게 먹는다. 또 그만큼 아는 사람도 많고 재주도 많다.

무엇보다도 위험을 감지해 내는 능력이 타의 추종을 불허한다. 정확한 정보를 가지고 판단한 것이든, 아니면 본능적으로 느낀 것이든 그가 느낀 것은 거의 실제로 이루어졌다.

야서는 야생에서 살아가는 초감각 동물이다.

집쥐를 보자. 집쥐는 어떤가? '집쥐' 라는 말을 들으면 어떤 모습이 상상되는가? 왠지 느릿하고 통통하고 궁핍과는 거리가 멀다는 느낌이 들지 않나?

실제로 소서는 느리다. 성격이 낙천적이어서 급한 게 없다. 또한 경제적인 여유도 풍부하다. 어디서 무엇을 하던 자인지는 몰라도 뭐가 필요하다고 말하면 즉시 구해왔다.

마차가 필요하다. 마차가 대령된다.

며칠 동안 푹 쉬어야겠다. 편히 쉴 수 있는 전각으로 안내된다. 시중을 들어주는 시비까지 완벽하게 구비되어서 정말로 푹 쉬기만 하면 된다.

사서(四鼠)는 서로의 과거를 묻지 않는다. 무엇 때문에 편마를 따르는지도 묻지 않는다. 다만 편마를 위해서는 목숨까지도 내놓을 수 있다는 것만 안다.

이제 편마가 영면했다.

사서의 구심점이 사라졌다.

"키키키! 밖에 나가도 사람 구실 하기는 틀렸지?"

혜서가 말했다.

"크크크! 네가 언제 사람 구실 한 적이 있었어? 네가 그런 말을 하니까 새삼스럽다."

노서가 누워서 말했다.

"이 새끼가! 너, 죽을 때가 됐지?"

"크크크! 죽여볼래?"

"정말 죽여줄까!"

두 사람이 어느 때처럼 티격태격했다.

안다. 지금 이렇게 아웅다웅할 때가 아니다. 마인들의 동태가 심상치 않다. 평생 뭉치지 않던 위인들이 삼삼오오 떼를 지어서 수군거리는가 하면 노골적으로 염탐 비슷한 것을 시도하기도 한다.

사구작서에게는 고유의 영역이 있다.

마인들을 통치하는 데 따른 응분의 보상이다. 강자의 권리이며 특권이다.

그들은 만정에서 가장 건조한 땅을 차지했다.

습기가 치솟지 않으면서도 서늘한 기운이 맴돈다. 아마도 지하에 암반이 있지 않나 싶다.

어쨌든 벌레도 꼬이지 않고, 자고 일어나도 눅눅한 느낌이 들지 않아서 좋다.

그 땅으로 마인들이 들어서고 있다.

"우리 솔직히…… 기본부터 정하자."

소서가 말했다.

모두들 귀를 기울였다.

배사(背師)

사구작서 중에서 그래도 제일 머리가 있다면 소서다. 아니, 머리도 보통 머리가 아니다. 가끔가다가 한마디씩 툭툭 던질 때마다 정확하게 핵심을 짚어낸다.

지금도 그렇다. 그는 핵심을 말하고 있다.

"저놈을 어떻게 할까?"

"……"

일시 침묵이 흘렀다.

당우를 어떤 식으로 판단해야 하나? 놈과 편마의 관계는 어떻게 되나? 놈을 편마의 후인으로 인정해야 하나 아니면 조마의 후인으로 받아들여야 하나.

놈의 몸에는 두 가지 무공이 쌓여 있다.

겉으로 판단되는 무공은 편마의 녹엽만주다. 하지만 몸 안에 내재된 내공은 조마의 투골조다.

무작정 당우를 감쌀 것이 아니다. 놈의 성격부터 규정해야 한다.

놈을 편마의 후인으로 인정한다면 사구작서와는 가장 가까운 관계가 된다. 하지만 조마의 후인으로 규정한다면 철천지 원수가 된다. 편마와 조마의 관계가 그랬으므로.

"넌 어때?"

소서가 야서에게 물었다.

"제길! 묻긴 뭘 물어? 편존(鞭尊)께서 늘 하시던 말씀 못 들었어? 놈과 전체가 되었다고 했잖아. 전체가 뭐야? 일체(一體)라는 말 아냐. 제길! 부부 간에도 그런 말은 쓰지 않겠다."

야서가 씁쓸한 표정으로 말했다.

편존이란 야서가 편마를 부르는 말이다.

그와 편마의 관계는 무엇일까? 깊숙한 사정이야 알 수 없다. 하지만 '편존'이라는 명칭만 봐도 그가 얼마나 존경하고 있는지는 여실히 알 수 있다.

"그건 일반적인 거고…… 네 느낌은 어때?"

"느낌? 흐흐흐! 느낌이야 좋지 않지. 저놈들이 저렇게 노려보고 있는데 기분이 좋을 리 있나."

야서가 마인들을 쳐다보면서 말했다.

어둠 속에서 상당히 많은 무리가 사구작서를 노려보고 있다. 한두 명이 아니라 한 무리다. 아마도 마인들 전부가 끝장을 보려고 모인 것 같다.

야서는 이런 광경을 보면서 '좋지 않다'는 말을 썼다.

느낌이 좋지 않다. 즉, 일이 상당히 어렵게 되었다는 뜻이다. 자신들이 유혼신법이라는 어둠의 신법을 창안해 냈지만, 마인들 역시 자신만의 절기를 만들어왔다.

편마가 생존해 있다면 근처에도 오지 못할 놈들이지만 사구작서만으로는 감당하기가 벅차다.

"결론을 짓자."

소서가 말했다.

"난 결론 같은 거 없어."

야서가 석도를 움켜쥐며 말했다.

야서에게는 이런 논의 자체가 무의미하다. 그에게 편마란 절대적인 신이다. 편마의 말이라면 끝으로 메주를 쑨다고 해도 믿는다. 그런 편마가 생전에 '전체'가 되었음을 말했다. 그것으로 끝난 것이다. 더 이상 왈가왈부할 필요가 없다. 다른 세 사람이 다른 의견을 내놓더라도 그는 여전히 편마의 뜻을 신봉한다.

"좋아, 따라가지. 하지만…… 새끼! 투골조만 꺼냈다가는 봐라. 내 생간을 꺼내 씹어버린다."

혜서가 당우 있는 쪽을 노려보며 말했다.

"우리도 정리하지."

추포조두가 치검령에게 말했다.

"후후후! 난 이미 졌어. 한 판 싸움에서 진 것으로 내 상황은 종료되었다."

"그 말…… 풍천소옥에 반기를 들었다는 말로 받아들여도 되나?"

"후후후! 풍천소옥에 반기를 든 사람은 없다."

"그렇군. 죽은 사람만 있으니까."

"말귀를 알아듣는군. 치검령…… 후후! 그런 별호를 받을 때부터 뭔가 찜찜하다 싶었는데…… 결국 유령이 되고 말았군. 검령이 되어야 하는데 유령이 됐어."

"유령도 검령이 될 수 있지."

추포조두가 치검령의 어깨를 툭 쳤다. 한데 그 순간,

쉐엑!

치검령이 추포조두의 턱 밑으로 파고들면서 손에 들린 석도를 목젖 밑에 댔다.

실로 눈 깜짝할 순간에 벌어진 돌발 사건이다.

추포조두는 태연했다.

치검령의 석도에서 살기를 읽지 못했다. 위세는 날카롭지만 위험이 깃들어 있지는 않다. 피할 필요가 없는 검이다.

"아직 할 말이 남은 게로군."

"난 저놈이 필요하다."

"그런 줄 알았어."

"하지만 저놈을 살려두는 것 또한 은자로서 최대의 수치지."

추포조두의 눈빛이 반짝였다.

"죽이지 않은 것이 아니라…… 죽이지 못한 것이군."

"나를 능가하는 고수. 그렇게 키울 셈이다. 지금도 상당한 수준이지만 밝은 세상에 나가면…… 그래서 내가 할 수 있는 건 다해줄 생각이다."

추포조두는 아무 말도 하지 않았다.

당우가 죽일 수 없는 상대로 성장했다. 치검령이 손쓸 수 없는 거목이 되었다.

상황이 이렇다면 치검령이 그를 죽이지 못한 것은 수치가 아니다. 하지만 대신 모욕을 받아야 할 곳이 있다. 그를 파견한 풍천소옥이 사태를 잘못 읽은 책임을 져야 한다.

물론 치검령은 사문을 욕되게 하지 않으리라.

자신도 죽이지 않고 사문도 욕되지 않게 하는 방법은? 간단하다. 자진(自盡)이다. 자신의 생명을 끊어서 죽이려고 했으나 죽이지 못한 사건으로 끝맺는다.

 이런 결과가 흔한 것은 아니지만 전혀 없는 것도 아니다.

 은자로서의 위신도 지키고 사문도 비판을 피할 수 있고, 그러는 동안에 당우를 이용해서 배신을 아무렇지도 않게 저지른 천검가를 응징한다.

 추포조두가 말했다.

 "네가… 당우가 일 초 싸움을 벌일 때…… 마음을 읽었다. 나 역시 마찬가지. 투골조에 대한 뿌리를 캐낸다. 아니, 백석산에서 벌어진 참겁을 밝혀낸다. 여기에 내 인생을 건다."

 "그 말 믿어도 되나?"

 "나도 너처럼 사문에 폐가 될 생각은 없다."

 추포조두 역시 자진까지 염두에 두고 있다.

 이번 일은 심상치 않다. 류명이 투골조를 수련한 것은 맞지만, 백 명의 동남동녀까지 그가 해쳤다고는 보기 어렵다.

 생각보다 깊숙한 사연이 있다.

 "후후! 내가 어떤 사람인지 살펴볼 정도의 시간은 지난 것 같은데?"

 추포조두가 석도를 밀어내며 말했다.

 "모든 끈이 당우에게 연결되어 있다. 당우를 죽여야 할 때는……."

 "네 동의를 구하지."

파팟!

두 사람의 눈동자에서 불길이 일었다.

은자는 거짓을 말하지 않는다. 진심을 숨기고 겉도는 말은 할지언정 지금처럼 명확하게 단정 짓는 말에는 거짓이 없다.

"좋아, 같이 간다."

치검령이 옅은 웃음을 흘렸다.

"투골조에 얽힌 사연은 궁금하지 않나? 투골조 같은 무공이 나타나기도 쉽지 않잖아? 후후후!"

추포조두가 석도를 뽑으며 말했다.

사구작서 쪽이 심상치 않다. 같이 어울려서 한바탕 칼춤을 추어야 할 듯싶다.

투골조는 비급이 있어도 익히기가 꺼려지는 무공이다. 무공을 일성 높이는 데 백 명의 동남동녀를 죽여야 한다면 누가 쉽게 손을 대겠는가. 냄새는 어떤가? 그 지독한 냄새를 참을 수 있겠나.

천 명을 죽일 마음이 아니라면 손에 잡아서는 안 될 무공, 그것이 투골조다.

"전혀. 그쪽은 관심 밖이야."

치검령이 방향을 틀면서 말했다.

2

사구작서가 거주하는 공간은 금역(禁域)이다. 어두워서 방향을 종잡을 수 없다고 하지만 그것은 그들 사정이고, 어떤 연유에서든 그들의 공간을 침범하면 안 된다.

이는 편마가 공표한 말로 만정에서는 율법이나 다름없다.

한데 그 율법이 깨졌다.

"큭큭! 몇 마디 물어볼 말이 있어서 말이오."

마인들이 금역으로 들어서며 말했다.

"큭큭! 죽고 싶으냐?"

야서가 눈에 불을 켰다.

"큭큭! 이리 깨지나 저리 깨지나 마찬가지라면 우리도 발악을 해봐야지 않겠소."

"소? 않겠소? 히히히! 이것들이 이제 맞먹자고 덤비네."

누워 있던 노서가 몸을 일으켰다.

마인들의 태도에서 적의(敵意)가 감지된다. 단순히 경계를 넘어선 것이 아니다. 단단하게 벼르고 넘어왔다.

"맞먹고 자시고 그딴 건 딴 데 가서 알아보…… 저놈이 계집들 때문에 칼날을 돌려세웠는데 아무 일도 없었던 것처럼 이대로 끝낼 참이오?"

물을 말이 있어서 물은 게 아니다. 마찬가지로 사구작서도 대답할 말이 없다. 어떤 말을 묻든, 어떤 말로 대답하든 시비는 벌어지게 되어 있다.

"히히히! 새끼들, 정말 죽고 싶은 모양인데, 그럼 죽여줘야지. 까짓것, 죽은 사람 소원도 들어준다는데 산 사람 소원 하나 못 들어주겠어."

혜서가 석도를 입에 대고 혀로 핥았다.

"흐흐흐!"

율법을 깬 마인들은 물러서지 않고 괴소를 흘렸다.

지금까지 이런 일은 없었다. 율법이 깨진 적도, 협박이 먹히지 않은 적도 없었다.

'이게 모두 당우 저놈 때문이야!'

사구작서는 터질 일이 기어이 터지고 말았다는 심정으로 석도를 움켜잡았다.

당우는 어떻게 하고 있을까? 정신을 수습했을까, 아니면 멍하니 앉아 있을까? 잠을 자고 있지는 않겠지?

알 수 없다. 놈이 가만히 있으면 도무지 어디서 무엇을 하는지 알 길이 없다.

지금과 같은 경우에는 그것이 오히려 다행이다.

이놈들이 자신들을 뚫고 들어간다고 해도 당우를 찾기는 쉽지 않을 것이다.

놈의 채찍 반경이 무려 십 장이다.

장님이 십 장을 뒤지려면 한 시진도 넘게 걸린다.

가만히 있을 당우도 아니다. 반격을 말하는 게 아니다. 놈이 슬그머니 이동만 해도 찾지 못한다. 발걸음 소리가 들리지 않고 옷자락 펄럭이는 소리도 없다. 어디서 그를 찾을 것인가. 평생을 뒤져도 찾지 못한다.

"키키! 어디 단단히 준비하고 온 모양인데……."

쒜엑!

말이 끝나기도 전에 야서의 모습이 사라졌다.

이왕 싸움이 벌어질 것이라면, 피할 수 없다면 선제공격을 가해서 주동한 것으로 보이는 자를 처리하는 게 낫다.

"흐흐흐!"

마인도 그만한 준비는 했다는 듯이 스르륵 몸을 숨겼다.

만정은 쥐 죽은 듯 조용했다.

살수(殺手)들의 싸움이 시작되었다.

거미처럼 기어가야 한다. 뱀처럼 기어가면 발각된다. 무당벌레처럼 자신을 숨겨야 한다. 숨소리, 체온, 안광마저 감추고 철저히 어둠과 동화된다.

잘 숨고, 잘 움직이는 자가 이긴다.

치검령과 추포조두는 전문적으로 이런 수련을 쌓았다. 실전에서 죽음과 맞바꾼 경험들을 체계있게 배웠다.

은자들은 이런 식으로 움직이는 데 능통하다.

적성비가에는 암행류가 있다. 어둠 속에서 움직인다는 뜻이다. 풍천소옥에는 은형비술이 있다. 형체를 숨긴다는 뜻이다. 초령신술도 있다. 형체를 숨긴 상태에서 상대의 기운을 읽어 낸다는 것이니 자신은 숨고 다른 자는 파악해 낸다.

그들은 이런 공부를 지고한 경지까지 수련했다.

그런데도 사구작서 앞에서는 검을 쓰지 못했다.

사구작서의 유혼신법은 적어도 만정에서만은 최고의 신법으로 추앙받아야 마땅하다.

툭! 물컹!

딱딱한 돌이 말랑말랑한 살을 건드린다.

"헉!"

단 한 번의 부딪침, 그리고 단 한 마디의 경악성!

아주 낮게, 극미하게 터져 나온 경악성은 진한 여운을 남기고 사라졌다.

그 후 아무 소리도 들리지 않는다.

피가 쏟아지는 소리도, 육신이 넘어가는 소리도, 땅바닥이 긁히는 소리도 없다.

조용하다.

스읏! 스으읏! 스읏!

일단의 무리가 일렬로 쭉 늘어서서 땅바닥을 더듬어 나갔다.

모두 예정된 행동이다.

일단 싸움이 시작되면 제아무리 사구작서라 한들 쉽게 몸을 움직이지 못한다. 유혼신법의 틀을 벗어나는 순간, 사구작서는 한낱 버러지가 된다.

마인들을 무시하면 큰코다친다.

사구작서가 위세를 떨칠 수 있었던 것은 유혼신법이 있었기 때문이란 사실을 잊어서는 안 된다.

한데 이를 어쩌나? 유혼신법은 빨리 움직일 수 없지 않은가. 이동할 때도 천천히, 공격할 때도 천천히, 아니, 아주 느리게,

최대한 느리게.

싸움이 시작되기 전이라면 몰라도 시작된 후에는 함부로 몸을 움직일 수 없다.

그때를 이용하여 당우를 붙잡는다.

포획조(捕獲組)에 포함된 열다섯 마인은 서로의 손이 엇갈릴 정도로 거리를 가깝게 하고 방원 십 장을 더듬어 나갔다.

열다섯 명이 방원 십 장.

그들이 장님일지라도 십 장 안을 샅샅이 더듬는 데는 채 반 각이 걸리지 않는다.

그 시간 동안 사구작서는 죽었다가 깨어나도 달려들지 못한다.

급할 필요가 없다. 여유를 가지고 천천히 더듬어 나가면 된다. 놈이 빠져나가지 못하도록 인막(人幕)만 단단히 둘러치면 된다.

스웃! 스스슷!

한발 한발 앞으로 나갔다. 그러던 어느 한순간,

"컥!"

짤막한 비명이 울렸다.

이번 비명은 사구작서가 일으킨 비명과는 사뭇 다르다. 비명 소리에서 칼에 찔리는 게 느껴진다.

석도가 날카롭다고는 하지만 철검에 비하면 둔탁하다. 그런 칼에 맞으면 부드럽게 베어지면서 쑤셔지는 게 아니라 뭉툭하게 눌리면서 파인다.

극심한 아픔이 고스란히 전달된다.

털썩!

땅바닥에 쓰러지는 소리도 울린다. 더불어서 이제는 향긋한 피 냄새도 확 피어난다.

"이 새끼들이!"

마인 중 한 명이 노성(怒聲)을 내질렀다.

칼을 쓴 사람이 누군지 안다. 치검령이나 추포조두다. 멀쩡한 몸이라면 모른다. 진기를 많이 빼앗겨서 운신조차 제대로 못하는 놈들이 선제공격을 가해왔다.

"흐흐흐! 그러잖아도 배알이 뒤틀렸는데, 이번 기회에 모두 쓸어버려야겠군."

"의원 새끼는 남겨둬. 쓸모가 있을 것 같더라고."

"남겨두지, 뭐. 그 새끼는 늙어빠진 놈이라 맛도 없어. 순 질긴 거죽만 나올 거 아냐. 크크크!"

마인들의 숫자가 대폭 늘어났다.

사구작서를 상대하던 자들 중에서 일부가 이쪽으로 합류했다.

마인들은 이런 경우가 벌어질 것을 예상했다. 치검령이나 추포조두는 사구작서와 연수하여 홍염쌍화를 상대한 경험이 있다. 그러니 언제든 연수할 수 있다고 봐야 한다.

그때를 대비해서 미리 대처 방안을 강구해 두었다. 그리고 그대로 되었다.

이로써 적아(敵我)가 매우 분명해졌다.

사구작서와 나중에 들어온 놈들이 한패, 마인들이 한패다.
"ㅎㅎㅎ!"
"키키키!"
마인들은 서둘지 않고 천천히 조금씩 거리를 좁혀 나갔다.

"어쩌지?"
"글쎄."
"계집아! 머리 좀 빨리 굴려봐!"
"모르겠어."
"저놈부터 살리고 봐야 하는 거 아냐?"
"글쎄……."
어해연은 미간을 잔뜩 찌푸린 채 고민했다.
마인들 간의 싸움은 늘 있어왔다. 배고픔 때문에 다른 자를 죽이는 것도 다반사다. 하지만 지금처럼 무리 대 무리로 싸운 적은 지난 이십 년 동안 한 번도 없었다.
이 싸움 끝에는 몇 명이나 살아남을까?
사구작서는 만만치 않다. 편마가 마인들을 이끌어왔다지만 직접 명령을 이행한 사람들은 그들이다. 그들이 움직였고, 마인들을 굴복시켰으며, 저항하는 자들을 죽였다.
사구작서가 중과부적(衆寡不敵)으로 밀린다고 해도 상당히 많은 마인들을 죽인 후일 게다.
치검령과 추포조두도 마찬가지다.
그들은 만정에 들어오는 첫날, 마인들에게 패했다. 만정 마인들의 무서움을 맛봤다. 하지만 엄밀히 따지면 그 싸움은 은자 대 사구작서의 싸움이었다. 은자가 마인들에게 패한 것이 아니라 사구작서에게 패한 것이다.

이번 싸움은 많이 다르다. 은자는 제 몫을 해낼 게다. 지난 삼 년 동안 만정에서 보고 배운 게 꽤 많다. 마인들이 어떤 종류의 무공을 구사하는지도 면밀히 관찰했다.

솔직히 지금은 사구작서라고 해도 옛날처럼 일방적으로 두들겨 패지는 못할 것이다.

마인들이 추풍낙엽처럼 떨어져 나갈 것이다.

한데 이것은 귀영단애에 떨어진 명령과는 상반된다.

그들은 마인들의 숫자를 일정하게 조절할 의무가 있다.

마음에 들지 않는다고 무턱대고 죽여서도 안 되고, 죽게 내버려 두어서도 안 된다.

이들이 질병에 걸리면 즉시 통보한다.

이들 간에 싸움이 벌어지면 주동자를 가려서 싹을 잘라 버린다.

일정한 숫자를 조절하기 위해서라면 어떠한 방편을 써도 무방하다. 그만한 권한과 무공이 주어져 있다.

지금과 같은 상황이라면, 귀영단애에 떨어진 명령을 제대로 수행하려면 몇몇 사람을 죽여야 한다.

사구작서, 그리고 치검령과 추포조두.

이들 여섯 명만 죽이면 최소한의 희생으로 만정의 흐름을 유지할 수 있다.

'앗!'

어해연은 퍼뜩 머릿속을 스쳐 가는 생각이 있었다. 하마터면 경악성을 토해낼 정도로 놀라운 사실을 발견했다.

어화영 그녀라고 이러한 사정을 모를 리 없다. 너무나도 잘 알고 있다.

그런 그녀가 당우부터 살리고 봐야 한다고 말했다.

당우를 살린다?

그를 살리려면 치검령과 추포조두도 살려야 한다. 그렇지 않고는 그를 살린 보람이 없다. 기껏 살려놨다가 지인들을 죽게 놔뒀냐고 원망이나 들을 판이다.

또한 사구작서도 살려야 한다.

이건 더 큰 문제다.

지금 만정 마인 전체와 사구작서의 싸움이 벌어졌다. 그런데 사구작서의 편을 들어준다?

그녀가 왜 이런 생각을 한 것일까? 몇 명만 죽이면 되는데 왜 다른 길을 택한 것일까? 그리고 자신은 또 왜 머릿속에 그려진 그림을 펼치지 못하고 망설이는가.

'당우……'

모두 당우 그놈 때문이다.

자신의 가슴에도, 어화영의 활달한 가슴에도 당우의 그림자가 꼭 박혀 있다.

뭐라고 딱히 말할 수는 없지만 놈의 안위가 걱정된다.

'휴우! 만정에 상당한 변화가 일어날 거야.'

어해연은 결정했다.

"저들을 빼내서 이쪽으로 돌리자."

그녀가 동혈 안쪽을 가리켰다.

"이쪽으로?"

어화영이 놀란 눈으로 되물었다.

그쪽은 마인들의 금역이다. 홍염쌍화의 공간이다. 마인들이 바깥으로 통하는 길이 있지 않을까 생각하는 구명처(求命處)다.

"우리 동혈을 가운데 두는 거야."

"알았어!"

쒜엑!

어화영이 생각할 것도 없다는 듯 신형을 쏘아냈다.

"앗! 같이 가야지!"

어해연도 즉시 신법을 펼쳤다.

야광주의 불빛이 두 여인을 신비롭게 휘감았다.

쓱!

"끄윽!"

죽음이 조용히 일어난다.

그래, 죽어라.

마인들은 당황하지 않았다. 어차피 이런 싸움을 예상했으니 놀랄 것도 없다.

정상적인 방법으로는 사구작서를 당해낼 수 없다.

편마가 살아 있을 적에도 몇 번이고 암습을 시도해 보았지만 번번이 실패했다. 이제는 됐다 싶어서 잠입하다가 곤죽이 되도록 얻어맞은 게 한두 번이 아니다.

그때 실패한 것이 지금이라고 성공할 리 없다.

움직이면 당한다. 그러니 최대한 움직이지 않고 숨어 있는 게다. 사구작서더러 찾아나서라고 강요만 하면 된다. 그들이 쉬지 못하도록 재촉만 한다.

사구작서는 피곤해서 미칠 게다.

체력이 바닥나는 건 정해져 있다. 바닥나지 않을 수 없다. 만정에 와서 이토록 긴 싸움을 해본 적이 없기 때문에 더욱 빨리 지칠 수도 있다.

그러나 정작 체력은 문제가 되지 않는다. 심력(心力)이 더욱 빨리 소진된다.

한두 명, 길게는 네다섯 명쯤 싱겁게 죽이다 보면 방심(放心)에 젖어들지 않을 수 없다. 그런 마음이 빨리 찾아오기를 바라지만 사구작서 역시 소문난 마인들이었으니 쉽지는 않을 게다.

그래도 지치게 되어 있다.

진기를 쓰지 않고 육신의 힘만으로 움직이기 때문에 힘이 빠지면 반드시 실수한다.

그때를 기다린다.

마인들이 절반 이상 쓰러질 수도 있다.

죽는 자는 제 운수가 그것뿐인 게다. 남은 자는 당우를 잡아서 무공을 회복한다.

당우에게 정말로 무공을 회복할 길이 있는지 없는지는 알지 못한다. 하지만 약간의 희망이라도 있으니 해본다. 어차피 인육이나 뜯어 먹다가 죽을 운명이라면 이렇게라도 발악해 본다.

무공을 회복하면 또 어쩌나? 만정을 벗어날 수 있나?

그것은 차후의 일이다.

설혹 만정을 벗어나지 못한다고 해도, 무공을 회복하지 못한다고 해도 멍청하게 앉아서 인육이 떨어지는 것만 쳐다보는 것보다는 훨씬 재미있지 않나.

마인들은 이번 싸움에 모든 걸 걸었다. 그때,

파아앗!

저 멀리서 푸른빛이 일렁거렸다.

"안 돼!"

누군가 절망스럽게 외쳤다.

그들은 푸른빛 앞에 저항하지 못한다. 섶을 지고 불로 뛰어드는 불나방이 아닌 이상 푸른빛을 피하는 것이 상책이다.

푸른빛은 사구작서를 일 장에 날려 버렸다.

마인들 중에 최고라는 편마조차도 치검령과 추포조두의 도움을 받은 후에야 간신히 일 장 격돌을 치렀다.

홍염쌍화는 무적이다.

"제…… 길! 제길!"

어떤 마인이 만정이 떠나가라 고함쳤다.

푸른빛은 그들의 희망을 처참하게 짓밟았다.

파파파팟!

푸른빛이 곧바로 나아가 거머쥔 것은 축 늘어진 당우의 몸뚱이다.

그는 포획조가 손만 뻗으면 닿을 곳에 엎드려 있었다. 누워서 쉬는 것이 아니라 정신을 잃고 축 늘어져 있었다.

한 걸음만, 아니, 손만 쭉 뻗어도 당우를 거머쥘 수 있었는데.

"따라와!"

어화영의 말은 지상명령이다.

쉭! 쉬익!

추포조두가 묵혈도를 감싸 안고 푸른빛 속으로 뛰어들었다. 치검령은 산음초의를 등에 업었다.

파파파팟!

푸른빛은 올 때와 마찬가지로 순식간에 멀어져 갔다.

사구작서는 어디 있는 것일까? 아직도 숨어서 결전을 치르려는 것일까?

아니다. 눈썰미가 있는 자라면 푸른빛을 따라가는 검은 그림자들을 보았을 게다.

그들은 홍염쌍화를 따라갔다.

홍염쌍화가 거두지 않아서 그렇지 그녀들이 승낙만 하면 따라가지 않을 사람이 없다.

어느 누가 야광주의 빛 속에서 살고 싶지 않으랴.

그녀들은 인간다운 음식을 먹는다. 인간답게 씻고, 입는다. 불이 없어서 화식(火食)은 하지 못하지만 그래도 사람을 뜯어 먹는 것보다는 훨씬 맛있을 게다.

그녀들을 따라간 놈들은 횡재한 게다.

"저 빛만… 야광주만 깨지면…… 오독오독 씹어 먹고 말 테야."

마인들 중 한 명이 부드득 이를 갈았다.

"씹어 먹다 뿐이야! 내 저 계집들을 결단코 가만두지 않을 게다. 홍염쌍화… 귀영단애…… 이곳만 빠져나간다면…… 이곳만 벗어난다면…… 흑흑!"

마인들의 분노는 울음으로 변했다.

그들이 이를 갈면서 운다. 한(恨)을 가슴속에 삭이며 운다.

"이제 저놈들과 우리는 적이 되었다. 사구작서는 적이다. 형제들을 무참하게 도륙하고 계집년 치마폭에 기어들어 간 냄새나는 놈들이다. 저놈들…… 흐흐흐! 저놈들은 반드시 기어 나온다. 질질 짜지 말고 준비햇!"

누군가 버럭 고함쳤다.

막연히 하는 말이 아니다. 충분히 근거가 있는 말이다.

사구작서는 인육에 맛을 들였다. 인육을 먹고 살아왔다. 그 세월이 몇 년이나 되는지 헤아리지도 못한다.

그만큼 인육을 먹었으면 소위 말해서 인이 박인다.

인육을 먹지 않으면 술주정뱅이가 술을 끊은 것처럼 금단증상이 일어난다.

사람 냄새만 맡아도 눈이 희번덕 돌아갈 게다.

놈들은 기어나온다. 반드시 기어나온다. 이를 악물고 참는다면 기어나오도록 냄새를 피우면 된다.

문제는 어떻게 죽이느냐다.

그들은 사구작서의 유혼신법을 따라잡지 못하고 있지 않은가.

"함정을 파야겠군요."

누군가 조용히 말했다.

第四十五章
농연(濃煙)

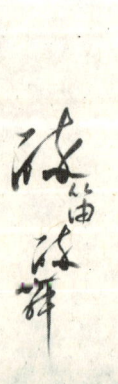

1

"천검가로 가나요?"

마사가 물었다.

철부지 같은 표정이다. 너무 앳돼서 어떤 말을 해도 귀엽게만 보인다. 아니, 사랑스럽게 보인다.

"아니오."

류명의 음성이 탁하게 갈라져 나왔다.

마사는 갈증을 풀어주지 않는 샘이다. 맑고 시원한 샘물이지만 아무리 목이 타도 마실 수 없다. 그리고 그런 생각을 하면 할수록 갈증은 더 심해진다.

"하기는…… 우리 같은 사람들을 본가로 불러들이기에는 아무래도 그렇겠죠?"

농연(濃煙) 149

마사가 뾰루퉁해서 말했다.

류명은 마른침을 꿀꺽 삼켰다.

마사는 자신의 마음을 읽고 있다. 가주가 은자 일곱 명 중 한 명으로 자신을 내준 것이 아니라 류명이 특별히 지명했다는 사실도 전해 들었을 게다.

그런 일을 왜 했겠는가?

그녀는 자신의 마음을 읽고 있다. 그래서 천검가로 가느냐고 물었을 게다.

'아무래도 이 여자의 포로가 된 것 같군.'

강호의 비정함을 찾으러 갔다가 여인을 만나고 말았다.

'죽음'이라는 말을 달고 사는 은자들, 그 속에 이 세상 어느 곳에서도 찾을 수 없는 여인이 숨어 있었다.

그는 마사에게 정신없이 빨려들어 갔지만, 그런 자신을 제어하지 않았다. 그녀와의 관계를 방해하는 그 어떤 요소도 받아들이고 싶지 않았다.

류명은 쓴웃음을 흘리며 급히 말했다.

"하하하! 우선 일부터 하고……. 하지만 마사, 내 약속하는데 당신은 꼭 본가로 가게 될 거요."

"일부터…… 일해야죠. 뭘 할 건데요?"

"하하하!"

류명은 웃음으로 얼버무렸다.

마사는 더 캐묻지 않았다. 대신 딱딱한 말이 아닌 그가 원하는 말을 건네왔다.

"절 좋아하죠?"
"그렇소."
류명은 말이 끝나기가 무섭게 대답했다.
그래, 이런 대화가 좋은 거야.
"절 취할 생각이죠?"
이번에는 확실히 노골적인 물음이다. 대답하기 곤란할 정도로 직설적이다.
"그렇소."
류명은 이번에도 망설이지 않고 즉시 답했다.
역시 대화가 통하는 여자다. 이렇게 물어주니 얼마나 고마운가. 자신의 감정이 어쩌니 저쩌니 시시콜콜하게 설명하지 않아도 된다. 구차하게 감정 부스러기를 붙잡고 늘어지지 않아도 된다. 서로 눈빛만 쳐다봐도 상대가 원하는 것을 알고 이해한다.
이런 여자가 좋다.
그런 여자가 자신을 마음에 들어하는 것 같으니 더 좋다. 눈가에 맺힌 웃음기를 확 빨아들이고 싶다.
"일인일건이라는 말은 들었죠?"
"들었소."
"절 취하는 데 그걸 쓸 건가요?"
이 여자는 정말 갈증을 치밀게 한다.
류명은 다시 한 번 마른침을 꿀꺽 삼키며 말했다.
"그렇소. 일인일건이 아니라 그 무엇이 되었다 해도 소저를 취할 수만 있다면 쓸 것이오."

류명은 마사의 눈을 뚫어지게 쳐다봤다.

이만큼 말했으면 할 말은 다 했다. 이제는 마사의 결단만 남았다. 마사가 승낙만 하면 둘 사이의 관계는 급속도로 발전한다.

여인을 한두 번 취해본 것도 아니고, 운우지락(雲雨之樂)을 모르는 바도 아니다. 그런 만큼 여인도 능숙하게 다룬다고 자부한다. 말투나 행동에서 호감도를 읽어내는 것은 그리 어렵지 않다.

마사 그녀도 자신을 좋아한다. 틀림없다.

들뜬 그와는 달리 마사는 시종일관 차분했다.

"우린 만난 지 하루도 안 됐어요. 저에 대해서 아는 게 없으실 텐데…… 그저 노류장화 대하듯이 예쁘니까 한번 꺾어보자는 심산이신가요?"

소위 말해서 '책임' 부분이다.

이 부분은 어느 여자나 똑같이 염려한다. 이런 말을 묻지 않는 사람은 기녀(妓女)뿐이다.

하룻밤 풋정만 쌓은 후에 끝낼 것인가. 육신을 취한 후에는 무정하게 돌아설 것인가.

그런 걸 아는 사람은 없다.

자신도 마찬가지다. 지금 그녀가 물어와서 하는 말이 아니라 어느 여자가 물어온다고 해도 그렇다고 말할 사람은 없다. 끝까지 책임지겠다. 당신만 영원히 사랑하겠다. 하늘에 대고

맹세한다. 입으로 할 수 있는 온갖 감언이설(甘言利說)이 우르르 쏟아져 나온다.

그러면 여인은 그 말을 믿고 몸을 허락한다.

이게 말이나 되는 소린가?

그런 후에는 얼마간 사랑을 꽃피우다가 열정이 식으면 갈라선다.

책임진다고 했잖아요! 나만 사랑한다고 했잖아요!

그런 말로 발목을 잡는 여인은 정말 순진해서 그런다고 말할 수도 없고…….

해도 그만, 하지 않아도 그만인 말을 꼭 묻는 게 여자다.

류명은 정색을 하고 마사를 쏘아봤다.

"내가 지금 하고자 하는 일은 은자 일곱 명이 아니라 여덟, 아홉 명으로도 부족하오. 천유비비검보의 값어치가 일곱 명이라고 해서 좋다고 했소. 그리고 그중에 한 명으로 소저를 택한 것이오. 소저 때문에 내가 하고자 하는 일이 실패할 수도 있소. 그러면 천유비비검보만 날리는 결과가 되겠지만…… 그래도 후회하지 않소. 만약 검보의 값어치가 낮아서 한 명만 택해야 한다면…… 난 내 일을 포기하고 소저를 택했을 거요."

그의 음성이 미미하게 떨렸다.

이런 음색은 여인을 감동받게 한다.

자신 때문에 사내의 심장이 떨리고 있다고 생각하는 모양이다.

그런 의미에서 말도 약간 어눌한 게 좋다.

농연(濃煙) 153

할 말이 많은데 갑자기 머릿속이 하얗게 비어서 적당한 단어가 생각나지 않는다. 정말 마음속 말을 어떤 식으로 표현해야 좋을지 모르겠다. 그냥 네가 내 마음을 알아주면 안 될까?
 류명이 다짐하듯 말했다.
 "일인일건으로 무슨 말을 하려고 했는지 아시오? 내 아내가 되어주시오."
 "진심이세요?"
 마사가 놀란 듯 눈을 동그랗게 떴다.
 "농으로 청혼하는 사내는 없소."
 "우린 만난 지 겨우……."
 "소저를 만난 그 순간부터 내 눈이 멀었소."
 류명은 마사의 손을 덥석 잡았다.
 마사는 손을 빼지 않았다.
 "지금 쓰세요."
 "……?"
 "본가까지 갈 필요가 없잖아요. 지금 제가 해야 할 임무를 주세요."
 '허!'
 이번에는 류명이 놀랐다. 많이 놀라지는 않았고 조금, 아주 조금 놀랐다.
 정숙하다는 여인부터 건드리지도 않았는데 꽃잎을 떨어뜨리던 여인까지 다양한 여인을 접해봤다. 하지만 마사처럼 천하지 않으면서 활발하고 자유로운 여인은 처음 봤다.

다른 여인이 마사처럼 말했으면 헤픈 여자로 생각했을 게다.

 본가까지 갈 필요가 없다? 그게 무슨 뜻인가? 의식을 차릴 필요가 없다는 말이다. 가주에게 허락을 받을 필요도 없다. 류명과 마사 둘만 좋으면 그만이다. 지금이라도 은자를 쓰는 조건으로 청혼을 해라. 그럼 오늘이라도 동침하겠다.

 마사의 말은 이런 식으로 받아들여도 무방하다.

 은자는 이런 부분에서도 개방적인 것인가. 마사가 이미 그쪽 방면에 경험이 있는 건 아닐까? 그럴 수도 있다. 중원의 어느 살수 문파는 방중술에 능통한 여살수를 양성하기도 한다. 적성비가라고 그러지 말라는 법이 없다.

 만약 그렇다면······. 그래도 상관없다.

 마사가 처녀가 아니라 이미 알 만큼 안 여자라고 해도 그녀를 놓치고 싶지 않다.

 류명이 말했다.

 "마음과 마음이 통해서 이런 말을 하면 좋으련만······ 우선 당신을 손에 넣고 봐야겠소. 일인일건······."

 "잠깐!"

 류명이 그녀가 맡아야 할 임무를 말하려는 순간, 마사가 검지로 류명의 입술을 막았다.

 "공자가 좋아요."

 "하!"

 류명은 입을 벌리며 웃었다.

농연(濃煙) 155

많은 여인에게서 좋다는 말을 들었지만 마사에게서 듣는 느낌은 전혀 달랐다.

전신이 자르르 울린다. 심장이 터질 것 같다. 천릿길을 달려온 것처럼 헐떡인다.

그는 잡고 있는 마사의 손을 끌어당겼다.

마사는 딸려오지 않았다. 손을 들어서 살며시 류명의 가슴을 밀어내며 말했다.

"처음…… 볼 때부터 좋았어요. 공자님만 좋았던 게 아녜요. 저도 첫눈에 반했어요. 그래서 하는 말이에요. 전 굉장히 피곤한 여자예요. 사납기도 하고요."

"그 말은 가주께 들었소."

"적성비가 사람들은 가급적이면 제게서 떨어지려고 해요. 순찰을 돈다거나 하는, 어쩔 수 없을 때만 붙어 있는데…… 그때도 일정한 거리를 둬요."

"난 항상 가까이 있을 것이오."

"임무를 말하기 전에…… 청혼을 하기 전에 제가 어떤 여자인지 알아보세요. 시간은 충분하잖아요? 전 어차피 공자님 곁에 있을 사람이니까 곁에 두고 지켜보세요. 그러다가 확신이 생겼을 때 임무를 주세요."

"일인일건, 내 아내가 되어주시오."

류명은 청혼을 해버렸다.

마사가 말했다.

"좋아요."

요정 같은 여자, 그리고 마음대로 할 수 있는 여자.

류명은 참지 못했다.

쉬익!

그녀의 허리를 낚아채자마자 쏜살같이 신형을 쏘아냈다.

마사는 저항하지 않았다. 팔로 목을 휘감아서 류명이 달리기 편하게 해주었다.

류명의 가슴은 더욱 들끓었다.

마사의 봉긋한 가슴이 바싹 밀착된다. 고무처럼 탄력있는 살결이 온몸을 휘감아온다.

마사에게서는 기분 좋은 냄새도 풍긴다.

풀냄새 같기도 하고 꽃향기 같기도 한데 맡으면 맡을수록 더욱 깊이 침잠하고 싶어진다.

류명은 산으로 뛰어들어 갔다.

깊이, 깊이 사람 발길이 닿지 않을 만한 곳으로 달리고 또 달렸다.

"됐어요."

마사가 그의 귓가에 간지러운 바람을 불어넣었다.

그녀의 음성은 솜처럼 달콤하다. 그녀의 유혹은 돌아앉은 부처도 벌떡 일어서게 만든다. 이 세상에 어떤 자가 있어서 이 유혹을 뿌리칠 것인가.

그는 계곡 한구석, 시원한 물줄기가 쏟아져 내리는 계곡의 널찍한 바위에 마사를 눕혔다.

마사의 눈이 고혹적으로 변했다.

벌린 듯 다문 듯 살짝 벌어진 입술 사이로 달짝지근한 향내가 풍긴다.

"소저!"

그는 마사를 꼭 껴안았다.

진한 방향(芳香)이 이성을 마비시킨다. 아니, 이제는 마비될 것도 없다. 넋은 이미 빠져나갔고, 본능만 남은 육신이 어찌할 바를 모르고 발버둥 친다.

부숴 버릴 것이 있다. 부서지기를 원한다. 부술 수 있다. 그리고 그 뒤에는 쾌락의 정점이 있다.

"천천히… 천천히 해주세요. 저…… 처음이에요."

그녀는 세상에서 가장 약한 나비가 되어 바들바들 떨었다.

그 순간, 한줄기 남아 있던 이성마저 와르르 무너져 버렸다.

처음이라는 그녀의 말은 거짓이 아니었다.

거친 폭풍우가 휩쓸고 간 널찍한 바위 위에 한 점 혈흔(血痕)이 묻어 있다.

혈흔은 바위에만 묻은 게 아니다. 두 사람의 비소(秘所)에도 파과의 결정체를 남겼다.

"미안……. 살살 하려고 했는데……."

"이럴 때 아프다고 하면 더 민망하겠죠?"

"아파?"

"많이요."

류명은 마사를 꼭 껴안았다.
"저, 씻겨주세요."
"물이 차지 않을까?"
"괜찮아요. 이대로 갈 수는 없잖아요."
마사가 방긋 웃었다.
하복부에서 통증이 치미는지 미간을 살짝 찌푸리고, 그러나 상대가 류명이어서 더없이 좋다는 듯 활짝 웃었다.
"잠시만…… 이대로 잠시만 더 있자."
류명은 그녀를 놓지 않았다.

그들은 씻지 않았다. 옷을 입지도 않았다. 밤을 꼬박 밝히면서 비바람을 불러일으켰다.
"후욱!"
류명은 여섯 번째인지 일곱 번째인지 모를 지극의 쾌락을 맛보며 축 늘어졌다.
마사는 요상한 몸을 가지고 있다. 그녀의 몸은 정욕을 북돋워 준다. 하면 할수록 탈진되는 게 아니라 더욱 힘이 솟는다. 이제 그만해야지 싶다가도 반 각 정도만 지나면 다시 육봉이 치솟는다.
"미안해."
이 말도 몇 번째 반복되고 있다.
마사는 손을 들어 류명의 얼굴을 살포시 만졌다.
말은 필요없다. 행동 하나면 마음을 읽을 수 있다.

"이제는 정말 그만할게. 날밤을 꼬박 새웠네. 하하! 우리 어디 가서 아침부터 먹어야 되겠는걸."

류명이 기분 좋게 기지개를 켜며 말했다.

그때, 마사가 무언가 고민스러운 듯 아랫입술을 잘근 깨물더니 이내 입을 열었다.

"비밀 하나 알려줄까요?"

"비밀?"

류명이 무슨 말이냐는 듯 마사를 쳐다봤다.

"상공께서는 저와 운명을 같이할 생각이시죠?"

마사가 빤히 쳐다보면서 물었다.

이런 여인, 어떻게 이런 여인과 같이하지 않을까. 이렇게 귀엽고, 예쁘고, 사랑스러운 종달새와 함께하지 않는다면 누구와 함께한단 말인가.

"하하하! 마사는 나쁜 버릇이 있군. 내가 그렇게 못 미더운가?"

"상공…… 그렇게 보였어요? 하기는… 제 고민이 보통 고민이었어야죠. 전 지금 상공과 함께 살아갈 것인지 적성비가와 함께할 것이지 고민했어요."

류명은 흠칫했다.

은자가 사문을 버릴 생각이다?

이것은 조금 생각해 볼 문제다. 그녀가 자신을 그만큼 위해준다는 것은 고맙고 예쁜 마음이지만 자칫하면 적성비가와 철천지 원한을 맺게 된다.

'까짓것…… 그런 일이 생기면 쓸어버리면 되지. 그까짓 적성비가쯤이야.'

"후후후! 그랬나. 그런 고민을 했나. 그렇다면 나도 확실하게 말해줘야겠지? 마사, 너와 평생 운명을 같이한다. 이 순간부터 죽음이 우리를 갈라놓는 순간까지."

마사는 그가 말하기 전부터 마음을 읽은 듯했다.

온몸이 딱딱하게 경직된다. 그리고 곧 부드럽게 풀린다. 이것만 봐도 류명의 심정 변화를 감지할 수 있다.

"좋아요. 그럼 비밀을 말할게요. 저의 적성비가에는 두 부류의 은자가 있어요."

"……"

"한 부류는 상공과도 인연이 있는 사람…… 추포조두 같은 부류예요. 무자(武者)라고 하죠."

"무자…… 하하! 그럼 다른 한 부류는 문자(文者)인가?"

류명은 적성비가의 비밀이라기에 무슨 대단한 비밀이라도 되는 줄 알았다. 그러나 비밀이라는 게 겨우 무자, 문자 정도인 걸 알게 되자 적이 실망했다.

그는 실망감을 드러내지 않으려고 했다. 하나 미미하게 변한 표정과 말투가 이미 실망을 가득 담고 흘러나왔다.

마사는 아랑곳하지 않았다.

"이번에 상공을 따라 나선 여섯 명…… 그들도 무자예요."

"……!"

류명이 호기심 깃든 눈으로 마사를 쳐다봤다.

마사는 분명히 '여섯 명'이라는 말을 했다. 그렇다면 나머지 일인, 마사 자신은 무자가 아니라는 뜻이다. 자신은 그와 같은 부류가 아니라는 말을 간접적으로 한 게다. 그렇다면 뭐란 말인가? 문자? 문자가 뭘 하는 거지?

그의 두 눈은 호기심으로 일렁거렸다.

"그래요. 전 무자가 아네요. 무공을 전문적으로 수련하지 않았다는 뜻이에요. 기본적인 무공은 수련했지만 놀림감만 됐고…… 호호! 그러니 제게서 무공을 기대하진 마세요. 호호호!"

"하하하! 마사, 그런 건 애당초 기대하지 않았어. 그냥 곁에만 있어주면 돼. 다른 건 아무것도 필요없어. 그냥 이렇게 옆에만 있어주면 돼. 정말이야."

이 순간, 류명의 말은 진심이었다.

마사가 말했다.

"사실 무자라는 말은 제가 지어낸 말이에요. 무공을 배우면 배웠지 무자라고 명칭이 따로 있는 건 아니죠. 다만 전 그들과 절 같은 선상에 놓고 싶지 않았어요."

"그렇군."

"제가 잘하는 건 병법(兵法)이에요."

"병…… 법?"

류명의 눈가에 이채가 떠올랐다.

세상에 병법을 익히는 사람은 많다. 하지만 뛰어난 병법가는 한두 명에 불과하다.

병법가는 서책으로 만들어지는 것이 아니다. 진정한 병법가는 타고난다. 태어날 때부터 병법가여야 한다. 그래서 마사도 '잘한다'는 말을 쓴 건가?

마사의 말을 얼핏 들어보니, 그녀의 무공은 그리 깊지 않은 것 같다. 그런데도 적성비가 무인들은 그녀를 꺼린다. 그녀 곁에 가까이 있으려고 하지 않는다.

그런 힘이 어디서 나온 것일까? 그녀가 잘하는 것이라면 병법. 그렇다면 병법으로 무공을 눌렀다는 뜻이 된다. 그녀의 계략 때문에 상당히 곤란을 겪었다는 풀이가 된다.

정말로 병법이 뛰어난지는 알 수 없지만 머리가 좋은 것만은 틀림없는 것 같다.

사실 이런 부분들, 전혀 관심없다.

그녀에게는 무공을 기대하지 않았다. 병법도 생각하지 않았다. 오직 그녀, 그녀만 쳐다봤다. 그녀의 학문이 얼마나 깊은지, 재산이 얼마나 있는지 그런 부수적인 것들은 일절 신경 쓰지 않았다. 지금처럼 옆에만 있어주면 만족한다.

마사가 미끄러지듯 가슴 위로 올라왔다. 그녀의 혀가 목마른 뱀처럼 전신을 핥아간다.

"음!"

류명은 나른한 쾌락에 온몸을 맡겼다.

마사는 결코 처음이 아니다. 방중술에 대해서 상당히 깊이 알고 있다. 하지만 몸은 처녀다. 방중술을 알기는 하지만 정분을 나눈 사내는 없다.

그런 점들이 류명을 더욱 들뜨게 한다.

류명이 그녀의 애무를 즐기며 지나가듯 말했다.

"그럼 마사가…… 병법가란 말이군."

상관없다. 그녀가 병법가이든 아니든 아무런 상관이 없다. 그녀가 할 일은 이렇게 애무를 해주는 것이다. 사랑을 나누는 것이다. 그것이 최대의 임무다.

마사가 그의 몸에 불을 붙이면서 말했다.

"적성비가는 병법가를 양성하지 않아요. 몇 대에 걸쳐서 한두 명만 탄생시키죠. 호호호! 그게 저예요."

"그럼 마사, 당신은 천재군."

"그래요. 천재예요."

"후후! 그럼 난 천군만마(千軍萬馬)를 얻은 셈인가?"

류명의 몸은 걷잡을 수 없이 뜨거워졌다.

'또!'

자신이 생각해도 신기할 정도로 정욕이 샘솟는다. 양기가 끊이지 않고 일어난다.

류명은 마사를 뒤집어 바위에 뉘고, 자신이 위로 올라섰다.

하지만 이번만은 뜨거운 양기를 쏟아내지 못했다. 그녀를 밑에 뉜 순간, 싸늘하게 쳐다보는 그녀의 눈을 발견했다. 너무나도 차가워서 불붙은 정욕이 일시에 사그라졌다.

"마사, 왜?"

그가 주춤거리며 물었다.

"안 믿는군요."

아하! 그 말! 병법가?

후후후! 아무리 적성비가의 병법이라지만 마사는 여인이다. 여인의 병법이 오죽할까.

"아냐. 믿어."

류명은 마사의 가슴에 손을 얹었다.

도톰한 봉우리가 손안에 쏙 들어온다. 분홍빛 앵두가 손바닥에 파묻힌다.

그는 다시 불길을 되살리고 싶었다. 한데, 그의 귓가에 마사의 음성이 속삭이듯 들려왔다.

"상공의 뜻…… 저들 여섯 명을 빌린 이유…… 말해봐요?"

"하하! 좋지. 내가 왜 저들을……."

류명은 장난스럽게 말했다.

자신을 믿어주지 않아서 약이 오른 어린아이.

류명은 마사의 모습이 꼭 그처럼 비쳤다. 그리고 그런 점이 재미있었다. 놀리는 맛도 있고, 사실이 그렇다. 제아무리 뛰어난 병법가라고 해도 자신의 머릿속에 든 계획을 어찌 알겠는가. 아무에게도 말하지 않고 자신 혼자서 생각하고 결정한 일을. 아니, 다 필요없다. 지금은 그냥 뜨거운 욕정을…….

"만정."

순간! 류명은 딱딱하게 굳어버렸다.

2

류명은 얼음처럼 차가운 계류(谿流)에 몸을 담갔다.

머리를 맑게 한다. 욕념의 잔재를 말끔히 씻어버린다. 한 올의 욕정도 섞이지 않은 깨끗한 정신을 되찾는다.

마사의 마지막 한마디는 쇠망치로 머리를 두들긴 것만큼이나 충격이었다.

아무도 모르는 일, 머릿속에만 담겨 있는 일을 어떻게 알았을까?

욕정이 일시에 가신다.

마사가 싫은 것은 아니다. 그녀는 여전히 아름답다. 고혹적이다. 그녀만 보면 숨이 막힌다. 이 세상에 무엇과도 바꿀 수 없는 자신만의 보옥이다.

그렇다고 만정을 무시할 수도 없다.

그는 천유비비검보를 내놓았다. 그리고 여섯 명의 은자를 샀다. 그들에게 일을 시킬 것이다. 천하를 향해서 내딛는 제일보(第一步)를 그들이 찍어줄 것이다.

천유비비검보는 제대로 수련하지 않으면 무용지물이다. 한낱 경서에 불과하다.

자신은 제대로 수련한다고 하지만 백이면 백 잘못 수련한다. 기껏해야 천검십검 정도의 수련에서 그칠 것이다.

천검십검 그들도 가짜다.

말이 좋아서 천검십검이지, 천유비비검보의 오의를 깨달은 사람은 서너 명에 불과하다.

천검사봉, 오직 그들만이 진짜다.

하지만 진짜라고 천명한 천검사봉조차도 류명의 눈에는 가짜로 보인다.

천검십검 모두가 가짜다.

천유비비검은 그런 검이다. 구결을 안다고 해서 터득할 수 있는 검이 아니다.

그래서 마음 놓고 내놨다.

솔직히 그까짓 검보쯤이야 개똥처럼 세상에 내굴려도 무방하다고 생각한다. 아니, 어떤 면에서는 그게 더 좋다. 어설프게 아는 놈은 진짜로 아는 놈에게 먹힐 수밖에 없다.

죽음을 아는가?

죽음을 겪지 않고는 천상에 오를 수 없다. 혼이 육신을 떠나서 허공중에 부유하는 체험을 하지 않은 한 천유비비검의 오의는 결코 드러나지 않는다.

구결을 잡을 때 진실로 잡아야 한다.

오매불망(寤寐不忘) 오직 구결만 잡고 살아야 한다. 그러다가 죽음을 맞이한다. 구결을 간직한 채 죽는다. 죽는 순간에도 머릿속에는 구결만 존재해야 한다. 죽음은 잊어버리고 구결만 붙잡는다. 그러면 영혼이 부유하면서 천유비비검의 오의를 보여준다.

이런 경험을 할 수 있겠는가?

일원검문은 그런 경험을 한다.

그가 만나본 사람은 한 명에 불과하지만, 그는 진실로 죽음의 검을 깨우쳤다. 그가 죽음으로써 죽음의 검을 보여주지 않았다면 솔직히 자신이 여기까지 오지도 못했을 게다.

그래서 일원검문이 무섭다.

오직 그런 사람들만이 천유비비검보의 진가를 드러내 줄 게다.

대부인 큰어머니, 아버지가 일원검문의 여인을 아내로 맞이한 것이 과연 우연일까? 어쩌면 천유비비검도 일원검문에서 흘러나온 것이 아닐까?

그에 비하면 검련은 종이호랑이처럼 여겨진다.

그래서 일을 도모한다. 만정에서 첫발을 내딛는다. 모르는 사람에게는 휴지 뭉치나 다를 바 없는 검보, 그러나 꿈과 환상을 안겨줄 것 같은 검보를 이용할 만큼 이용할 생각이다.

그런데 제일보에서 장애물에 막혔다.

마사가 자신의 속내를 읽었다.

그녀가 어떻게 해서 알았느냐 하는 점은 중요치 않다. 그녀가 알 수 있을 정도라면 다른 사람도 알 것이다. 많은 사람이 짐작하고 있을 것이다. 지금 이 순간에도 자신이 어떤 행동을 하는지 뚫어지게 지켜보고 있을지 모른다.

전혀 의식하지 않은 눈이 지켜보고 있다.

소름이 오싹 끼친다.

쏴아아아아!

계류가 바위에 부딪치며 거센 물보라를 일으킨다. 칼날 같은 한기가 뼛골까지 스며든다.

류명은 눈을 떴다.

마사는 목욕을 끝내고 다소곳이 앉아서 머리를 말리고 있었다.

하얀 나신이 햇볕에 반짝였다.

매끄럽게 굴곡진 몸이 잘 조각된 조각상마냥 아름다운 자태를 뽐냈다.

양손에 떡을 쥐었다.

마사는 결코 놓고 싶지 않은 떡이다. 이 세상에서 오직 한 가지만 취하려면 그녀를 택하고 싶다.

야망, 이것도 떡이다. 전혀 불가능하다면 생각을 하지 않으련만 가능하다. 천유비비검의 오의를 깨달은 그에게는 한 번쯤 도전해 보고 싶은 절봉(絶峰)이다.

양손에 쥔 떡이 충돌하면 어찌할까? 어느 것을 놓아야 하나?

마사를 선택할 때만 해도 이런 생각은 하지 않았다. 할 필요가 없었다. 그냥 한눈에 반한 여인을 옆에 두고 싶다는 순수한 생각밖에 없었다.

그런 그녀가 만정을 거론한다.

'내가… 무슨 짓을 한 거지? 뭘…… 손댄 거야? 마사. 마사.'

류명은 찬물 속에 머리를 파묻었다.

"진정이 되세요?"

마사가 방긋 웃으며 말했다.

"마사."

확실히 짚고 넘어가야 한다. 만정에 대한 것을 어떻게 알았으며, 또 아는 사람이 얼마나 되는지, 그리고 마사와 야망이 충돌하지 않게끔 잘 조절해 볼 생각이다.

두 떡을 모두 갖고 싶다. 하나도 놓치기 싫다.

"잠깐만요."

옷을 입은 마사가 허리춤에 길이 일 척 정도의 작은 칼을 꽂았다.

이제 그녀는 끝없이 정혈을 갈취하던 요녀에서 들판을 마구 뛰어다니는 야생녀로 변신했다.

일인천색(一人千色).

만약 그런 말이 있다면, 한 사람이 각기 다른 모습을 천 가지나 보여줄 수 있다면, 그런 사람이 존재한다면 오직 마사만이 그런 말을 들을 자격이 있을 게다.

"이번 만정 건, 제게 맡기세요."

"마사!"

무슨 얼토당토않은 이야기! 이쯤에서 적당히 빠지고 침상이나 지키면 좋을 것을!

"만정은 검련을 손에 쥐기 위한 제일보."

'훅!'

류명은 숨을 급히 들이마셨다. 그러지 않으면 얼굴 표정이 바뀔 것 같았다.

"전 상공을 이 시대에 가장 뛰어난 영웅으로 만들 거예요. 상공은 충분히 그럴 수 있어요. 그만한 자신 있죠?"

"……."

할 말이 없다. 할 수 있는 말이 없다.

"제게 류명이라는 남자는 사내가 아녜요."

마사가 윤곽이 뚜렷한 얼굴을 바싹 들이대며 말했다.

"그 정도로는 어림도 없어요. 상공은 제 생명이고, 희망이고, 삶이에요."

그녀의 달짝지근한 향내가 훅 풍긴다.

"마사……."

"절 사랑해 주세요. 제 모든 걸 드릴게요."

이 여자!

류명은 마사를 와락 껴안았다.

마사가 그의 품에 꼭 안기며 말했다.

"우리 잘생긴 낭군님, 이제야 횡재한 걸 알았나 봐."

누구와 함께 걷느냐에 따라서 길을 걷는 묘미가 달라진다.

마사와 함께 걷는 길은 험로(險路)조차도 장미꽃이 흐드러진 꽃길로 비쳤다.

"그러니까 나를 주목한 지 삼 년이 넘었다는 말이군."

"추포조두가 만정에 뛰어들 정도면 관심을 가질 만하잖아요?"

"그래서 관찰하기 시작했다면……."

류명의 머릿속에 치검령의 얼굴이 스쳐 갔다.

"호호호! 왜 아니겠어요. 풍천소옥에서도 가가(哥哥)를 주목하고 있을 거예요. 솔직히 가가께서 우릴 찾아줄 줄은 몰랐어요. 풍천소옥으로 가지 않을까 생각했죠. 치검령과 인연이 있잖아요."

"만약 그랬다면 어쩌려고 했는데?"

"글쎄요? 그때는 주판을 튕겨봐야죠. 가가를 최대한 이용해서 이익이 많이 남는 쪽으로 장사를 해야죠."

"이번 만정 일도 이용하고 말이지?"

"그럼요."

"적성비가에서 이 일을 짐작했다면 풍천소옥도 마찬가지 아닐까? 그런데 내가 만정에 관심있다는 건 어떻게 안 거야?"

"호호호! 간단해요. 한 가지씩 답해 드릴게요. 그래요. 풍천소옥도 알아요. 거기만 아는 게 아녜요. 은가들 중 상당수가 알 거예요. 관심있게 지켜본 사람이라면 알고도 남죠. 그리고 이건 중요한 건데, 아마 검련 본가도 알지 않나 싶은데요?"

"뭣!"

류명은 깜짝 놀랐다.

"뭘 그렇게 놀라요?"

"검련 본가…… 제일가도 안다고?"

"그럼 모를 거라고 생각한 거예요?"

"……"

류명은 입만 쩍 벌렸다.

이놈의 세상이 어떻게 된 게 자신의 머릿속에 들어 있는 계획을, 그것도 계획이 구체화된 것도 아닌데 온 세상이 다 알고 있다. 정작 모르는 사람은 자신뿐이다.

"두 번째, 어떻게 알았냐?"

꿀꺽!

마른침이 넘어간다.

류명은 마사의 말에 온 신경을 기울였다.

"천검가를 알려면 눈을 보면 되죠. 묵비. 묵비만 보면 돼요. 묵비는 천검가의 눈과 귀니까. 천검가가 무너졌어요. 그런데 소문은 나지 않죠. 그릇이 깨졌는데 겉보기에는 멀쩡해요. 뭔가 이상하죠?"

"으음!"

"가가께서 한 일은 세상에 대고 소리친 거나 다름없어요. 세상 사람들아, 여기 좀 봐라! 여기 이상한 일이 벌어졌다! 무슨 일인지 궁금하지 않니? 하고요. 호호호!"

"으음……."

류명은 침음만 토해냈다.

세상은 예상 밖으로 무섭다.

그런데 더욱 한심한 일이 있다. 이렇게 세상 사람들이 모두 아는 일을 왜 묵비 비주는 모르냐는 것이다.

아니다! 알고 있다. 묵비가 그토록 허술했다면 아버님이 비주를 신임했을 리 없다. 적성비가조차 눈치채고 있는 일을 지척에서 지켜본 비주가 모른다는 건 말이 안 된다.

알면서도 모른 척했다.

겉으로 머리를 조아리며 '네, 네' 거리는 것을 진정으로 신봉한다고 믿었다. 그런 자를 부리는 데는 다른 성에 분타를 내주는 것으로 충분할 줄 알았는데 아니었다.

'비주…… 날 가지고 놀았겠다!'

마사가 말했다.

"가가는 큰소리를 땅땅 쳐놓고는 그다음에 한 일이 뭔지 아세요? 만정에 관한 일을 샅샅이 뒤진 거예요. 치검령의 뒤를 캐고, 추포조두가 어찌 되었나 살피고, 당우는 살았는지 죽었는지…… 호호호! 이래도 숨길 수 있다고 생각하세요?"

"그렇군. 완전히 드러내 놓고 있었어."

"제가 가가를 주목한 건…… 놀라운 무공이에요. 천검가를 쑥대밭으로 만들 수 있는 검공. 천검십검이 없다고 하지만 그래도 천검가는 용담호혈(龍潭虎穴). 가가, 멋져요."

마사가 엄지손가락을 추켜세웠다.

"날 주목했다면……?"

"아! 주목했죠. 신진고수가 등장했는데. 하지만 전 어디까지나 보고만으로 판단한 거니까. 그때는 그랬죠. 힘세고 머리가 텅 빈 곰이 출현했구나. 호호호! 어멋! 기분 상하셨어요?"

류명의 얼굴이 붉어지자 마사가 급히 애교를 부렸다.

마사 앞에서는 화도 낼 수 없다.

말을 너무 함부로 한다고 한마디 하려다가도 티없이 밝게 웃는 모습을 보면 온갖 말이 쏙 들어간다.

"가가, 기분 나빠도 조금만 참아줄래요?"

"끙! 아직도 더 할 말이 남았나?"

"정말 기분 나쁘시겠지만…… 가가를 보기 전에는 솔직

히… 지금도 가가를 보지 않은 사람들은 그렇게 생각할 거예요. 무공만 강한 풋내기?"

"허!"

"그렇게 생각하게 내버려 두자고요."

"……?"

"거기에 활로가 있어요. 칼은 허리를 숙이는 자의 품에서 튀어나온다는 말 아시죠?"

류명은 고개를 끄덕였다.

마사는 자신의 기분을 맞춰주기 위해서 '보기 전'이라는 말을 썼다. 하지만 보고 난 다음에도 그 생각은 마찬가지였으리라. 그 사람이 그 사람이지 어디 가겠는가.

류명은 자신이 상당히 똑똑한 편이라고 생각했다.

일원검문의 고수는 넘을 수 없는 철벽처럼 보였다. 한데 그를 죽이고 천유비비검을 깨우쳤다. 스물도 되지 않은 나이에 천검가의 그 누구도 이루지 못한 거인이 되었다.

강호 경험? 그런 것은 개나 물어가라고 했다.

괜히 아무것도 하지 않고 오래만 산 것 가지고 강호 경험 운운하는 인간들을 보면 구역질이 치솟는다.

그는 옥면신검이란 별호를 얻었다.

수많은 마인들이 한 자루 철검 앞에 목숨을 내놓았다.

거칠 것이 없다. 이 세상은 질풍처럼 밀고 나가면 된다. 아버님도 자신을 지원해 주고 있지 않은가.

모두 착각이었다. 무공이 칠 푼이면 경륜이 삼 푼이다. 그만

큰 경륜은 중요한 부분을 차지한다.

그런 면에서 마사는 큰 도움이 되고 있다.

단지 곁에만 두려고 생각한 여인인데, 곁에 있을 뿐만 아니라 실질적인 도움까지 주고 있다.

마사, 사랑스러운 여인이다. 사랑하지 않고는 배기지 못할 여인이다.

마사가 말했다.

"제게 생각이 있어요. 이젠 절 믿죠?"

만정을 공격하라.

이것이 적성비가 육 인이 수행해야 할 임무였다.

"그것은 일회성(一回性) 임무예요. 기왕 끌어낸 것, 오래 써야죠. 그 사람들, 아주 괜찮은 사람들이거든요. 가가의 옆에 두고 수족처럼 부리셔도 될 사람들이에요."

"그럴 수 있나?"

"임무를 바꾸세요."

"임무를 바꾸라……."

"제게 어떤 임무를 내렸죠?"

"아내가 되어달라고."

"호호호! 사실 그 임무는 터무니없는 거예요. 은자는 몸을 팔지 않아요. 무공만 팔죠. 부인이 되라, 종이 되라…… 이런 임무들은 있을 수 없어요. 임무에는 지금 즉시 수행해야 할 무엇인가가 반드시 존재해야 해요."

류명은 그녀의 허벅지를 베고 누웠다.

푸른 하늘이 보인다. 하지만 보고 싶지 않다. 그보다 훨씬 가까운 곳에 있는 마사의 얼굴이면 충분하다. 그곳에 행복이 있고, 기쁨이 있고, 지복(至福)이 있다.

"가가께서 만정을 공격하려고 했던 것은 검련제일가에 상처를 주려는 것, 맞죠? 비록 추포조두, 치검령, 당우, 이런 사람들 때문에 만정을 주시했지만…… 주시하다 보니 이상한 점들이 보였을 거예요. 제가 봐도 만정은 많이 이상하거든요. 그래서 만정을 건드려 보자 하는 생각이 드셨을 거예요."

마사는 그의 생각을 족집게처럼 집어냈다.

"만정에는 확실히 비밀이 있어. 그게 뭔지는 모르지만."

"호호호! 그걸 모르는 사람은 없어요. 상대가 검련제일가라서 모른 척하는 것뿐이죠."

류명은 묵비 비주를 생각하지 않을 수 없었다.

비주는 마치 대단한 것이라도 발견한 것처럼 호들갑을 떨었다.

"만정은 단순한 뇌옥이 아닙니다. 가주님이 당우를 거기에 집어넣으라고 하셔서…… 후후! 놈은 걱정하지 않으셔도 됩니다. 죽어도 벌써 죽었을 겁니다. 어린놈이 버틸 수 있는 곳이 아니죠."

"만정 이야기…… 계속해 봐."

"네, 그러죠. 당우를 거기 집어넣기 위해서 제가 직접 가보지 않았겠습니까. 가서 이 눈으로 보고 느낀 건데…… 만정에는 마인 아닌 사람들이 득실거렸습니다."

"마인 아닌 사람들?"

"거의 대부분 무공을 모르는 양민, 평민들인 것 같은데…… 후후! 생각해 보십시오. 마인만 가둬놓는 곳에 일반인들을 왜 잡아놨겠는지. 뭐가 있어도 단단히 있습니다."

그러면서 비주가 꺼낸 말이 투골조다.

투골조를 수련하기 위해서는 백 명의 동남동녀가 필요하다. 단 일 성을 높이기 위해서. 십성까지 수련하려면 애꿎은 생명을 천 명이나 빼앗아야 한다.

바로 류명의 약점이다.

이 부분은 아마도 평생 동안 그의 발목을 움켜잡을 것이다.

그와 비슷한 일이 만정에서 일어나고 있다. 그것도 검련제일가의 주도하에 일어난다.

류명은 미끼를 물지 않았다.

확실하지 않은 말 한마디만 믿고 만정 같은 곳을 엿볼 수는 없다. 그것은 검련 전체에 대한 도전이기 때문에 검련의 일원으로서 상당히 심사숙고해야 한다.

비주는 차곡차곡, 제비가 먹이를 물어오듯이 야금야금 증거를 수집해 왔다.

"관아에서 사형수를 샀다고 합니다. 물론 만정으로 끌려갔고, 그 후로는 본 사람이 없답니다."

"매년 약 백 명 정도 투옥시킨 것 같은데 하나같이 무공과는 거리가 먼 자들입니다."

"하늘이 공자님을 돕나 봅니다. 이게 뭔지 아십니까? 하하하! 만정의 도해(圖解)입니다. 이걸 구하는 데 쓴 돈이 집 한 채입니다. 하하하!"

정말로 차곡차곡, 하나씩 수집해 왔다.
그리고 결정적인 조언도 해주었다.

"슬며시 들쑤셔 볼 필요가 있지 않을까요? 우리가 나설 필요도 없습니다. 세상에는 이런 일을 해줄 인간들이 득실거리죠. 후후! 은자를 쓰세요. 가주님은 풍천소옥을 주로 이용하셨는데…… 그렇기 때문에 풍천소옥 은자를 쓰면 안 되고…… 적성비가 은자를 쓰십시오. 검련제일가에서 주로 이용하는 곳이 그곳입니다. 추포조두가 그곳 출신 아닙니까."

"은자의 입은 무겁습니다. 같은 사안에 양쪽에서 같은 곳을 이용하는 수도 생기죠. 그러면 같은 사문 출신의 두 은자가 같은 일을 놓고 싸우는 일도 벌어집니다. 은자는 사문만 벗어나면 완전히 남남이지요. 그러니 적성비가를 쓰십시오."

비주가 천유비비검보까지 거론한 것은 아니다. 다만 만정을 건드리고 싶도록 끊임없이 부추겼을 뿐이다.

그때는 그게 충성으로 보였다. 자신을 위해주는 것으로 비쳤다.

묘한 것은 아버님의 태도다.

비주가 안다면 아버님도 알고 있을 공산이 높다. 아버님께는 아무 말도 하지 않고 떠나왔다. 하지만 그 약삭빠른 비주가 가만히 있을 리 없다.

아버님은 일절 제동을 걸어오지 않는다.

어디 네 마음대로 해봐라. 하고 싶은 대로 하고 살아야지.

마치 그렇게 말씀하시는 듯하다.

류명은 고개를 내둘러 비주의 그림자를 떨쳐 냈다.

"저들에게 무슨 임무를 주면 좋을까?"

마사는 생각할 것도 없다는 듯 즉시 말했다.

"검련제일가 멸문."

"뭣!"

류명은 벌떡 일어나 앉았다. 마사의 말이 너무 뜻밖이고 얼토당토않아서 누워 있을 수 없었다.

"호호호! 왜 그리 놀라세요?"

"검문제일가의 멸문? 저들에게?"

"호호호! 안 되나요?"

이게 무슨 황당한 소린가? 혹시 제일가주의 암살이라면 모르겠다. 제일가를 멸문? 그것은 자신도 꿈꾸지 못한다.

마사가 말했다.

"가가, 마음을 다잡아야 돼요. 만정을 치겠다는 말은 곧 제일가와 싸우겠다는 뜻이에요. 아닌가요?"

승산이 없다. 제일가와 싸워서는!

"그냥 건드려 보는 선이라면 지금 포기하세요. 제일가는 그렇게 만만한 곳이 아니에요. 건드리자마자 누가 어떤 식으로 건드렸는지 당장 파악할 거예요."

그런가! 비주 말대로 툭 건드려 보는 식은 안 되는 거였나? 비주, 이 자식!

"솔직히 지금의 상황에서 검련 일가와 부딪치는 건 도박도 안 되지만…… 가가, 우리 이 싸움 본격적으로 한번 해볼래요?"

마사의 눈빛이 반짝였다.

푸드드득!

전서구가 힘차게 날아올랐다.

마사가 적성비가에서 가져온 비둘기로 아직 출발하지 않은 여섯 명에게 내리는 밀명이 적혀 있다.

"저들이 순순히 받아들일까?"

"어떤 명이든 받아들이게 되어 있어요. 그래서 일인일건인 거죠."

여섯 명으로 검련 일가를 무너뜨린다는 것은 누가 봐도 말

농연(濃煙) 181

이 안 된다. 그래서 방편을 적어 넣었다. 일 단계에서부터 오 단계까지 차근차근히 밟아 올라가면 검련 일가가 무너진다. 물론 생각한 대로 일이 진행되어야 한다.

만정을 건드리는 것은 장난이 되었다.

본격적으로 검련 일가를 노린다. 자칫하면 천검가가 무너질 수도 있는 싸움인데 솔직히 상관없다. 검련을 통째로 집어삼키느냐 아니면 전부 내놓느냐 하는, 도 아니면 모의 싸움이다.

적성비가의 여섯 명은 전서에 적힌 대로 다섯 단계를 밟아갈 것이다. 굳이 방편을 좇지 않아도 상관없다. 그들에게 검련을 무너뜨릴 다른 방편이 있다면 그걸 써도 좋다.

어쨌든 그들의 임무는 검련일가의 멸문이다.

"그런데…… 괜찮겠어?"

류명이 마사를 쳐다보며 말했다.

"뭐가요?"

마사는 아무렇지도 않은 표정이다.

"그래도 사문이잖아. 마사 덕분에 저들을 좀 더 효율적으로 쓰게 된 건 좋은데…… 마사 말대로라면 적성비가는 날 돌머리로 보고 있을 것이고… 내 머리에서 이런 밀명이 떨어질 거라고는 생각하지 않을 게고…… 아무래도 원망을 듣지 않겠어?"

"호호호!"

마사가 깔깔거리고 웃었다.

"웃을 일이 아니잖아? 난 걱정이 되어서……."

류명은 말을 끝까지 하지 못했다.

마사가 품 안으로 안겨온다. 살포시 가슴을 어루만지면서 안겨들더니 이내 꼭 안긴다.

마사가 품속에서 말했다.

"상공이 저를 취하는 순간…… 우리 두 사람의 운명은 이상하게 변했어요."

"후후! 그건 그래."

"그때 전 모든 걸 버렸어요. 그래서 고민 같은 것도 없어요. 적성비가와 상공 중에 한 사람을 택일해야 하는 상황이 오면 전 일말의 망설임도 없이 상공을 택할 거예요. 꼭 그런 상황이 아니라도 상관없어요. 약간의 이득을 따지는 상황이라도 전 상공 편에 설 거예요. 왜 그런지 아세요?"

"마사!"

류명은 행복했다.

진정으로 한 여인을 취한 느낌이다. 몸만 취한 것이 아니라 마음까지, 일념으로 자신을 바라보는 한 여인을 얻었다.

"상공이 먼저 그랬으니까요."

"내가? 난 아무것도 한 게……."

"상공은 방금 절 믿고 천검가를 버렸잖아요? 만약 일이 잘못되면…… 우리 두 사람은 당연히 죽겠지만, 천검가도 무사하지는 못할 거예요. 아마도 멸문되겠죠. 건곤일척(乾坤一擲), 검련일가가 살아남느냐 천검가가 살아남느냐…… 상공은 감언이설일지도 모를 제 말을 믿고 그런 싸움을 벌였어요."

마사가 더욱 바싹 안으로 파고들었다.

"상공도 저도… 이 세상에 우리 두 사람밖에 없어요. 그렇죠?"

마사가 빤히 쳐다본다.

"그래. 네 곁에 내가, 내 곁에 네가."

류명은 유혹을 이기지 못하고 입술을 포갰다.

第四十六章
출구(出口)

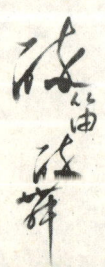

1

푸른빛이 일렁거린다.

야광주에서 발산되는 빛은 간신히 사물을 살필 수 있을 정도밖에 되지 않는다. 흐린 하늘에 점점이 박혀 있는 별 정도의 빛밖에 발산하지 못한다.

조금 더 밝은 야광주는 없었나?

있다. 또 구하려고 마음만 먹으면 얼마든지 구할 수 있다. 값에 구애받지 않는 부자라면 넉넉잡아 사나흘이면 질 좋은 야광주를 구할 수 있다.

홍염쌍화가 지니고 있는 야광주는 하품(下品)이다. 발산되는 빛이 약해서 야광주로서의 가치가 크지 않다.

그럼 왜 이런 하품을 쓰는 것일까? 어둠을 망가뜨리지 않기 위해서다. 만정의 어둠을 해쳐서는 안 되기 때문이다.

마인들은 어둠에 익숙해졌다.

이제 그들은 밝은 빛을 보지 못한다. 빛을 보면 눈이 아파서 제대로 뜨고 있을 수 없다.

마인들의 눈은 절반쯤 퇴화되었다.

마인들이 만정에 갇히는 순간, 제일 먼저 부딪치는 것이 절대적인 어둠이다.

빛이 없다. 무엇인가를 보려고 하지만 볼 수가 없다. 희미한 빛이라도 있으면 주변을 살필 터인데 그러지 못한다. 눈을 부릅떠도, 이를 악물어도 어둠을 이길 수 없다.

그들은 살기 위해서 어둠에 동화된다.

그런데 만약 빛이 있다면 어떻게 될까? 약간이라도 시력을 보존할 만한 빛 무리가 있다면 어떤 결과가 일어날까?

어둠에 적응하지 못한다.

실낱같은 빛만 있어도 어둠 속에 파묻히려고 하지 않는다. 어떻게든 시력을 보존하려고 한다.

야광주는 홍염쌍화를 강하게 해주는 도구가 아니라 마인들을 끌어당기는 도구가 되리라.

만정을 빛 한 점 들지 않는 어둠 속으로 몰아넣을 필요가 있다. 그래야 마인들이 어둠에 동화된다. 빛을 쫓지 않는다. 그런 상태가 되어야 빛이 나타나면 두려움을 느끼고 물러선다.

마인들에게서 시력을 빼앗는 것은 그녀들을 강하게 만드는 원천이 된다. 강하지 않은 빛, 아주 희미해서 주의를 기울여야 사물을 분간할 수 있을 정도면 된다.

삼 년!

길다면 길고 짧다면 짧은 세월이다.

치검령, 추포조두, 묵혈도, 그리고 산음초의는 삼 년이란 기간 동안 어둠에 적응해 왔다.

특히 묵혈도와 산음초의는 정도가 더 심했다.

그들은 무공을 쓰지 못한다. 어둠에 동화되는 무공을 구사하지도 못한다.

아마도 만정에서 가장 취약한 사람들일 게다. 옆에서 보살피는 사람이 없다면 당장 뜯겨 먹혔을 존재들이다.

그런 사람들이 삼 년이나 살아왔다.

치검령이나 추포조두가 보살폈다기보다는 편마가 사정을 봐주었기 때문이다. 마인들에게 손대지 말라는 엄명을 내렸기 때문에 존재할 수 있었던 게다.

그들은 어둠에 동화되어야 할 필요를 느꼈다.

치검령이나 추포조두는 지닌 무공이 있기 때문에 절실할 정도로 어둠에 묻히지는 않았다. 하지만 묵혈도나 산음초의는 어둠과 하나가 되지 않으면 언젠가는 뜯어 먹힌다는 사실을 뼈저리게 절감하며 살아왔다.

그들은 사나흘에 한 번씩 동구가 열리면서 흘러드는 희미한 빛무리조차 보지 않았다. 빛무리가 흘러들 때는 일부러 눈을 감거나 빛이 보이지 않는 곳으로 숨었다.

완벽하게 어둠을 받아들여야 한다.

산음초의는 그런 노력을 많이 하지 않았다. 되는대로 지내 왔다. 하지만 묵혈도는 필사적으로 어둠을 찾았다. 무공을 수련한 경험이 있기 때문에 새롭게 출발하는 건 어렵지 않았다.

이제 빛을 본다.

눈이 아프다. 아주 미약한 빛인데도 눈알이 빠질 것처럼 통증이 치민다.

사구작서도 눈을 뜨지 못한다.

그들은 아예 두 무릎 사이로 머리를 푹 숙여 버렸다,

야광주의 푸른빛에도 이 지경인데 바깥 세상에 나가 작열하는 태양을 마주 하면 어찌 되겠는가.

그들은 비로소 자신들이 어떤 처지인지 깨달았다.

만정 마인들은 밖으로 나가는 출구가 열려도 즉시 뛰쳐나갈 수 없는 몸이 되고 만 것이다.

만정 마인들은 박쥐다.

그들은 밝은 세상보다도 어둠 속에서 더 자유롭게 움직인다. 빛이 존재하는 세상에서는 장님이 되지만, 짙은 어둠 속에서는 활발하게 생활한다.

만정 마인들은 이런 사실을 모르고 있다.

그들은 지금도 밖으로 나갈 출구를 찾는다. 출구만 보이면 언제든 뛰쳐나갈 수 있을 것으로 생각한다. 밖에서 생활한 경험이 있기 때문에 밝음을 그리워하고 동경한다.

세상에만 나가봐라. 뭐든지 할 테다.

그들이 할 수 있는 것은 아무것도 없다. 그저 눈을 찔끔 감고 별빛 한 점 스며들지 않은 어둠 속으로 기어드는 것밖에는 달리 할 것이 없다.

당우는 양쪽을 모두 경험했다.

그는 무기지신인지라 신변에 위험을 받지 않는다. 위험은 존재하지만 다른 사람에 비해서 훨씬 덜 받는다. 심리적인 부담감이 몇십 배 덜할 수밖에 없다.

그는 어둠속에서 있는 것이 묵혈도나 산음초의보다는 훨씬 편했다. 그들은 처절하게 어둠과 부딪쳤지만 당우는 그럴 필요가 없었다. 그저 서 있기만 하면 됐다.

그는 빛과도 마주 섰다.

홍염쌍화와 싸워야 했기 때문에 하루에 한 번, 혹은 그 이상 푸른빛과 마주 섰다.

어둠도 보고 푸른빛도 봤다.

당우의 눈은 홍염쌍화를 제외하고는 가장 정상적이다.

치검령과 추포조두도 다른 사람들에 비하면 빛에 대한 부담감이 덜하다.

그들도 푸른빛을 보면서 살아왔다.

당우처럼 매일 마주한 것은 아니지만 멀리서나마 어떻게 싸우는지 지켜봤다.

무공이 존재하기 때문에 가능한 일이다.

여섯 사람이 눈을 찔끔 감았다. 세 사람은 푸른빛에 저항을 느끼지 않고 쳐다봤다. 하지만 그들 모두 새롭게 알게 된 사실 앞에서 망연자실할 수밖에 없었다.

삼 년, 삼 년이란 세월이 묵혈도와 산음초의를 어둠에 가둬 버렸다. 그보다 훨씬 오래 산 사구작서는 빛을 보지 못하는 장님이 되어버렸다.

야광주의 미약한 빛 앞에서 이런데, 세상에 나가서 작열하는 태양을 보면 어찌 되겠는가.

"킥! 킥킥!"

야서가 어이없다는 듯 실소를 터뜨렸다.

하지만 다른 사구작서는 웃지 않았다. 웃을 수 있는 분위기도 기분도 아니었다.

어해연은 늘 차분하고 조용하다. 하지만 모든 죽음은 그녀의 손에서 마무리된다. 죽음에 관한 일은 심사숙고하여 좀처럼 시작하지 않지만, 시작했다 하면 반드시 끝을 본다.

반면에 어화영은 성격이 불같다. 불의를 보면 확 타오른다. 앞뒤 가리지 않고 타오른다.

그런 그녀가 만정에서 마인들과 함께 생활하려니 오죽이나 울화가 치밀까. 생각 같아서는 눈에 보이는 족족 죽여 버리고 싶은 마음이 간절하다.

그래서 그녀는 어해연의 의견을 따른다. 자신의 성질대로 울화를 터뜨리면 처참한 살육전이 벌어지기 때문에 두 눈, 두 귀를 닫고 어해연의 말을 좇는다.

그렇지 않을 경우, 지금과 같은 일이 생긴다.

그녀는 깊이 생각하지 않고 움직였다. 어해연이 그런 일을 벌였다가 생명의 위협까지 받은 게 얼마 전인데, 그런 점을 까마득히 잊어버리고 무조건 움직였다.

아무리 야광주를 들고 있었다고 해도 위험할 뻔했다.

그것은 아무래도 괜찮다. 일을 벌인 결과 어떻게 되었는가? 앞뒤 생각 없이 뛰어든 결과가 지금 이 상황이다. 그녀들만 살던 자그마한 공간에 사내 아홉 명이 더 들어섰다.

작은 동혈은 발 디딜 틈도 없다.

더군다나 사구작서가 풍기는 악취는 숨을 막히게 한다. 씻지 않고, 인육을 먹고, 배설물을 마구 밟고 다녔으니 그들 자체가 오물 덩어리라고 해도 과언이 아니다.

다른 사람들도 입장이 별반 다르지 않다.

인육만 먹지 않았다 뿐이지, 지난 삼 년 동안 물 한 방울 얼굴에 묻힌 사람이 없다.

숨을 쉬자니 더러운 기운이 폐부 깊숙이 스며드는 것 같아서 찜찜하다. 그렇다고 숨을 쉬지 않을 수도 없다. 이런 상황을 어느 정도는 알고 있었으니 인상을 쓰지도 못한다.

이들과 동화되어서 살든지, 아니면 어떤 조치를 빨리 취해야 한다.

"어휴, 냄새! 이렇게는 못살겠어."

어화영이 투덜거렸다.

"어떻게 할 수 있는 방법이 없잖아."

어해연이 참고 살라는 뜻으로 말했다.

"여기 어디… 씻을 데는…… 없는 겁니까?"

추포조두가 무색한 듯 멋쩍게 웃으며 말했다.

그도 홍염쌍화가 무엇 때문에 인상을 쓰고 있는지 안다. 어둠 속에 있을 때는 별로 신경 쓰지 않았지만 야광주의 빛도 빛이라고 희미한 푸른빛 아래 드러난 몰골은 거지 중의 상거지다. 아니, 걸신(乞神)이 왕림했다.

그들은 냄새를 맡지 못한다. 후각이 무뎌져서 어지간한 냄새는 맡지 못한다. 자신들이 어떤 냄새를 풍기는지 맡지 못하며, 냄새를 풍긴다는 사실조차 인지하지 못하고 살아왔다.

하나 홍염쌍화의 표정을 보니 알 것 같다.

자신들의 몰골과 두 여인의 미간에 깊이 파인 주름만 보면 뭐가 어떻게 잘못되었는지 단박에 파악된다.

"휴우! 물이 얼마 없어. 삼사 일에 한 명씩 씻는 수밖에 없겠는걸. 최대한 아껴서……."

어해연이 고갯짓으로 동굴 뒤쪽을 가리켰다.

네 사람, 홍염쌍화, 치검령, 추포조두가 한자리에 마주 앉았다. 아니, 두 사내가 두 여인에게 불려갔다.

홍염쌍화가 구하고 싶은 건 당우였다. 싸우면서 정이 든다고 했나? 삼 년을 하루도 거르지 않고 싸워댔으니 정이 들 만도 하다. 그들이 정말로 끝장을 보려고 했다면 벌써 끝장을 봤지 지금까지 무사할 수 있었겠나.

당우와 홍염쌍화는 서로를 이해한다.

처음에는 정말로 목숨을 노리고 손발을 놀렸다. 치검령과 추포조두도 누가 이기고 지는지 바짝 신경을 쏟았다.

삼 년이 지난 지금은 소일거리로 비무를 한다. 결전이 아니다. 누가 봐도 비무다. 그래서 두 사람도 이기고 지는 것에는 관심을 두지 않는다. 당우가 어떤 무공을 어느 정도나 수련했는지 무공 정도에만 관심을 갖는다.

당우와 홍염쌍화는 말 한마디 나누지 않았지만 이미 아는 사이가 되어버렸다.

당우에게 무슨 일이 생긴다? 신변에 위협을 받는다? 마인들의 공격 대상이 된다? 그럴 때 홍염쌍화가 적극적으로 나서서 구한다는 것도 그리 놀랄 일이 아니다.

하지만 다른 사람들은 그렇지 않다.

홍염쌍화에게 사구작서는 일개 마인일 뿐이다. 언제든 죽일 수 있고, 명령만 하달되면 지금 당장에라도 죽이고 싶은 편마의 졸개에 불과하다.

그들을 구할 이유가 전혀 없다.

다른 네 명도 마찬가지다.

치검령, 추포조두, 묵혈도는 은가 무인이다.

은가 무인들은 서로 주는 것 없이 미워한다. 일종의 경쟁 심리가 마음 밑바닥에 깔려 있는 모양이다. 자신과 아무 상관이 없어도 괜히 미워진다.

풍천소옥, 적성비가는 귀영단애와 쌍벽을 이룬다.

서로 임무가 겹치거나 앙숙이 된 적은 없다.

풍천소옥과 적성비가는 그런 일이 자주 벌어지지만 귀영단애는 임무의 성격이 전혀 다르다.

귀영단애는 비밀 중의 비밀만 취급한다.

반면에 풍천소옥과 적성비가는 밝은 세상에서 널리 많은 임무를 수행한다.

그런데도 단지 은가라는 이유만으로 그들이 밉다.

그들에 비하면 차라리 산음초의가 낫다. 그는 구제해야 할 대상이다. 의원이며, 악행도 저지르지 않았고, 인육도 먹지 않으며, 만정에 들어온 이후에도 벌레들을 채집하면서 의술에 매진한다.

다른 사람들에 비하면 훨씬 낫다.

홍염쌍화가 그들 모두를 구한 것은 단지 당우와 연관이 있기 때문이다. 사부의 줄개들, 바깥세상에서 은원이 있었던 사람들, 그런 인연들 때문에 구한 것이지 예뻐서 구한 건 아니다.

홍염쌍화의 눈에는 그들이 쓰레기로 보일 것이다.

부르면 쫓아가고, 간지러운 곳이 있으면 알아서 긁어줘야 한다.

두 사람이 홍염쌍화 앞에 앉자 어해연이 얼음처럼 차가운 음성으로 말했다.

"보아하니 너희는 정리를 한 것 같구나."

"어느 정도는…… 했습니다."

추포조두가 떨떠름하게 말했다.

어해연, 어화영 두 여인은 마흔 중반을 훌쩍 넘긴 중년 부인들이다. 하지만 겉모습은 앳되기 그지없다. 이제 겨우 스물을 갓 넘겼다고 해도 믿을 정도다. 반면에 치검령과 추포조두는 누가 봐도 서른 중반의 아저씨다.

기분이 꼭 아저씨가 어린 소녀에게 부림을 받는 것 같다.

"확실하게 말해. 어느 정도가 뭐야!"

어화영이 신경질적으로 말했다.

"정리했습니다."

치검령이 즉시 말했다.

괜히 긁어 부스럼을 만들 필요가 없다.

"큰 결심을 했군. 은자이기를 포기했다는 결심과 마찬가지인데. 사문을 떨치기가 쉽지 않았을 테고."

"……"

"그래, 언제까지 저 애의 뒤를 봐주기로 했나?"

어해연이 존장의 입장에서 물었다.

"저도 그렇고 이 친구도 그렇고…… 일단은 천검가와 부딪쳐 봐야 알겠습니다. 천검가가 무슨 일을 획책하느냐에 따라서 당우에 대한 처리도 달라질 겁니다."

"그때까지는 은자이기를 포기한 건가?"

"그 말씀은 틀렸습니다. 치검령이기를 포기한 겁니다. 치검령은 이곳에서 죽었습니다. 지금 살아서 말씀드리고 있는 이 몸은 치검령이 아니라 이름없는 무자(無者)일 뿐입니다."

"호호호! 손바닥으로 하늘을 가리는구나. 은자치고는 비겁한데? 그런 말은 자신에게는 위안이 될지 모르지만 세상이나 사문이 봤을 때는 역적이지."

"후후! 전 역적이 아니지요. 제 임무는 저놈을 죽이는 것. 한데 어쩝니까? 죽이려고 손을 썼는데 죽이지 못했으니. 되레 제가 당하고 말았죠. 치검령은 그때 죽었습니다."

"후후후! 이 친구, 당우와 일장 격돌을 벌인 적이 있습니다. 일 초 승부였는데 패했습니다."

추포조두가 옆에서 거들었다.

"넌 그렇고…… 그럼 넌?"

어해연이 추포조두를 쳐다봤다.

"제 임무는 당우와 상관없습니다. 투골조를 어느 놈이 수련했든 그것도 상관없죠. 누가 백석산에서 백 명의 동남동녀를 죽였는지 그 사실만 파악하면 됩니다. 그러기 위해서 당우를 옆에 두고 있어야 합니다. 절대적으로."

"그럼 좋아. 저 애는 점점 더 강해질 것이야. 결국은 무적으로 군림하겠지. 무적이 되어도 이곳을 벗어날 수 없으니…… 만정의 귀신이 되는 건 변함없겠지."

"정말 밖으로 나갈 길이 없습니까?"

"없다."

어해연이 단호하게 말했다.

"이곳은 호로병 구조라서 들어올 수는 있어도 나갈 수는 없다. 우리도 필요한 물품은 따로 공급받고 있어. 물자 보급이 끊기면 굶는 건 마찬가지야."

"물까지도 말입니까?"

"모든 게 다."

"계류(溪流)도 없습니까?"

"없어."

"그럼 왜 이곳을 금지로 만든 겁니까?"

추포조두가 뒤쪽을 가리켰다.

홍염쌍화가 거주하는 동혈은 좁은 협곡에 위치한다. 그곳 역시 동굴 안인 것은 마찬가지이나 협곡이라고는 부를 수 없다. 그냥 길이 좁아진 곳이라고 해야 맞다.

좁은 길을 따라서 들어오면 홍염쌍화가 거주하는 동혈 입구가 나타난다. 입구 안으로 들어서지 말고 계속 나아가면 동혈 뒤편이 나온다.

금역은 동혈부터 시작된다. 마인들은 동혈 안쪽으로는 한 걸음도 내디딜 수 없다. 그런 적도 없지만 만약 그런 일이 벌어지면 언제 날아왔는지 모를 검에 목숨이 날아간다.

그래서 마인들은 동혈 너머에 출구가 있다고 생각한다. 홍염쌍화만 제치면 빠져나갈 수 있다고 생각해 왔다. 그녀들이 깨끗한 옷을 입고, 인육이 아닌 정상적인 음식을 먹고, 하물며 씻기까지 하는 모습을 보면서 벅찬 희망을 꿈꿨다.

어화영이 말했다.

"금역으로 정해놓은 곳이 있어야 희망을 갖지. 저런 거라도 없으면 어떻게 살겠니? 아마 하루에 서너 명씩은 바위에 머리 깨고 죽을걸. 안 그래?"

호로병 구조, 빠져나갈 길이 없는 뇌옥이라니!

두 사람은 기가 막혔다. 출구가 전혀 없는 것인가? 그렇다면 무공인들 수련해서 무엇하랴. 무엇 때문에 싸울 것이며, 사문을 생각한들 누가 알아주랴.

두 사람의 표정이 재미있다는 듯 어화영이 깔깔 웃으며 말했다.

"호호호! 아무도 빠져나갈 수 없어. 만정이란 이름이 존재하는 한은 모두 이곳에 있을 수밖에 없는 운명이야. 호호호! 혹시 누가 알아? 마인이란 놈들이 전염병이라도 걸려서 모두 뒈지면 밧줄이라도 늘어뜨려 줄지. 그런데 저놈들은 죽지도 않더라고. 근본부터가 썩어빠진 인간들인데."

두 사람은 동혈 뒤쪽을 탐사했다.

만정에 들어온 지 삼 년. 길고 긴 시간 동안 이곳만 들어서면 바깥으로 나갈 길이 있다고 생각했다.

나갈 길이 정말 있었다.

나갈 수 있을지 없을지는 알 수 없지만 나갈 수 있다는 희망은 존재했다.

"들었나?"

"후후후! 홍염쌍화도 이곳에서 귀신이 되고 싶지는 않은가 보군."

"누가 이런 곳에서 귀신이 되고 싶겠나. 임무상 어쩔 수 없이 있는 거겠지. 그리고 보면 귀영단애도 지독해. 사내도 아니고 여인에게 이런 임무를 주다니."

"사내라면 벌써 끝장났겠지. 이런 고통을 견디면서 이십 년을 보낸다는 건…… 이건 지옥이야. 저놈들이 지옥에 있는 게 아니라 홍염쌍화가 지옥에 있었던 거야."

치검령이 암벽을 손으로 더듬었다.

자신들이 있던 곳이나 이곳이나 다를 바 없다.

홍염쌍화가 말한 대로 나갈 수 없는, 타고 오를 수도 없는 호로병 구조의 암벽일 뿐이다.

나갈 길은 없다.

하늘에서 뚝 떨어지는 길은 있다. 아직 물품이 조달되지는 않았지만 동구가 열릴 때, 이곳은 유독 빛이 많이 쏟아진다. 만정에서는 희뿌연 빛무리처럼 보이던 것이 여기서는 뚜렷한 빛이란다. 그리고 빛을 뚫고 물품들이 조달된다.

날개만 있으면 간단하게 탈출한다.

농담이다. 날개가 있을 리 있나. 하지만 날개가 없으면 만들어야 한다. 만들 수는 있지 않은가.

"몸은 괜찮나?"

추포조두가 말했다.

"괜찮아. 놈에게 진기를 빨린 후유증이 생각 밖으로 크지 않더군. 아무 이상 없어."

"그럼 됐고, 오늘은 푹 쉬자고. 내일부터 바빠질 테니. 후후! 술이라도 있었으면 한잔하면 좋으련만."

"후후후! 술을 찾다니, 배가 불렀군."

두 사람은 편하게 웃었다.

"계집아! 괜찮겠어?"

"응."

"네가 웬일이야? 잔머리를 다 굴리고? 혹시…… 저놈 때문이야? 저놈을 내보내려고?"

"너도 그런 마음이잖아."

"뭐가! 뭐가 그런 마음이라는 거야? 이 계집애가 누구에게 뭘 뒤집어씌우는 거야!"

"알았어. 내가 잘못했다."

어해연의 표정은 침착했다.

단 한 번, 사문을 배신한다. 치검령에게 말한 손바닥으로 하늘을 가리는 허튼짓을 자신이 한다.

그래도 괜찮은가?

치검령은 은자이기를 포기한 게 아니라고 했다. 치검령이 죽었기 때문에 어쩔 수 없는 것이라고 했다.

홍염쌍화도 이곳에서 죽어야 한다.

귀영단애의 홍염쌍화는 당우에게 죽는다. 만정의 무적자라면 당우밖에 더 있는가. 그가 지닌 무기지신이라면 홍염쌍화도 죽일 수 있다. 소리없는 칼은 황상도 피하지 못하는 법이다. 은밀히 다가와서 슬쩍 찌르는 검은 피할 수 없다.

홍염쌍화의 임무는 죽음과 함께 막을 내린다.

"너…… 정말 괜찮아?"

어해연이 어화영에게 물었다.

"괜찮지, 그럼. 사문만 아니라면 하루도 견디기 힘든 곳이잖

아. 어휴! 이십 년…… 참 오래 버텼다."

어화영이 긴 한숨을 내쉬었다.

활달한 그녀이지만 사문을 배신한다는 생각, 아니, 사문의 명을 거역한다는 사실 앞에서는 침울해질 수밖에 없다.

"기왕 하는 것…… 잘해야지. 이용할 것은 철저히 이용하고. 무공은 일정한 수준에 올라섰는데, 실전 감각이 너무 부족해. 사람을 죽여본 적도 없고. 사람을 죽이는 게 어떤 것이라는 걸 가르쳐야 해."

"호호호! 그런 건 여기처럼 잘 배울 수 있는 곳도 없을 거야. 그렇지?"

"당우를 설득해 줘."

"네가 직접 하지 그래?"

"그런 말은 나보다 네가 더 잘하잖아."

"계집애가 꼭 나쁜 것만 날 시킨다니까."

어화영은 툴툴거렸지만 싫지는 않은 표정이었다.

2

턱! 푹!

뒤에서 입을 막는다. 신음 소리조차 흘리지 않도록 입 전체를 단단하게 틀어쥔다. 그리고 석도를 찔러 넣는다.

후둑! 후둑! 투두둑!

생명이 꿈틀거린다. 억센 힘에서 벗어나려고 바동거린다.

하지만 이내 잠잠해진다. 혼이 떠나가고, 생명 잃은 육신은 힘없이 풀썩 주저앉는다.

무기지신의 적수는 없다.

빛 한 점 들지 않는 어둠 속에서 기척이 감지되지 않는 존재란 저승사자와 다름 아니다.

"사, 살려주십시오! 제발! 제발 살······."

바로 옆에 있던 마인이 이상한 기미를 눈치채고 손이 발이 되도록 빌었다.

어떤 특정인에게 비는 것이 아니다. 살수를 전개한 자가 누구인지조차 모르니 특정인을 거론할 수가 없다. 단지 아무에게나 살수를 전개한 사람에게 무조건 빌고 또 빈다. 하지만,

투툭! 투투툭!

처음에는 거세게, 그러다가 발악적으로, 마지막에는 지친 몸부림으로 끝을 맺는다.

"이, 이것들이! 공격이다! 모두 모여!"

마인들이 급습을 눈치챘다.

공격자는 보이지 않지만 마인들이 죽어가면서 발버둥 치는 소리는 감지한다.

마인들은 둥글게 모여 어깨를 맞댔다.

어떤 놈은 죽을 것이다. 뒈지는 놈은 살해당하는 순간에 발버둥을 칠 것이고, 옆에 있던 자들이 쾌속하게 공격한다.

한 번, 두 번은 실패할 수가 있다.

공격하는 놈이 굉장히 은밀하다.

마인들은 항상 죽음을 경계하며 살아왔다. 조금이라도 방심하면 옆에 있던 놈에게 찔려 죽는 상황인데, 어찌 경계심을 늦출 수 있을까. 자면서도 한쪽 눈은 뜨고 잘 정도로 신경이란 신경은 모두 팽팽하게 곤두서 있다.

그런 삶을 살아왔는데, 놈에게는 속수무책이다.

비명도 터지지 않는다. 죽음을 느끼고 저승길로 들어서면서 마지막으로 발버둥 한 번 친 것이 고작이다.

이런 은밀함은 보지도 듣지도 못했다.

놈은 비정하다.

놈은 제일 먼저 석도로 폐를 관통시킨다. 폐에 구멍을 내서 소리를 지르지 못하게 만든다. 입을 틀어막는 것으로도 부족해서 폐까지 뚫어버린다. 그리고 최후의 일격으로 심장을 뚫는다.

폐와 심장, 가슴 양쪽을 모두 뚫어버린다.

하나만 뚫어도 즉사를 면치 못하는데, 놈은 확실히 죽이기로 작심했는지 죽음을 확인까지 한다.

놈은 고도의 살수다.

놈의 칼질은 어긋나는 법이 없다. 잘 간 칼을 쑤셔 넣을 때처럼 딱 한 번 쑥 집어넣었다가 뺀다.

놈들 중에 이런 놈이 있다. 그것도 두 놈이나 있다. 치검령과 추포조두라고 했나! 풍천소옥과 적성비가의 은자들이라면 충분히 이런 죽음을 만들어낸다.

마인들은 한데 뭉쳐서 숨죽이며 다음 공격을 기다렸다.

공격은 그쳤다.

"기가 막히는구나."
추포조두가 감탄을 터뜨렸다.
당우의 움직임 속에는 은가(隱家), 삼가(三家)의 절학이 모두 녹아 있다. 풍천소옥, 적성비가, 귀영단애의 독문 절기들이 물 흐르듯 자연스럽게 흘러나온다.
그들은 무공을 전수하지 않았다. 전수한 적이 없다.
홍염쌍화의 경우는 약간 다르다. 그녀들은 일부러 다양한 절기를 보여준 측면이 없지 않아 있다. 당우가 훔쳐 배우는 모습을 보고 흐뭇한 미소까지 지었다.
상세하게 설명하거나 무공 구결을 가르쳐 준 적은 없지만 시연은 많이 했다.
치검령이나 추포조두는 다르다. 그들은 만정에 들어온 이후에는 무공을 쓸 일조차 거의 없었다. 전수하기는커녕 시연조차도 해 보인 적이 없다.
당우는 삼가의 절학을 모두 펼친다.
평소 당우가 수련하는 모습을 살폈다. 어떤 무공을 수련하는지 호기심 어린 눈으로 지켜보았다. 아니, 솔직히 말하겠다. 편마의 편공이 어떤 것인지 궁금했다.
당우는 편마의 무공만 수련했다.
삼가의 절학은 손도 대지 않았다. 하다 못해서 투골조의 조공까지도 수련한 적이 없다. 편마에게 직접 지도받은 후부터는 오로지 편공에만 집중했다.

그런데 모든 것이 녹아 나온다.

아무래도 홍염쌍화와 격전을 치르면서 이것저것 자신도 모르게 녹아든 것 같다. 하기는 홍염쌍화 같은 고수와 맞서면서 제대로 쓰지도 못하는 편공에 의지할 수는 없었으리라.

수련은 편법에 집중하지만 싸움은 끌어 모을 수 있는 모든 무공을 사용했다.

그것이 한꺼번에 터져 나온다.

추포조두는 무슨 생각을 하는지 고개를 몇 번 끄덕였다. 그리고는 침착하게 말했다.

"앉아라."

"……."

"앉아."

"앉았는데요."

"이놈아, 앉았으면 말을 해야지!"

"……."

"이미 알고 있는 것…… 이왕 배우려면 자세히 배워라. 구결을 알려줄 테니 잘 외워라. 먼저… 네가 우리 적성비가의 무공 중에서 가장 많이 애용하는 것이 암행류던데."

"저기요."

"……?"

"나중에 했으면 좋겠습니다."

"뭐?"

추포조두는 잘못 듣지 않았나 싶었다.

절기를 훔쳐 배운 것과 구결을 알려주어 진신절학을 아는 것은 천지차이다.

당우는 흉내만 내고 있다. 빠름도 뒤지고 변화도 없다. 단순히 임기응변식으로 단편적인 모습만 흉내 낸다.

그런 무공으로 홍염쌍화의 손길에서 버텼다는 게 용하다. 무기지신이 아니라면 어림도 없었겠지만.

그래서 진신절학을 가르쳐 주겠다고 했다.

한데 놈이 사양한다? 거절한다? 나중에 하자고?

추포조두는 그 이유를 안다.

"피가 끈적거리지?"

"……."

"호흡 소리가 아직도 느껴지지?"

"……."

"사람은 혼과 넋을 지니고 있다. 흔히 혼백(魂魄)이라고 하는데…… 평상시 살아가면서 아무도 그런 걸 의식하지 않아. 육신은 귀중해도 혼백은 새카맣게 잊어."

"나중에 합시다."

추포조두는 일어서는 모습을 느꼈다.

당우는 보이지 않는다. 놈이 일어섰는지 앉았는지 알 수가 없다. 하지만 일어섰다는 느낌이 든다.

추포조두가 말했다.

"그래, 혼백이 육신을 빠져나가는 느낌, 어떻더냐?"

"……."

"무공을 괜히 수련했더냐? 무공을 수련했으면 사람을 때릴 줄도 알아야지. 죽일 줄도 알아야 하고. 무공을 배우면서 그런 점은 염두에 두지 않았더냐?"

"아저씨, 다 고마운데…… 지금은 정말 혼자 있고 싶어. 미안."

당우가 멀어져 간다.

이것도 느낌이다. 왠지 멀어지고 있다는 느낌이 든다.

당우는 처음으로 살인을 했다. 만정 마인들을 상대로 생명을 끊었다. 혼백이 육신에서 빠져나가는 순간, 생명이 자지러지는 순간을 온몸으로 느꼈다.

죽음을 많이 보기는 했지만 자신이 직접 죽여본 것과는 다르다.

상당한 충격일 게다. 그래서 일부러 구결을 알려주고자 한 건데. 죽음을 잠시 잊고 무공에 매진하다 보면 피의 끈적거림이 잊히기도 하는데.

'악인은 못 되는 놈…….'

"후후후!"

추포조두는 실 웃음을 흘렸다.

파르르르……!

손이 떨린다. 수전증(手顫症)에 걸린 사람마냥 손목부터 손가락까지 덜덜 떨린다.

당우는 양손을 깍지 껴서 이마에 댔다.

파르르르……!

떨림은 멈추지 않는다.

떠는 건 손이다. 하지만 정작 심하게 떨리고 있는 곳은 뜨거운 심장이다. 심장의 고동 소리가 천둥소리보다 크다. 심장에서 내뿜는 피가 전신 혈맥을 팽팽하게 만든다.

'후욱! 후우욱!'

가늘고 깊은 숨을 내쉬었다.

자신이 흔들리면 많은 사람들이 걱정한다.

사구작서, 치검령과 추포조두, 묵혈도와 산음초의, 그리고 홍염쌍화.

제각각 특이한 사연들을 가지고 만났으나 지금은 모든 게 한 뭉텅이로 섞여 버렸다.

만정이란 환경이 그렇게 만든 게 아니다. 만정은 아무것도 하지 않았다. 만정이 지닌 환경은 은자들의 마음을, 마인들의 마음을 되살리지 못한다.

그들이 한 뭉텅이로 섞여든 것은 오로지 자신 때문이다.

자신이 그렇게 만들었다. 무기지신이라는 특이한 신체 구조, 아니, 신체 구조라고 말할 수도 없고, 특이한 진기 형성 과정이 그를 평범하지 않은 자로 만들었고, 은자를 하나로 묶는 계기까지 엮어냈다.

그럼 그에게 추포조두와 치검령은 어떤 존재인가.

삼 년 전에는 목숨을 위협하는 저승사자였다. 하지만 지금은 다르다. 그와 천검가를 연결시켜 주는 끈이다. 그들이 있어야만 류명을 만날 수 있다. 투골조의 원흉을 만날 수 있다. 또 어디론가 가버린 아버지와 어머니를 찾을 수 있다.

없어서는 안 될 중요한 사람들이다.

산음초의에게는 막대한 은혜를 입었다.

홍염쌍화에게도 악감정 같은 것은 없다. 한때는 치열하게 싸웠지만, 어느 순간부터 싸움이 무공을 전수받고 전수하는 순간으로 둔갑해 버렸다.

홍염쌍화는 그에게 악의적이지 않다. 그도 홍염쌍화를 죽여야 할 대상으로 여기지 않는다.

그럭저럭 만정에서 만든 인간관계는 평온하게 유지되고 있다.

하지만 만정을 벗어나고 싶다. 나가고 싶다. 그러기 위해서는 만정 마인들을 모두 죽여야 한다. 만정이 존속하기 위한 틀을 깨뜨려야 한다.

오늘 인육이 들어왔다.

마인들이 살고 싶어서 울부짖는 평범한 사람을 인정사정없이 뜯어 먹었다.

그것이 그들의 마지막 식사다.

다음 인육이 들어올 때까지는 삼 일, 혹은 사 일이라는 기간이 있다. 그동안에 마인들을 쓸어야 한다. 한 명 남김없이 모두 제거해야 한다.

마인들을 죽여야 나갈 수 있다.

―안 됩니다!

왜 안 된다고 했을까?
특정한 이유는 없다. 막연히 저들을 죽이고 싶지 않았다.
물론 인육은 먹어서는 안 된다. 그것은 어떠한 변명을 늘어놓아도 정당화되지 않는다. 하지만 그것이 저들의 잘못인가? 먹을 것이 없는 곳에 가둬놓고, 돼지에게 먹이를 주듯이 사람을 들여보내는 것은 만정 무인들 아닌가.
죄는 만정 무인들에게 있다. 마인들에게 있지 않다.
이들은 밖에서 상당한 잘못을 저질렀다. 사람 목숨을 파리 목숨처럼 여겼다. 실제로 성격 파탄자도 있다. 아무 이유 없이 시비를 걸고 칼부림을 한다.
그렇다고 해서 그들을 모두 죽일 수는 없다.
그러나 그는 석도를 들었다. 들지 않을 수 없었다.

―날 봐라. 이 몰골을 봐라. 이건 사람의 얼굴이 아니지. 악마의 얼굴이다. 아니, 악마까지도 되지 못해. 악마의 발이나 씻기는 졸개 모습이다.

야광주에 비친 사구작서의 모습은 흉물스럽다.
어둠 속에 있을 때는 몰랐는데 온몸이 부스럼투성이다. 진물이 질질 흐르고 살이 괴사된 곳도 많다.

그들은 육신만 망가진 게 아니다. 속은 더 망가졌다.

―사람이 먹고 싶다. 먹고 싶어서 미치겠어. 그 맛…… 으!

인육 중독!
중독성도 아주 강해서 피 냄새, 찢겨진 살 냄새를 맡을 때는 거의 미치다시피 했다.
마약 중독에 결코 뒤지지 않는다.
호전될 기미는 있나? 끊을 수는 있나?
있을지도 모른다. 하지만 마인들의 성격상 끊을 필요를 느끼지 못하리라. 이곳에 있으면 먹이가 공급되니 끊을 필요가 없고, 밖에 나가면 지천에 널린 게 사람이니 끊을 이유가 없다.
마인들을 밖에 내놓는 것은 살인마를 내놓는 것과 같다. 또 이들을 계속 존속시키는 것은 먹이로 선정된 애꿎은 사람들만 계속 죽이는 결과가 된다.
먹이 공급을 끊으려면 사육된 마인들을 죽여야 한다.

―손속에 인정을 담아라. 기왕 죽여야 한다면 죽여라. 하지만 가장 깨끗하게 죽여라. 순간적으로 자신이 죽는 줄도 모르게 죽이면 더욱 좋겠지. 그런 죽음을 맞으면…… 죽은 놈도 억울하지는 않을 게다. 킥킥! 억울해할 틈이 없잖아. 뭔가 이상하다 느끼면 혼은 벌써 구천을 떠돌고 있을 테니까.

가장 편하게 죽여라.

이것이 당우가 선택할 수 있는 최선의 방법이다.

풍천소옥, 적성비가, 귀영단애, 그리고 사구작서에게 습득한 유혼신법까지 총동원하여 가장 편안한 죽음을 만든다.

녹엽만주는 쓰지 않았다.

녹엽만주는 수련도가 낮아서 파공음을 배제할 수 없다. 채찍을 휘두르는 순간, 굉렬한 우렛소리가 천지사방을 뒤흔든다.

마인들은 죽음에 앞서서 공포를 느끼리라.

그런 부분까지 제거한다. 완벽한 죽음을 만들어본다.

사실 만정 마인들을 모두 죽인다는 비책은 마인들 사이에서도 언급이 되었던 부분이다.

어찌 된 사정인지는 모르지만 만정은 확실히 비정상이다. 누가 봐도 마인들을 사육하고 있다. 그것도 최악의 환경에서 최악의 조건을 부여한다.

이런 환경 속에서 마인들이 어떤 반응을 하는지, 어떻게 생존하는지 살피는 것인가?

그건 설득력이 떨어진다.

내공을 잃은 마인들이 절정무공이라도 창안해 주기를 바라나?

그것 역시 가당찮다. 그러려면 내공을 보존시킨 채 자유분방하게 가둬놓는 것이 낫다. 그러면 자기들끼리 죽이고 죽으면서 자연스럽게 만정 무공이라고 할 수 있는 어둠의 비기가 탄생한다.

무엇인지는 모르지만 만정 마인들을 사육하는 이유가 분명히 존재한다.

그러면 입장을 반대로 바꿔보자.

사육하던 놈들이 모두 죽었다? 한날한시에 싹 죽어버렸다?

만정이 발칵 뒤집힐 게다. 단순히 마인들을 가둬놓은 것이라면 '그놈들 죽었군' 하고 무심히 지나갈 수 있겠지만 사육이라면 말이 달라진다.

그러나 그러기 위해서는 뚫어야 할 난관이 있다.

홍염쌍화!

그녀들의 눈을 속이든지, 그녀들을 죽이든지, 그녀들이 뜻을 같이해서 최소한 동조라도 해줘야 일을 벌일 수 있다.

마인들이라고 머리가 없는 것이 아니다. 생각할 것은 모두 생각했다. 힘이 없어서 하지 못했을 뿐이다. 내공을 잃은 자들이 절대 무적자로 군림하는 홍염쌍화의 눈을 속인다는 건 고양이 목에 방울을 다는 것과 마찬가지다.

지금은 홍염쌍화가 암묵적으로 동의했다.

남은 것은 거침없이 죽이는 것뿐이다. 어차피 세상 밖으로 나가서는 안 될 마물들이다. 하늘이 만들어낸 최대 실패작이 모두 이곳에 모여 있다.

싹 쓸어버려라!

그런데 손이 벌벌 떨린다. 심장이 고동친다.

사람을 죽였다. 난생처음으로 살아 있는 사람을 죽였다.

추포조두의 말이 맞다. 석도로 심장을 찌르는 순간에 바동거리던 육신에서 무엇인가가 빠져나가는 느낌을 받았다.

그것이 영혼인가?

마치 속 알맹이가 톡 빠져나간 느낌, 껍데기만 들고 있는 기분.

그런 느낌이 든 후에는 어김없이 저항을 멈췄다. 축 늘어져 미동도 하지 않았다.

당우는 죽음 직전에 일어나는 현상을 온몸으로 감지했다. 그리고 지금은 그때의 느낌과 감정들이 생생하게 되살아난다. 몸과 마음을 전율시킨다.

'끄으으윽!'

당우는 두 손으로 머리를 감싸 안으며 숨 죽여 오열했다.

사람을 죽인다는 것, 정말 못할 짓이다. 평생 지워지지 않을 낙인을 가슴에 새기는 것과 같다.

"괜찮니?"

치검령이 물었다.

"후후후!"

"괜찮은 척할 필요 없다. 손발이 덜덜 떨리는 것, 첫 살인을 하고 난 후에는 누구라도 겪는 일이다. 그 느낌을 잊지 마라. 그 느낌이 지워지는 순간…… 후후! 살인을 하고도 태연자약

한 자신을 보게 될 게다."

"오늘은 조금 힘들겠어. 똘똘 뭉쳐 있으니."

"추포조두와 내가 앞가림을 해주마. 내게는 일촌비도가, 추포조두에게는 십자표가 있으니까 뭉친 놈들을 흩뜨릴 수 있을 게다. 너는 최대한 편안하게 보내는 데 온 신경을 집중해라."

"왜 이렇게 편안함을 강조하는 건데요? 죽는 놈들은 다 그게 그거 아닌가?"

"나중에 알게 될 게다. 우선은 시키는 대로 해."

치검령이 손가락만 한 석도들을 허리춤에 꽂았다.

세 사람, 추포조두와 치검령과 당우는 이런 일을 모두 동혈 밖에서 했다. 손바닥으로 하늘을 가리는 기만행위일망정 홍염쌍화가 거주하는 동혈에서는 일절 죽음을 이야기하지 않았다.

살인은 홍염쌍화 몰래 그들이 일으킨 게다.

추포조두가 대화에 끼어들었다.

"기가 막힌 것은 말이야, 저놈들, 이런 와중에도 포식을 하더라. 어제 네가 죽인 놈들 있잖니. 그놈들 중에서 성한 놈 한 놈도 없다. 모두 훼손당했어."

"아예 잔치를 벌였군."

"배 터지게 먹었으니 죽어도 여한이 없다더라."

당우가 웃으면서 말했다.

"하하하! 그렇게 살기 부추길 필요 없어요. 어차피 죽이기로 했으니까. 죽음은 단호하게, 손속은 최대한 아량을 담아서. 하하! 갑시다. 할 거라면 빨리 해치우는 게 낫지."
 스릇!
 당우가 사라졌다.

第四十七章

조랑(刁娘)

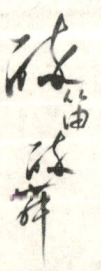

1

좌르륵! 좌악!

"캑!"

쒜액!

"컥!"

단말마는 매우 짧았다.

스으읏! 스읏!

죽음이 내려앉은 자리에 머리부터 발끝까지 검은 천으로 휘감은 복면인이 나타났다.

그는 쓰러진 자들의 목에 손을 대어 숨결을 살폈다.

'제일관(第一關) 통과(通過)!'

그가 수신호로 현재의 상황을 알렸다.

쉐에엑! 쉐엑!

밤하늘을 가르며 복면인들이 날아 내렸다.

'여기서 갈라진다.'

수신호가 전해졌다.

'남은 시간 일각! 맡은 구역을 청소하고 정확히 일각 후에 상관(上關)으로 집결하라!'

대답은 없다. 움직임만 있다.

쉐에엑!

복면인들이 일제히 날아올랐다.

"꺼억!"

"컥!"

옥주는 수하 두 명이 눈앞에서 죽어나가는 광경을 뚫어지게 쳐다봤다. 그중 한 명은 부옥주이고 다른 한 명은 만정의 재물을 담당하는 이주(利主)다.

두 명이 손 한 번 제대로 써보지 못하고 즉사했다.

"후후후! 후후후후!"

옥주는 검을 뽑으며 웃었다.

복면인들은 말이 없다. 피가 묻은 검을 들어 옥주를 겨눈다. 그리고 천천히 다가선다.

"네놈들…… 적성비가구나."

옥주의 눈이 복면인들의 발에 꽂혔다.

어느 문파든 자신만의 보법(步法)을 가지고 있다. 그것은 문신(文身)과도 같아서 다른 사람이 흉내 낼 수 없다.

"옥주와 검을 섞게 되어서 영광이오."

복면인이 말했다.

'젊은 놈!'

음성에서 젊은 패기가 느껴진다.

옥주는 머리를 갸웃거렸다.

적성비가가 이토록 컸나? 젊은 놈이 감히 자신과 검을 맞댈 정도로 성장했나?

그렇게 볼 수밖에 없다.

복면인이 겨누고 있는 검끝에 서리가 맺혀 있다. 무형의 진기가 유형이 되는 경우로, 내공이 화후(火候)에 이른 자만이 뿜어낼 수 있는 기경(氣經)이다.

기경을 뿜어낼 수 있는 검수, 결코 자신의 아래가 아니다.

"적성비가가 무리수를 두었군. 후후! 감히 만정을 급습한다. 아무리 돈에 눈이 멀어도 그렇지, 이건 아니지 않나. 뒷감당을 어찌하려고. 안 그런가?"

옥주가 검을 들어 올리며 말했다.

"옥주를 죽일 생각이오. 이곳에 있는 모든 인간을 말살시킬 것이오. 시신은 불에 태워질 것이고, 우리가 다녀간 흔적이라고는 숨 한 모금 남아 있지 않을 것이오."

"치밀하군."

옥주는 진기를 끌어올렸다.

이들은 적성비가의 보법을 밟고 있다. 복면을 쓰고 있지만 틀림없이 적성비가 무인들이다.

그러면 적성비가가 만정에 검을 들이댄 것인가?

그렇게 보기는 어렵다. 만정을 무너뜨려도 적성비가가 취할 이득이 없다. 누군가의 사주를 받고 이런 행동을 한다고 봐야 한다. 치밀한 계획 아래 움직이고 있는 것이다.

만정이 생긴 이래로 이백칠 명이 만정을 침입해 왔다.

그중에 미로진을 뚫고 관정(管井)에 도착한 사람은 딱 한 명뿐이다. 물론 그녀, 신산조랑도 관정의 아득함은 어쩌지 못하고 생포되는 신세가 되었다.

이들은 그게 아니다. 아예 미로진을 파괴해 버렸다. 자신이 거주하는 상관까지 거침없이 들어왔다. 약간의 망설임이라도 있었으면 발각되었을 텐데 그런 것조차 없었다.

어떻게 이럴 수 있을까?

기관진도(機關陣圖)를 가지고 있다면 말이 된다.

자신은 눈을 감고도 미로진을 통과할 수 있다. 기관진도가 머릿속에 들어 있기 때문이다.

이들도 그렇게 들어왔다.

옥졸들은 방심하고 있었을 게다. 어느 누가 이런 곳을 침입하겠냐며 잠을 청하거나 술을 마셨을 게다.

그런 자들을 처리하는 건 손쉽다.

그러면 한 가지 더 짚어보자. 어떻게 기관진도를 손에 넣었는가? 기관진도가 흘러나가면 만정의 단단함은 모래알처럼 흩어진다. 그런 점을 알기 때문에 기관진도 같은 것은 만들지 않는다. 머릿속, 오직 머릿속에만 담아둔다.

머릿속…… 머릿속에 담아둘 수 있는 사람, 그만한 권리가 있는 사람이 누군가!

자신과 부옥주가 있다.

만정에는 자신들밖에 없다. 옥졸들은 미로진을 파훼할 수 없다. 이곳에서 근무하는 사람들조차도 부옥주의 안내를 받지 않으면 들어올 수도 나갈 수도 없다.

검련 본가에도 두어 명 정도가 있다. 만정을 만든 사람과 매년 보수하기 위해 오는 사람 정도? 다른 사람은 일절 모른다. 만정의 존재는 알고 있어도 미로진을 들여다볼 수 있는 권한은 주어지지 않는다.

만정에 대해서는 가주도 예외가 아니다.

본가 가주조차도 미로진에 대한 진도는 갖고 있지 않다.

그러니 누군가가 만정을 치고 싶어도 칠 수 있는 방법이 없는 게다. 누가 만정을 설계했고, 누가 보수하는지 아는 바가 없기 때문에 진도 같은 것을 구할 생각도 못하는 게다.

그런데 구했다.

자신은 여기 있고, 부옥주는 죽었다.

본가 쪽, 본가에서 미로진을 볼 수 있는 두어 명 중에 간자(間者)가 있다.

누가 되었든 놈은 실수했다.

검련 본가를 등지고 적성비가 따위에 빌붙은 실수는 죽음으로 사죄해야 할 게다.

조랑(**刁娘**) 225

그는 그럴 자신이 있었다.

"네가 누구의 사주를 받았든 이로 인해서 적성비가는 검가 사십여 개 가문의 공동 적이 되었구나. 이런 점까지 생각하고 망동(妄動)한 게냐?"

복면인이 말했다.

"말했다시피…… 당신을 죽이고 흔적을 지울 것이오."

"검을 든 자, 자신은 금물이라는 소리도 못 들었나?"

"일각이라고 했소."

"뭐?"

"모두에게 명하길 일각 안에 맡은 바 임무를 끝내고 이곳으로 모이라고 했소. 옥주, 그전에 나도 일을 끝내야겠소. 모두 일을 끝냈는데 나만 못 끝낸다면 치욕 아니오."

"뭐라! 하! 하하하! 하하하하!"

옥주는 앙천광소를 터뜨렸다.

하룻강아지 범 무서운 줄 모른다더니 이게 꼭 그 짝 아닌가. 부옥주 정도 죽였다고 기고만장해서 삼전신검(三電神劍)을 몰라보다니, 죽으려고 작정한 놈이 아닌가.

"그래, 어디 보자!"

쒜에엑!

옥주가 먼저 선공을 취했다.

사실 누가 먼저 선공을 취하느냐는 큰 상관이 없다. 두 사람의 거리가 오 장 이상 벌어져 있어서 약간 먼저 달려나간다는 의미밖에는 없다.

쩍! 쩍! 쩍!

마른하늘에 번개 치는 소리가 허공을 울렸다. 그것도 세 번이나 연속해서, 한 번으로 착각할 만큼 순식간에 울려 나왔다. 옥주의 독문 검법인 삼전검법이다.

삼전검법은 쾌검 중의 쾌검이다. 무척 빨라서 눈으로 따라잡을 수가 없다. 하지만 삼전검법은 쾌검으로 분류되지 않는다. 특이하게도 중검(重劍)으로 분류된다.

빠르면서 강하다.

쉐액!

복면인이 마주쳐 왔다. 한데 검세(劍勢)가 몹시 특이하다. 진력(眞力)이 깃들어 있지 않다. 어린아이들이 동네 어귀에서 병정놀이를 할 때처럼 장난스럽게 검을 쓴다.

그래도 옥주는 방심하지 않았다.

그는 기경을 봤다. 무형의 진기를 유형으로 고정화할 수 있는 자는 흔치 않다. 복면인의 검법이 천하를 경동시킬 절학이라는 점은 분명하다.

쩍! 쩍! 쩍!

우렛소리와 함께 시퍼런 검광이 번뜩였다. 순간,

쉐엑!

복면인의 검이 봉황의 날갯짓처럼 너울거린다. 아름답고 큰 새가 우레를 타고 넘어 바싹 다가선다.

"이건! 컥!"

옥주는 눈을 부릅떴다.

그는 자신의 검법에 자부심을 가졌다. 천하제일의 쾌검이라는 섬전검법(閃電劍法)보다 세 배는 빠르다고 해서 삼전검법이라 명명했다. 또 실제로 그는 찰나의 순간에 검을 세 번이나 쳐낸다.

그렇게 다가간 검이 들소의 힘으로 들이친다.

마지막 타격 순간에 일시적으로 진기가 배가(倍加)된다. 그가 지닌 내공의 두 배가 터진다.

검, 창, 도, 편, 어떤 병기도 잘려 나간다.

갑옷을 입은 자든 방패로 막아선 자든 거침없이 베어낸다.

검의 명가들이 모두 모인 검련에서, 그것도 제일가에서 옥주가 되는 게 어디 쉬운가. 그런 검법이라도 지니고 있기에 옥주 자리를 꿰어 찰 수 있었던 것이다.

그런 그가 일 초에 무너졌다.

"이건…… 끄으윽!"

그는 말을 잇지 못했다.

정수리로 밀고 들어온 검이 두개골을 절반으로 갈라 버렸다. 그의 입도, 말하고 있는 혀도 반으로 갈렸다.

"일 초! 산뜻해요."

옆에 있던 복면인이 복면을 벗었다.

화용월태(花容月態), 침어낙안(沈魚落雁), 폐월수화(閉月羞花)……. 제길! 또 다른 말은 없나?

옥주는 절정의 미녀를 난생처음 보면서 눈을 감았다.

만정 옥졸 중에 살아 있는 사람은 없다.

"모두 사십칠 명, 끝났다."

복면인이 여인에게 말했다.

"수고했어."

"우리…… 앞으로 말 섞지 말자. 보지도 말고, 어떤 자리에서 만나더라도 아는 척하지 말자."

"호호호! 왜 그래? 삐쳤어?"

"간다. 제이책(第二策)은 전서로 보내라."

복면인이 돌아섰다.

여인이 복면인의 등을 보며 말했다.

"인연을 끊겠다는 말이야?"

"적반하장(賊反荷杖), 먼저 인연을 끊은 건 너다."

"난 날 취하는 사내에게 모든 걸 주겠다고 다짐했어. 그건 너희도 알고……. 그런데도 너흰 내게 말도 붙이지 못했어. 그래 놓고… 이제 와서 질투하는 거야?"

"질투? 하하하! 뭔가 알아도 단단히 잘못 알고 있구나. 너와 가까이하지 않은 것은 네가 독화(毒花)이기 때문이다. 모든 걸 다 준다? 그래서 류명에게 머리를 빌려주는 건가? 사문을 최대한 이용하라고? 상공보다도, 혈육보다도, 어떠한 인정보다도 사문이 우선이다. 적성비가에서 너 같은 애가 나왔다는 게 수치스럽다."

"호호호! 알았어. 그 말 잊지 않을게. 그럼 우리 인연은 없던 것으로 해."

"잔머리 잘 써보기 바란다. 사문을 등졌으니 만큼 최대한 잘 살아봐라. 보아하니 우리의 끝은 죽음일 것 같은데…… 그래, 우리의 죽음을 딛고라도 어디 날개를 얻어봐라."

"알았어. 날개를 얻어서 창공을 날아볼게."

여인 마사는 활짝 웃었다.

순간, 꽃이 만개했다. 수십 송이의 꽃이 봉오리를 열고 활짝 피는 듯한 착각이 들었다.

복면인은 마사를 쳐다보지 않고 뚜벅뚜벅 걸어갔다.

"동문 마음을 아프게 했군. 배신감이 상당할 텐데. 잘못은 마사가 먼저 했잖아. 말이라도 좋게 하지 그랬어."

또 다른 복면인 류명이 마사의 어깨를 감싸 안으며 말했다.

"괜찮아요. 어차피 이렇게 정리될 거였어요."

마사가 웃었다.

만정을 뚫기 위해서는 기관진도를 획득하는 것 외에도 한 가지 난점이 더 있다.

경계망을 피해야 한다.

미로를 잘 아는 사람이 미로에 발을 들여놓는 순간부터 빠져나오는 순간까지 걸리는 시간은 무려 반 각이다.

이것은 정확하다. 미로를 가장 잘 아는 사람은 옥주다. 그래서 옥주를 살폈다. 그가 들어설 때부터 나올 때까지 걸린 시간을 다섯 번이나 수집했다. 그리고 평균을 냈다.

반 각!

경계를 서는 무인에게 들키고도 남을 시간이다.

그 시간 동안 몸을 숨길 곳은 있나? 없다. 미로에 들어서면 들어서는 사람은 아무것도 보지 못하지만 경계 무인의 위치에서 보면 누가 어디 있는지 환히 볼 수 있다.

적성비가 육 인은 감쪽같이 미로를 뚫었다.

그들은 미로진 안에서 반 각 동안이나 움직였다. 그런데도 발견해 낸 사람이 없다.

만약 발견이 되었다면 어떻게 됐을까?

옥주를 비롯해서 옥졸 모두 그들만 알고 있는 비고(秘庫)로 숨는다. 본가에 침입을 알리는 전서를 날림과 동시에 꽁꽁 숨어서 일체 무대응으로 일관한다.

어떤 사람도 마인들을 어찌할 수는 없다는 자신감에서 우러난 대응책이다.

적성비가 육 인은 옥졸들을 순식간에 해치웠다.

찰나의 틈이라도 주었다면 전서가 날았으리라. 화탄이 쏟아졌을 수도 있다.

류명은 자신 혼자 들어가겠다고 말했다. 그까짓 만정쯤이야 혼자서도 요리할 수 있다고. 기관진도를 눈 감고도 떠올릴 정도로 달달 외웠는데 무엇을 꺼리냐고.

류명 혼자서 침입했어도 미로진을 뚫는 데는 성공한다. 옥졸 몇 명은 저승으로 보낼 수 있다. 하지만 마흔일곱 명, 옥주와 부옥주, 이주까지 합하면 쉰 명에 이르는 사람들을 일시에 처단할 수는 없다.

조랑(ㄱ娘) 231

만정을 치기 위해서는 적당한 인원이 필요했다.

적성비가 무인들은 일인당 여덟 명 꼴로 죽였다. 그것도 일시에 들이쳤고, 죽음을 이끈 후에도 흔적을 남기지 않았다.

류명은 그들 여섯 명을 은자로 인정하지 않는다.

은자는 독자적으로 일을 맡아서 추진하고 끝낼 수 있는 능력이 있어야 한다. 그렇지 않으면 살수와 다를 바 없다. 그래서 그들은 은자가 아니다. 검련 본가를 무너뜨릴 수 없기 때문에 은자로 인정할 수 없다.

마사가 은자다.

그들은 적성비가 살수로 움직인다.

맡은 몫만큼은 충실히 해낸다. 이보다 더 정확하고 정교한 살수가 또 어디 있겠는가.

적성비가 육 인이 물러간 자리에는 한 폭의 지옥도만 남았다.

죽음, 죽음, 죽음……. 어디를 봐도 죽음뿐이다. 살아 있으면 전서든 화탄이든 쏘았을 사람들인데 침묵만 지킨다.

"이곳인가?"

류명이 뇌옥 문을 밀치며 말했다.

"네, 이곳이에요."

마사가 뒤따라 들어섰다.

"흠!"

류명이 떡하니 팔짱을 꼈다.

두 사람 눈에 들어온 풍경은 목불인견(目不忍見)이다.

만정에는 옥졸만 있는 게 아니었다. 십여 명에 이르는 사람들이 더 있었다.

"사… 살려…… 주세요."

뇌옥에 갇힌 자가 손을 허우적거렸다.

이들 십여 명은 몽혼약(矇昏藥)에 취한 듯 정신이 또렷하지 못했다. 몸도 제대로 가누지 못했고, 말도 하지 못했다. 아니, 눈동자가 흐트러져 있어서 똑바로 쳐다보지도 못한다.

"인근에서 실종됐다던 자들이군."

"사형수들, 납치된 자들…… 주로 그런 자들이겠죠?"

"살려두면 쓸모가 있지 않을까?"

"상대비용이 많이 들어요."

"상대비용?"

"이자들을 살려놨을 때 얻을 수 있는 것과 그동안 소요될 비용을 따져 봐야죠. 이윤이 남으면 살려놓는 것이고, 적자면……."

"마사 당신…… 냉정하군."

"제 위치를 이해해 주세요. 단지 상공의 아낙으로 족하시다면 전 세상에서 가장 포근하고 부드러운 여자가 될 거예요. 하지만 상공의 지낭(智囊)이라면 이 세상에서 가장 냉정해야 해요. 상공마저 정이 떨어질 정도로요. 그래도 버리지 않으실 거죠?"

"마사의 비책을 듣다 보면 당신이 얼마나 애교있는 여자인지, 얼마나 사랑스러운 여자인지 잊어버릴 때가 있어. 그러니

조랑(ㄱ娘) 233

시시때때로 알려줘."

"어멋! 정말요? 정말 제 애교를 잊어버릴 때가 잊어요? 그럼 안 되는데……."

마사가 새치름한 표정을 지었다.

"하하하! 가지. 이런 곳에는 한순간도 있고 싶지 않아. 빨리 끝내고 가자고."

그리고 마사의 귓가에 대고 입김을 불어넣듯 살며시 속삭였다.

"마사를 안고 싶어서 미치겠단 말이야. 아까부터 흥분해 있는 거 알지?"

2

턱!

손으로 입을 막았다.

강력한 힘이 저항을 포기하도록 만든다. 그리고 예정된 수순대로 석도가 폐를 찌른다.

당우는 항상 같은 방법으로 처단했다.

그가 생각할 수 있는 가장 편안한 죽음은 이런 식이다. 찰나만에 목숨을 잃으니 고통도 크게 받지 않는다. 또 막힌 입에 신경을 쓰다 보면 폐로 들어서는 칼날의 고통이 약간은 감소된다.

푹!

석도를 찔러 넣었다.

한데 여기서부터 예정대로 진행되지 않았다. 아니, 입을 막는 순간부터 무엇인가가 달랐다.

상대는 입이 막히는 순간, 사지를 축 늘어뜨렸다.

어쩔 수 없어서 저항을 포기한 것이 아니라 자신 스스로 죽음과 직면했다.

석도도 폐를 뚫지 못했다.

탁!

살을 찢는 진동이 전해지지 않는다. 대신 탁하고 단단한 무엇인가가 부딪쳐 온다.

'뭐야?'

당우는 침착하게 석도를 다시 한 번 찔러 넣었다.

어차피 상대는 수중에 쥐어져 있다. 입이 막혔고, 저항을 포기한 몸은 축 늘어져 있다. 서둘 필요가 없다.

탁!

역시 마찬가지다. 석도가 튕겨 나왔다.

폐는 안 된다. 고통이 심하더라도 다른 곳을 찔러야 한다.

그때다. 아무런 저항도 하지 않고 묵묵히 석도를 받아들이던 상대가 손가락으로 글을 쓰기 시작했다. 그의 허벅지가 덜덜 떨고 있지만 또렷하게 글을 썼다.

'구(求)… 명(命)……'

손가락은 덜덜 떨렸다. 하지만 그를 가격하거나 도망가려고 하지 않았다. 그 대신에 살려달라고 빌었다.

구명, 살려달라.

손가락은 다른 글자도 쓴다.

'걸(乞)…… 명(命)…….'

구걸하는 심정으로 살려달라고 한다.

당우는 석도를 목에 댔다. 목젖을 찌르려고 했다. 폐를 뚫을 수 없으니 목이라도 뚫을 심산이었다. 하지만 허벅지에 아직도 손가락이 닿아 있다. 덜덜 떨리는 심정이 고스란히 전해져 온다. 지금 이 순간에도 살려달라고 빈다.

'제길!'

당우는 차마 석도를 집어넣지 못했다.

탁!

그는 상대를 등 뒤로 내던졌다.

그곳에는 치검령과 추포조두가 있다. 멀찍이 떨어진 곳에서 끊임없이 작은 돌조각을 내던진다. 둥글게 뭉쳐 있는 마인들을 어떻게든 떼어놓으려고 애쓴다.

그들의 노력이 헛되지 않은지 석편에 맞은 마인들이 화가 나서 뛰쳐나오곤 한다. 그들의 위치를 파악한 마인이 암습을 가하고자 슬그머니 나서기도 한다.

어떤 자이든 무리에서 떨어지면 당우의 표적이 된다.

쉬익!

차마 죽이지 못한 마인이 치검령에게 날아갔다.

턱!

치검령은 마인을 받아 들었다.

'뭐야?'

만정 마인들을 가장 편안하게 해주는 방법은 죽이는 것이다. 본인들은 개똥밭에 굴러도 저승보다는 이승이 낫다고 하지만 이승에서는 이미 발붙일 곳을 잃은 자들이다.

이런 점을 당우가 가장 잘 알고 있다. 그래서 손속에 무정함이 담뿍 담긴 것이다.

한데 사람을 보내와?

턱! 턱!

마인을 받자마자 점혈부터 했다. 아혈(啞穴)을 찍고 그다음에 마혈(麻穴)을 눌렀다. 마인이 소리라도 치는 날에는 두 사람의 위치가 정확하게 드러난다.

"뭐야?"

추포조두가 바싹 다가와서 물었다.

"사람을 보내왔네."

"뭐? 사람? 그럴 리가 있나?"

"내가 잡고 있는데 그럴 리가 없다니?"

추포조두가 손을 내밀어 마인을 더듬었다. 그러다가 갑자기 불에라도 덴 듯 화들짝 놀라서 손을 뗐다.

"윽!"

"왜 그래?"

"이놈…… 아니, 이 여자, 여자야."

"뭐!"

"흠! 여자라서 차마 죽이지 못한 건가?"

"생각이 있겠지. 당우가 죽이지 못하면 사구작서가 끝내줄 거고. 좌우지간 일단 데려온 놈…… 아니, 보내온 여자이니 데리고 가보자고. 여자라니. 어휴!"

치검령은 차마 잡고 있지 못하고 바닥에 뉘였다.

여자 마인이라고 할지라도 여인은 여인 아닌가. 아무렇게나 잡고 있을 수 없지 않은가.

'쉰하나!'

당우는 석도를 버렸다.

어제오늘 해서 쉰한 명의 목숨이 한 자루 돌칼에 죽어갔다.

피 냄새가 진동한다.

원래 만정은 공기가 거의 통하지 않는다. 먹이를 넣어주기 위해 동구를 열면 그제야 약간 환기가 된다.

만정은 온갖 배설물 냄새, 땀 냄새, 시체 썩는 냄새로 가득 차 있다.

거기에 피 냄새까지 보태졌다.

만정에는 피 냄새도 존재한다. 사나흘에 한 번씩 사람을 분해하는데 피 냄새가 어찌 없을 것인가.

그래도 지금처럼 지독하지는 않다.

피 냄새가 싱그럽다고 느껴본 적이 있는가? 진한 비린내가 온갖 잡다한 냄새를 말끔히 씻어버리는 현상을 경험한 적이 있는가?

다른 냄새는 풍기지 않는다. 오직 비린내만 가득하다.

'몇 명이나 더 남은 거야?'

당우는 미간을 찌푸렸다.

죽이고 죽여도 끝이 없다. 어제도 죽였고 오늘도 하루 종일 죽였건만 마인들은 여전히 건재하다. 죽이면 죽일수록 더욱 단단하게 뭉쳐 간다.

늦어도 내일까지는 모두 죽여야 한다.

닭장에 기르던 닭들을 죽이듯이 사람 목숨을 그렇게 빼앗아야 한다. 이 순간만큼은 천하에서 가장 인정머리가 없는 냉혈한이 되어야 한다.

당우는 처참한 심정으로 돌아섰다.

'용서를······.'

사구작서는 그녀를 알아보지 못했다.

"킥킥! 언제 들어온 마물이냐?"

야서가 도전적으로 물었다.

만정 마인이기는 하되 사구작서의 이목에 걸려들지 않은 마인이라면 자기 목소리를 내지 못하고 숨어 지냈다는 소리가 된다.

여인을 보면 그럴 만도 하다.

여인은 키가 오 척이나 될까 말까 한 단구(短軀)다. 거기에 먹은 것이 없어서 가죽이 뼈에 달라붙었다. 여인의 상징인 몸의 굴곡 같은 것은 찾아볼 수도 없다. 하다 못해서 여인의 최

조랑(刁娘) 239

대 상징인 가슴도 평평하다.

그녀가 말만 하지 않으면 여인이라고 볼 사람은 없다.

추포조두는 여인을 한눈에 알아봤다. 치검령도 알아보지 못했는데 추포조두만 알아봤다. 그것은 적성비가에 남녀를 기운으로 판별하는 감응술(感應術)이 존재하기 때문이다.

여인은 사내처럼 보일지언정 여인의 생리 구조를 가지고 있다. 만정의 악조건이 여인의 상징을 빼앗아갔다고 해도, 매달 찾아오는 달거리까지 지워 버렸다고 해도 음(陰)의 정화(精華)만큼은 상실시키지 못한다.

추포조두가 본 것은 그것이다.

"히히히! 몸집만 있으면 내 짝으로 딱 맞겠는데?"

혜서가 장난처럼 말했다.

그러고 보니 여인과 혜서는 신장이며 체격이 아주 흡사하다. 두 사람을 나란히 세워놓으면 마치 형제처럼 볼 것이다. 말라도 너무 말랐기 때문이다.

여인은 영양 상태가 아주 부실하다. 당연하다. 만정 같은 곳에서 살 한 점이라도 뜯어 먹으려면 아비규환의 전쟁을 치러야 한다. 여인의 몸으로 살점을 물어뜯는 전쟁판에 끼기는 어려웠을 게다.

하나 주목할 부분이 있다. 여인의 눈에서 광채가 솟구친다. 독기(毒氣)는 아니다. 눈에 힘을 준 것 같지도 않은데 까만 눈동자가 별빛처럼 반짝거린다. 순간,

'동공유신(瞳孔有神)! 혹시!'

느긋하게 누워 있던 소서의 눈빛이 반짝거렸다.

동공유신이라는 말은 흑공요안(黑孔妖眼)이라는 말과도 상통한다.

'눈동자에 빛이 있다'는 말과 '요사스러운 검은 눈동자'가 같은 말일 리는 없다. 하지만 무림에서는 이 말이 뜻하는 바가 똑같다. 한 사람, 신산조랑(神算刁娘)을 가리킨다.

소서는 여인의 유난히 까만 눈동자에서 까마득한 옛날에 무림을 활보했던 여마를 떠올렸다.

그녀가 살아 있으면 환갑이 넘었을 게다.

'에이, 아냐.'

소서는 고개를 내둘렀다.

여인의 눈동자가 특이하게 까만 것은 사실이지만 환갑이 넘은 나이라고는 믿기지 않는다. 무엇보다도 머리카락이 새카맣다. 환갑 넘긴 노파의 머리카락은 아니다.

여인이 비교적 또렷한 음성으로 말했다.

"당우…… 와 이야기하고 싶어요."

"당우와? 왜? 무슨 이야기를 하고 싶어서?"

야서가 눈을 희번덕거리며 말했다.

"단둘만…… 그 후에는 죽어도 좋아요. 죽으라고 하시면 제가 스스로 알아서 죽을 수 있어요."

그녀의 눈이 당우를 좇았다.

당우는 동굴 입구에 앉아서 내일 사용할 석도를 다듬고 있었다.

"신산조랑이라고 해요."

여인이 자신을 소개했다.

'신산조랑!'

'시, 신산…… 조랑! 저 여마가 살아 있었단 말인가! 이곳에! 이곳에서 지내왔단 말인가!'

'역시 신산조랑이었어!'

그녀의 별호를 들은 사람들은 놀람을 감추지 못했다.

사구작서뿐만이 아니라 홍염쌍화까지도 신산조랑의 등장에는 눈을 크게 떴다.

그녀는 유일하게 만정을 뚫었다.

그녀 스스로 포박을 받지 않았다면 만정 역사상 외인의 무단 침입이라는 오점을 남길 뻔했다.

그녀는 누구의 도움도 받지 않았다. 그녀 스스로 미로진을 연구했고, 뚫었다. 반 각이란 시간을 미로진에서 보냈는지는 알 수 없으나 경계 무인이 아무것도 보지 못한 것은 사실이다.

그녀는 들어왔고, 관정까지 도착했다.

활차도 봤다. 쇠사슬도 봤다. 만정이 어떻게 생긴 것인지 두 눈으로 똑똑히 봤다.

신산조랑 그녀도 관정만큼은 어쩔 수 없었다.

안으로 뛰어들 수는 있으나 빠져나올 수 없는 죽음의 동혈(洞穴)이 바로 이곳이다.

신산조랑이 무표정한 얼굴로 말했다.

"살려주세요."

"이곳에서 몇 년이에요?"

"날짜를 헤아려 보지 않아서……."

"하하! 그러지 맙시다. 나와 이야기하고 싶다면 허심탄회하게 속을 까놔야지."

물론 만정에는 빛이 들지 않는다. 그래서 날짜가 지나가는 감각도 잃어버린다. 옥졸들은 동구를 일정하게 열지 않는다. 어떤 때는 사흘 만에, 어떤 때는 나흘 만에 연다. 날짜가 지나가는 감각을 잊게 하기 위해서다.

그래도 모두들 날짜를 안다.

정확하게 며칠인지는 모르지만 몇 년 몇 월쯤 되었구나 하는 정도는 생각한다.

마인들은 할 일이 없다. 그래서 잠자고, 깨고, 배고파서 먹는 것만 헤아리는 자가 있다. 몸의 반응과 동구가 열리는 날짜를 비교하면 며칠이 흘렀는지 대략 짐작할 수 있다.

"얼추 십 년……."

신산조랑이 기어들어 가는 음성으로 말했다.

이것이 당우가 망설임없이 마인들을 죽이는 기준이다. 만정 생활을 십 년 정도 했다면 골수까지 인육이 배어 있다.

세상에 나가면, 나갈 수 있는지도 모르겠지만 살인마밖에는 되지 않는다. 본인이 살인을 하지 않겠다고 해도 사람 고기를 그리워하는 것만은 어쩔 수 없으리라.

또 그들은 사람 목숨을 가볍게 여긴다.

사람 한두 명 정도 죽이는 것에 아무런 죄책감도 느끼지 않는다. 아침에 일어나서 이를 닦는 것처럼 사람 죽이는 일도 일상생활의 일부분이라고 생각한다.

죽는 게 낫다.

십 년이라는 말에 당우의 표정이 싸늘해졌다.

"죽으세요. 살아봤자……."

그러자 신산조랑이 급히 말을 가로챘다.

"전 인육을 먹지 않았어요."

"……!"

"전 정말 인육을 먹지 않았어요! 공자께서는…… 공자님께서는 알아보실 수 있잖아요!"

신산조랑이 간절하게 말했다. 절실하게. 그녀의 말에는 진심이 가득 묻어 나와서 말만 듣고는 정말로 인육을 먹지 않았다고 생각할 판이다.

그녀의 말을 들은 사람들은 또 한 번 놀랐다.

만정 마인들 중에 인육을 먹지 않은 사람은 없다. 먹지 않고는 견딜 수 없다. 배고픔에 지쳐서 나가떨어지게 되어 있다. 치검령과 추포조두도 산음초의가 먹을 수 있는 벌레들을 골라주지 않았다면 벌써 인육에 손댔을 게다.

"어떻게 버텼습니까?"

"인육을 먹으면 여기서 못 빠져나가요. 기필코, 천 년이 되었든 만 년이 되었든 빠져나가야 한다는 일념으로 살아왔어요. 그렇게 살면 인육을 먹지 않고도 살 수 있어요."

"흐흐흐! 거짓말도 꽤나 잘하네."

노서가 비웃었다.

"알아보면 되지. 알아볼 방법이 있잖아."

소서가 말했다.

당우는 산음초의를 쳐다봤다. 그러자 산음초의가 당우의 뜻을 읽고 가까이 다가와 맥을 짚었다.

"기혈이 순하고…… 차분하네. 있는 듯 없는 듯 느리고……. 흠! 이건 인육을 먹지 않은 정도가 아니라 아예 육식을 하지 않은 경맥이군. 깨끗해."

인육을 먹었는지 먹지 않았는지 판별할 방법은 없다. 소고기를 상식(常食)하는 것이나 식인을 하는 것이나 기혈에 미치는 영향은 마찬가지다.

산음초의가 경맥의 흐름을 통해서 판별해 내는 것은 육식과 초식의 구분이다. 조금 더 깊게 들어갈 수도 있다. 고기를 먹는 육식인지 벌레나 곤충을 먹는 육식인지까지는 구분해 낸다.

신산조랑은 아예 고기를 먹지 않았단다.

"뭘 먹고 버텼습니까?"

그러자 신산조랑이 품을 뒤져서 녹색 이끼를 꺼냈다.

"이거…… 이거면 견딜 수 있어요."

"그걸 먹고 견뎠단 말입니까?"

신산조랑은 고개를 끄덕였다.

당우도 이끼를 먹어봤다. 도저히 먹을 수 없었다. 입에 넣자

마자 토악질이 치밀어서 내뱉었다.

만정 바위틈에서 자라는 이끼는 세상의 이끼와 다르다. 똑같이 생각하면 아주 큰 오산이다. 만정 이끼는 마인들의 원한을 먹고 자란다. 그들의 살과 피와 배설물을 먹고 큰다.

맛이 아주 고약하다.

당우가 산음초의를 쳐다봤다. 산음초의는 고개를 끄덕였다. 신산조랑의 말에 일리가 있다는 뜻이다.

그녀의 몸이 초식을 말해주고 있다.

"고생 많았습니다."

당우가 그 말을 끝으로 일어섰다.

"그, 그럼 살려주시는 건가요?"

"제 손으로 죽이지는 않겠습니다. 하지만 이곳을 빠져나갈 수 있을지는 모르겠어요."

"빠져나갈 거예요. 빠져나갈 수 있어요. 저분들이 열쇠를 쥐고 있는데, 저분들이 허락을 하셨으니 빠져나갈 수 있어요. 있고말고요. 감사합니다. 살려주셔서 감사합니다."

신산조랑은 홍염쌍화를 보면서 고개를 조아렸다.

사구작서에게도, 치검령에게도 보는 사람마다 고개를 숙이며 고맙다고 했다.

그녀의 모습이 비 맞은 참새처럼 처량하다.

그러나 사람들은 그녀의 별호가 신산조랑이라는 걸 잊지 않았다. 지금 그녀의 모습이 결코 진면목이 아니라는 것을 안다. 그녀의 내심에, 가슴 깊은 곳에 숨겨져 있을 진심은 뭔가?

"잘못 판단한 거야. 저년은 나가면 안 돼."

혜서가 중얼거렸다.

"이끼만 처먹었다잖아. 당우가 혹하는 것도 무리는 아니지."

노서가 말했다.

"어떻게 이끼만 처먹을 수 있겠어. 무슨 수작을 부린 거지. 그건 그렇고…… 정말 나갈 수 있을 것 같지 않아? 저년이 저토록 장담하는 걸 보면 가능성이 없지는 않은 것 같은데……. 그럼 우리도 준비해야 하지 않나?"

소서가 어두운 얼굴로 말했다.

第四十八章

일별(一瞥)

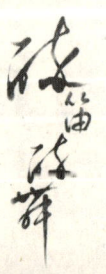

1

 홍염쌍화는 고민했다.
 당우가 마인들을 모두 죽이면, 그다음은 그녀들이 곧바로 이어받아야 한다.
 만정 마인들끼리 전쟁이 벌어져서 서로 죽이고 죽었다.
 자신들이 생각해도 말도 안 되는 이유이지만, 어쨌든 만정 마인들의 멸절 사실을 보고해야 한다.
 만정은 어떤 식으로든 조사될 게다.
 그때, 틈을 노려서 탈출한다. 조사를 하지 않거나 빈틈이 없으면 빠져나가지 못한다. 그들이 상대할 수 없는 초절정고수가 직접 조사를 나온다면 오히려 몰살당할 가능성도 농후하다.

그래도 이미 일이 벌어졌다.

지금에 와서는 후회가 막급할지라도 돌이킬 수 없다. 이제는 앞으로 쭉 나가는 수밖에 없다.

왜 이런 결정을 했을까?

처음에는 당우만 내보낼 생각이었다. 한창 젊은 놈이, 아니, 자식처럼 생각되는 아이가 만정 같은 곳에서 평생을 보낸다고 생각하니 안타까웠다.

정말 그랬을까? 그것 이외에는 다른 이유가 없나?

있다. 사실은 그녀들도 만정 생활에 지쳤다. 너무 지쳤다. 당우라는 존재가 나타나지 않았다면 무료함과 우울증을 견디지 못하고 자진했을 수도 있다.

그만큼 지쳤다.

사문을 위해서 평생을, 필요하다면 목숨까지도 서슴없이 내놓아야 하는 것이 은자다. 사문을 위해서라면 자신의 모든 행복과 즐거움을 포기할 수 있다. 그만한 수련도 받았다.

그런데 너무 비인간적인 일에 투입되었다.

은자는 사문의 일을 판단해서는 안 된다. 좋은 일과 나쁜 일을 구분할 수도 없다. 맡은 일이 인간의 도의를 무시하는 일이라서 자신의 가치관과 충돌한다고 해도 이를 악물고 수행해야 한다.

그래서 이십 년이라는 세월을 지옥 속에서 보냈다.

이제는 나가련다.

나가는 방법은 당장 두 가지가 눈에 띈다.

지금처럼 억지로 수를 짜내어서 무리하게 나가는 방법과 순리대로 기다리는 방법이 있다.

후자에 대해서는 치검령과 추포조두가 의견을 내놓았다.

당우를 이곳에 보낸 사람은 천검가주다. 그가 낭우를 죽이지 않고 살려서 보냈다. 즉, 언젠가는 당우를 이용할 생각이다. 그러자면 이곳에서 꺼내야 한다.

그때까지 기다리자.

홍염쌍화는 반대했다.

나중에 한 번 쓸지도 모른다는 식의 계획은 일관성이 없다. 당시에는 아주 귀한 존재처럼 여겨졌을지라도 세월이 흐르다 보면 잊히는 게 다반사다.

투골조의 경우, 첫 번째 잘못은 류명에게 있다.

누가 모략을 걸었든 류명이 응했기에 백 명의 동남동녀가 죽은 것이다. 만약 류명이 응하지 않았다면 그들 역시 백석산에서 죽지 않았을 게다.

당우의 존재는 천검가에도 아픈 상처다.

누가 건드렸는지 보겠다? 그래서 투골조의 증거를 남겨놓는다? 어린아이가 살아남기 힘든 만정에 가둬놓는다? 옥주에게 잘 보살피라는 말 한마디만 남겨놓고?

천검가주가 당우를 다시 끄집어낼 가능성은 거의 없다.

그렇게 해서 결론에 이른 것이 마인들을 모두 죽이고 최소한의 인원만 벗어난다는 것이다.

인원이 또 한 사람 늘게 생겼다. 그것도 세상에 다시 나가서는 안 될 마녀다.

　신산조랑은 편마만큼이나 무서운 여자다.

　편마는 무공이 높았다. 강한 무공을 바탕으로 거침없이 휘젓고 다녔다. 당연히 많은 사람들이 주목했다. 칠마 중 일인이 된 이후에는 많은 이목이 항상 따라다녔다. 그렇기 때문에 그녀가 실제로 벌인 악행은 그다지 많지 않다.

　신산조랑은 경우가 다르다.

　무림에서 그녀를 주목하는 사람은 없다. 거의 없다. 주목할 만한 일을 아예 만들지 않았다. 그러니 지켜볼 이유도 없다. 무공도 약해서 그저 무림에 발을 들여놓은 정도다.

　그녀의 존재는 기껏해야 정보력이 방대한 개방(丐幫) 정도만 알고 있는 실정이다. 또 본능적으로 세상의 비밀을 많이 수집하는 은가 정도만이 알고 있다.

　그녀는 자신을 가장 평범한 사람으로 만드는 데 비상한 재주를 가지고 있다.

　사람들은 일반적으로 일을 시작하기 전에 계획이란 것을 세운다.

　신산조랑도 계획을 짠다. 치밀하게 짠다. 실패할 리가 없는 완벽한 계획을 창출해 낸다.

　여기서 '완벽' 이란 말은 '증거 말소' 를 의미한다.

　一. 사람을 죽이기로 작심한다.
　二. 틀림없이 죽이도록 계획을 짜고 실행한다.

三. 행동에 옮겨보면 기가 막히도록 계획이 딱딱 들어맞는다.

여기까지만 이뤄도 뛰어난 책사라고 할 수 있다.

문제는 횟수다. 한두 번 정도 일을 성사시키면 뛰어난 자라고 할 수 있다. 네다섯 번 정도 성사시키면 믿고 맡길 수 있다. 그리고 이런 사람들이 주로 일문(一門)이나 일가(一家)의 모사(謀士)가 되어서 책략을 겨룬다.

신산조랑이 그런 여자다.

더군다나 그녀는 삼(三) 뒤에 하나를 더 추가한다.

四. 모든 증거를 완벽하게 제거한다.

일이 벌어졌지만 누가 한 일인지 모른다. 신산조랑이 간여했다는 심증은 있는데 증거가 없다.

그녀의 일 처리는 완벽하다.

그녀가 미로진을 돌파하기 전까지는 개방도 귀영단애도 그녀의 존재를 어렴풋이 눈치챘을 뿐이다.

실제로 그녀는 많은 사람을 죽였다. 많은 문파를 멸절시켰다. 하지만 그녀를 잡을 만한 증거는 전혀 없다. 사건이 벌어진 현장에 잠시 모습을 보였다는 이유만으로 징치할 수는 없다.

더욱이 그녀는 병적으로 사람을 죽인다.

귀영단애에서 판단한 바로는 평균적으로 한 달에 서너 명씩은 죽이는 것 같다.

이유는 없다. 그저 죽이고 싶으니 죽인다.

그녀가 만정에 잡혀 있지 않다면 지금도 중원 어디에선가 사람을 죽이고 있을 게다.

신산조랑은 아주 위험하다.

식인 습관을 지닌 마인들만큼이나 세상에 내놓아서는 안 될 최악의 여자다.

'요악한 계집!'

어화영은 신산조랑을 못마땅한 눈으로 쏘아봤다.

그녀는 증손자뻘밖에 안 되는 당우에게 깍듯이 존대를 했다. 목소리도 나긋나긋하게 혀 굴리는 소리로 말했다. 최대한 동정심을 이끌어내려는 목적이다.

그녀가 이곳에 온 것도 계획적이다.

당우는 어제부터 살인을 벌이기 시작했다. 만정 마인들을 무참하게 도륙해 나갔다.

신산조랑은 그런 모습을 보면서 몇 가지 계획을 세웠으리라.

제일 먼저 그녀가 한 일은 당우가 어떻게 사람을 죽이는지 살인 솜씨를 파악하는 것이다.

입을 막고 폐를 찌른다. 그리고 심장으로 끝장을 낸다.

아주 간단한 방식으로 처리하고 있었다.

그녀는 준비를 끝내고 일부러 당우에게 걸려들었다.

입이 막히는 순간, 사지를 축 늘어뜨려 반항 의사가 없음을 확인시킨다. 석도가 폐를 찌른다. 하나 폐에는 이미 널찍한 돌덩이가 들어 있다. 심장을 찌른다. 심장에도 돌덩이가 들어 있다.

그동안 그녀는 느긋하게 글을 쓴다. 살려달라!

그녀는 당우가 살려줄 것이라고 확신했다. 그렇기에 모험을 감행했던 것이다.

당우는 신산조랑을 좋게 본다. 식인이 날뛰는 곳에서 무려 십 년 이상을 이끼만 먹고 살아온 정성에 감복했다. 그런 부분은 다른 사람도 아니고 산음초의가 직접 확인했으니 의심할 여지가 없다.

그녀가 어떻게 이끼만 먹고 살아왔는지 정말 의문이다. 시간만 있다면 더 길게 캐묻고 싶다. 그녀가 숨기고 있을 얕은 수작들을 밝혀내고 싶다.

하나 시간이 없다. 약간의 휴식을 취하고 나면 남은 마인들을 정리하기 위해 움직여야 한다.

그동안에 신산조랑을 어떻게 할 것인지 결정해야 하는데, 당우가 그녀를 인간적으로 동정하기 시작했으니 여기서 내칠 수가 없게 되었다.

신산조랑은 아마도 이런 결과까지 예상했으리라. 요악한 계집이지 않나.

"휴우!"

옆에서 어해연의 한숨 소리가 들려왔다.

그것으로 결론이 났다.
"어떻게?"
"동참시켜야지 할 수 있어?"
"이대로는 안 돼!"
어화영이 툭 쏘아붙였다.

어화영은 신산조랑을 동혈 밖으로 불러냈다.
그곳은 야광주의 푸른빛이 일렁이지 않는다. 짙은 어둠뿐이다. 마인들이 공격할 수 있는 곳이다. 하지만 사람들의 이목을 피하려면 어쩔 수 없다.
"신산조랑."
어화영이 신산조랑을 쏘아보았다.
"네, 마님."
신산조랑은 두 손을 모으고 허리를 굽혔다. 그리고 최대한 공경하는 어조로 답했다.
"마님? 이건 또 무슨 행동이래?"
"노여워 마세요. 앞으로 마님으로 모실게요."
"하!"
어화영은 기가 막혔다.
'뭐 이런 여자가 다 있어!' 하는 생각이 불현듯 스쳐 지나갔다.
그녀는 환갑을 넘겼다. 자신들은 이제 겨우 마흔 중반이다. 아니, 겉으로 보기에는 갓 스물을 넘긴 소녀들처럼 풋풋하고 싱그럽다. 솜털이 보송보송하다고 할까?

노파가 어린 소녀에게 마님이라고 부른다.

무림에서 신산조랑이 차지하는 비중은 홍염쌍화보다 훨씬 높은데, 살기 위해서 자존심도 버리는 건가?

어화영의 말이 곱게 나갈 리 없다.

"헛수작 부리지 마! 역겨워!"

"헛수작이면 마님께서 죽이실 거잖아요. 그런 말씀을 하시고자 절 따로 부르신 거 아닌가요?"

"잘난 체 그만해. 난 너를 알고 있어. 오래전부터. 네가 한 일 모두. 네 본색을 알고 있단 말이야!"

"마님, 한마디만 들어주세요."

'또 무슨 간계를!'

어화영은 홀리지 않으려고 마음을 단단히 다잡았다.

"제가 이곳에 온 데는 이유가 있어요. 아무 이유도 없이 괜히 만정을 뚫어보자는 공명심에서 뛰어든 게 아니었어요. 제 별호가 신산조랑인데, 절 위험에 빠뜨리는 일에 뛰어들겠어요? 제가 이곳에 올 때는 절실한 이유가 있었어요."

어화영은 귀가 쫑긋거렸다.

홀리지 않으려고 작심했으면서도 어느새 그녀의 말에 귀를 기울이고 있다.

신산조랑이 미로진을 뚫은 것은 전설로 남아 있다. 하지만 무엇 때문에 왔는지는 알려진 바가 없다.

아무도 그 부분에는 주목하지 않는다.

신산조랑이 말했다.

"제 남편이 이곳에 있어요."

"뭣!"

"제 자식들도 이곳에 있어요. 아들 둘에 딸 하나. 모두 네 명이 이곳에 있죠."

"뭐야!"

그녀도 모르게 고성이 튀어나갔다.

한 명이 아니라 다섯 명? 신산조랑은 일가족을 빼내기 위해 이 수작을 벌인 건가!

있을 수 없다. 받아들일 수 없다. 그녀를 내보내는 것도 찜찜한데, 살인마들을 다섯 명씩이나 내보낸다고? 어림도 없는 수작이다.

어화영의 얼굴에 분노가 떠올랐다.

"너…… 그걸 지금 말이라고 하고 있는 거야! 호호호! 조랑…… 간사한 년이란 뜻이지? 정말 간사한 년이네."

신산조랑이 흔들리지 않았다. 어화영의 반응이 당연하다는 듯 차분하게 말을 이어갔다.

"남편은 제가 들어오기 전에 죽었어요. 이곳에 떨어지자마자 먹혔다더군요."

"뭣!"

말문이 콱 막힌다.

"딸아이는 남편이 죽고 이틀…… 후 간살당했다고 들었어요. 이놈들이 죽은 여인을 어떻게 하는지는 알고 있죠?"

시간(屍姦)한다. 그리고 먹는다.

밖에서는 있을 수 없는, 상상할 수 없는 일이 이곳에서는 당연하게 벌어진다.

그런 놈들이기에 모두 죽여야 한다.

신산조랑은 옛일이지만 되새기기 힘든 듯 말을 잠시 끊었다가 다시 이어갔다.

"작은애가 죽은 것은 그다음 날. 휴우! 제가 이곳에 도착한 날이에요. 저 위에서 어쩔 줄 모르고 망연자실하니 관정을 내려다보고 있을 때…… 작은아이가 먹히고 있었죠."

신산조랑이 동구를 쳐다보며 말했다.

어화영은 할 말을 잃었다.

그녀는 아이를 낳아본 적이 없다. 부모를 본 적도 없다. 어려서 버려져 얼어 죽을 것을 은가 가주가 구해주었다. 그러나 귀영단애의 가주는 그녀들에게 부모의 정 같은 것은 주지 않았다. 아주 냉혹하고 처참한 은자의 길을 열어주었다.

자식 간의 정이 무엇인지 알 턱이 없다. 하지만 신산조랑의 분노는 고스란히 읽힌다.

"마님, 전 큰애도 지키지 못했어요."

'모두 다 죽었단 말인가? 하나는 살아 있을 줄 알았는데.'

어화영은 어느새 신산조랑의 화술에 말려들었다. 그토록 냉정을 유지하자고 했으면서도 감정이 움직이고 있다.

"이곳은 누굴 지키기에는 너무 어두운 곳이에요. 너무 단순했고…… 삶 아니면 죽음. 선택할 것이 없는 곳에서는 지혜를 짜내봤자 쓸모가 없어요."

"큰애가 죽는 걸 봤어?"

"제 눈앞에서 죽었죠. 살려달라고 애원하면서……. 하지만 전 구해주지 못했죠. 구할 수 있는 상황이 아니었어요. 대신 똑똑히 들었어요. 아이의 절규를, 그리고 어떤 놈이 저지른 짓인지를."

"복수는?"

신산조랑이 입술을 일그러뜨렸다. 살짝 웃는 듯했다.

'했군.'

그나마 다행이라는 생각이 든다.

"생각 같아서는 살점을 오독오독 뜯어 먹고 싶은데, 그냥 찢어버리는 것으로 끝냈죠."

어화영은 문득 이상한 생각이 들었다.

그녀는 정말로 가족의 정 같은 것은 모른다. 아니, 안다. 일가붙이가 있지 않은가. 어해연이 있지 않나.

만약 어해연이 죽는다면?

그때는 견디기 힘들 것 같다. 옆에 있으면 욕밖에 하지 않지만, 그것도 있으니까 하는 짓이고, 그녀가, 언니가 죽는다면 세상이 아득할 것 같다.

신산조랑도 그래야 한다.

일가족이 참살당한 사건을 겪었다. 그들이 모두 이곳에서 죽었다. 모두 죽었다. 세상에 나가봤자 일가붙이가 없다. 그런데 왜 굳이 나가려고 할까? 오히려 나가자고 해도 이곳에서 죽겠다고 하는 게 아내 된, 또 어미 된 입장이 아닐까?

신산조랑은 여인의 마음을 버렸다.

그렇다면 밖으로 나가고자 하는 분명한 목적이 있어야 한다.

"밖에는 왜 나가려고 하는데?"

내심을 숨기고 지나가는 말처럼 가볍게 물었다.

진지하게 물으면 즉시 이유를 생각해 낼 것이다. 그러나 아무것도 아니라는 듯이 가볍게 물으면 무슨 말을 하는지도 모르고 툭 말할 것이다.

신산조랑이 말했다.

"이곳은 검련 본가에서 만든 곳이에요. 검련 본가…… 제게는 불구대천의 원수가 되었죠. 하지만 저 혼자는 칠 수 없어요. 이곳을 탈출해도 아무것도 하지 못하고 평생 멀리서 지켜볼 수밖에 없을 거예요. 검련 본가는 철옹성이에요."

'검련… 본가를…… 노린단 말인가!'

어화영은 눈을 크게 떴다.

"세상에는 머리로 싸울 수 있는 게 있고 힘이 있어야 되는 경우가 있어요. 검련 본가하고의 싸움은 힘이 있어야 해요. 당우 공자는 힘이 부족해요. 지금으로서는 계란으로 바위 치기죠. 하지만 어쩐지 당우 공자님을 따라다니면 복수할 길이 열릴 것 같아요."

신산조랑이 또렷하게 말했다. 아마도 이번만큼 명확하게 말한 적도 없을 것이다.

"머리로 싸우면 검련 본가도 이길 수 있다는 소리네?"
"저에 대해서 아신다면서요."
"알지."
"……."
신산조랑은 말을 하지 않고 묵묵히 쳐다봤다.
검은 눈동자가 빛을 발한다. 요사한 기운을 뿜어낸다. 마치 자신의 마음을 읽고 있다는 느낌이 든다. 저 눈길을 계속 마주 보고 있다가는 영혼까지 빼앗길 것이라는 불길한 느낌이 치솟는다.
어화영은 눈길을 돌리며 말했다.
"항상 지켜보겠어. 내 손에 죽지 않도록 조심해."
"저의 모든 걸 버리고 마님으로 모시겠어요."
신산조랑이 허리를 깊숙이 숙였다.

2

그 시간, 사구작서는 당우와 마주 앉았다.
"우리는 세상에서 편마라고 불리는 마녀를 추종했다. 그 때문에 우리가 마인이 되었고…… 지금부터 우리는 우리의 사정을 네게 말하려고 한다."
"나중에 하지."
당우가 시큰둥하게 말했다.
솔직히 지금 그는 사구작서와 이런 말을 하고 있을 정신이 없었다.

하루 종일 사람을 죽였다. 어제 처음으로 사람을 죽였다. 그리고 오늘은 대량 학살을 했다.

쉬고 싶다. 아무 생각도 하지 않고 쉬었으면 좋겠다.

더욱이 그는 사구작서를 좋게 보지 않았다.

그들은 편마의 수하다. 그래서 어쩔 수 없이 같이 행동한다. 편마에게 입은 은혜가 있기 때문에, 지금도 같은 동굴에서 같은 공기를 들이마신다.

그런 인연이 아니었다면 이들 역시 자신의 석도에 목숨을 잃을 사람들이다. 누구보다도 앞서서 제일 먼저 피를 뿜었을 마인 중의 마인이다.

사구작서는 사람 먹이가 들어오면 제일 먼저 달려들었다.

생사람의 몸에 이빨을 틀어박고 찢어질 듯 터져 나오는 비명을 음악 삼아 들으며 살을 찢었다. 그리고 본인이 보는 앞에서 으적으적 씹어 먹었다.

어떠한 이유로든 용서가 안 된다.

편마와 이들의 관계? 알 바 아니다. 그들 사이에 어떤 사연이 있든 귀담아듣고 싶지 않다.

사구작서도 자신의 이런 마음을 진작부터 눈치채고 있을 것이다. 자신이 그들을 어떤 눈으로 지켜보는지, 사람을 뜯어 먹을 때마다 두 눈이 얼마나 뜨겁게 타오르는지 짐작할 것이다.

지난 삼 년간을 그렇게 지내왔다.

이제 와서 아무렇지도 않게 듣지 않아도 좋을 과거나 들으면서 희희낙락하고 싶지는 않다.

소서가 말했다.

"까칠하기는. 하기는 그런 게 네놈 매력이지. 아마도 내일이면 이곳에서 숨을 쉬는 사람은 우리밖에 없을 것 같은데…… 그래서 이야기 좀 하자는 거다."

"그러니까 내일 다 끝나고 이야기해. 지금은 피곤하거든."

그러자 야서가 버럭 고함을 질렀다.

"야! 이놈아! 무슨 젊은 놈이 그렇게 말귀가 어두워! 내일이면 다 끝난다잖아! 우린! 우린 살려둘 거야? 우릴 데리고 밖으로 나갈 수 있어? 네가 객잔에 들어가서 국수 한 그릇 시켜 먹을 때, 우린 옆 사람을 보면서 침을 질질 흘릴 텐데?"

당우는 딱 굳었다.

그런가? 이곳에 남을 생각인가? 죽을 생각을 한 건가?

이상하다. 이럴 때는 빈말이라도 만류를 해야 하는데 그러고 싶지 않다. 이런 결단을 내려준 이들이 고맙게만 느껴진다. 이들은 진정 밖에 나가서는 안 될 살인마들이기에.

"후후후! 이놈 표정 좀 봐. 좋아서 죽겠다는 얼굴이네. 우리가 뒈진다니까 그렇게 좋은가?"

"좋은가 보지."

노서가 몸을 뉘며 말했다.

"넌 얼마 남지도 않았는데 계속 누워 있기만 할래?"

"얼마 남지 않았는데 굳이 앉아 있을 이유가 없잖아."

"그래라. 그래, 그럼."

혜서는 노서와 항상 티격태격했다. 하지만 오늘은 그냥 무덤덤하게 넘어간다.

소서가 말했다.

"우리가 편존님을 따른 이유는 각기 다르다. 우리 넷이 한데 묶어서 사구작서라고 불린다만, 처음부터 지금 이 순간까지도 우리가 하나라고 생각해 본 적이 없다. 혜서는 혜서만의 이유로 편존님을 추종했고, 나는 나만의 이유로 추종했다. 그 이유들…… 그리고 세상에 남겨놓은 것들, 부탁하고 싶은 것들…… 네가 우릴 어떻게 생각하는지 안다만 할 말을 하고 싶다. 가급적 들어줬으면 한다."

당우가 벽에 등을 기대며 말했다.

"알았어. 심각한 이야기만 하지 마. 지금 피곤해서 죽겠거든."

사구작서는 자신의 사연을 마음속 깊이 품고 갈 생각이다.

그들은 공개적으로 터놓고 말하지 않았다. 소서가 다가와 거의 귓속말로 속삭였다.

"내 이름은……."

무슨 이야기인지 듣고 싶어서 자세히 귀를 기울여도 들리지 않을 소리가 흘러나왔다.

당우는 상당히 놀란 듯 눈을 부릅떴다. 때로는 미간을 찌푸리기도 하고 때로는 탄식을 불어내기도 했다.

소서의 사연이 기가 막힌 모양이다.

'잠깐이면 된다'는 말은 거짓이었다. 심각한 말만 하지 말라는 말도 공염불이 되었다.

소서는 무슨 이야기가 그리 많은지 밑도 끝도 없이 이야기했고, 당우는 묵묵히 들었다. 단 한 번도 제지하거나 귀찮아하지 않았다. 피곤함이 몰려와서 몸이 물 먹은 솜처럼 묵직할 터인데도 귀찮은 내색을 하지 않았다.

한참 만에 소서가 귀에서 입을 떼고 떨어져 앉았다.

"알았습니다."

당우가 말했다.

당우가 처음으로 소서를 인간으로, 존장으로 대접해 줬다. '알았습니다'라는 말 한마디에 그가 소서를 어떻게 생각하고 있는지를 모두 담았다.

"고맙다."

소서가 당우를 어깨를 툭 치고 물러나 앉았다.

"흠! 이제 내 차례인가?"

야서가 혜서와 노서를 쳐다본 후 당우 곁에 앉았다. 그리고 그도 소서처럼 귓속말로 소곤소곤 말해 나갔다.

"저놈들, 왜 저러는 거야?"

상황을 알지 못하는 어화영이 못마땅한 표정으로 물었다.

"나가지 않겠대."

"뭐? 오늘 왜들 이래? 조용히들 살면 어디 덧나나? 나가지 않겠다니, 그건 무슨 소리야?"

어해연은 씁쓸한 표정만 지었다.

"여기서…… 안 나겠다고?"

"마지막 부탁을 하는 중이야. 세상에 두고 온 것들. 언젠가 자신들이 나가면 처리해야 할 것들."

"안 나가면 어쩌려고?"

"……"

어쩌긴 뭘 어쩌겠는가. 마인들이 멸절했다는 보고를 할 것이니 인간 먹이는 끊길 것이다. 만정 밑바닥은 한바탕 아수라장이 될 것이고, 그 와중에 죽거나 용케 살아남아도 굶어 죽을 게다.

"쳇! 그래도 양심은 있네."

어화영이 비쩍 마른 사구작서를 노려보며 말했다. 하나 그렇게 말하는 그녀의 심정도 좋지만은 않았다.

네 명의 부탁은 길고 길었다.

치검령이 졸음을 느끼고 잠에 빠졌다. 추포조두도 팔짱을 끼고 잠들었다.

모두들 혼곤한 잠 속에 빠져들었다.

소서와 야서를 거쳐서 노소가 기나긴 사연을 풀어놓았다.

간단하게 몇 마디 부탁하는 게 아니다. 자신이 걸어온 인생을 자세하게 풀이하는 모양이다. 그렇지 않고서는 이토록 긴 시간 동안 말할 거리가 무엇이겠는가.

"휴!"

노서가 긴 숨을 들이쉬었다. 자신도 말하느라 힘들었던 모양이다. 하물며 입도 벙긋하지 않고 듣기만 한 사람은 어떠랴. 말을 듣기 전에도 몸이 무거웠었는데.

당우가 말했다.

"정말 그래도 괜찮습니까?"

"그래."

"이해할 수가 없군요."

"나중에…… 좀 더 세상 풍파를 겪고 나면 알게 될 거야."

"그렇게 하겠습니다."

"고맙네."

내용을 알 수 없는 말들이 오갔다.

노서가 물러나자 마지막으로 혜서가 다가섰다.

"피곤하지 않나?"

"괜찮습니다."

"모두 다 같이 모여서 잡담 삼아 말하면 좋겠지만…… 이해해 주게. 우리 사이에도 이해관계가 얽혀 있을 수 있어서. 원래 이해관계라는 게 그렇잖나. 좋은 쪽으로 얽히면 괜찮지만 나쁜 쪽으로 얽히면 금방 원수가 되지."

"이해합니다."

"그럼……."

혜서가 귓가에 입을 댔다.

치검령이 눈을 떴다. 추포조두도 기지개를 길게 켜며 일어났다. 모두들 누웠던 자리에서 일어섰다.

그들은 제일 먼저 당우부터 쳐다봤다.

당우와 혜서가 아직도 말을 나누고 있다. 아니, 일방적으로 듣고 있다. 미간을 찌푸리면서 심각하게 듣는다. 옆에서 말을 건네기가 어색할 정도로 침중하다.

어해연이 죽을 끓여왔다.

모두들 밥을 먹어본 지 오래되었다. 벌레 같은 것을 잡아먹었다지만 최소한의 생존만 보장했을 뿐이다. 그들은 삼 년 동안 단식한 것이나 마찬가지 상태다.

서서히, 조금씩 음식에 적응해 나가야 한다.

"쌀죽이라……. 만정에서 쌀죽. 이걸 먹으면서 이제 죽어도 여한이 없다고 말해야 하는 거요?"

묵혈도가 농담 삼아 말했다.

"재미없어."

추포조두가 싱겁게 받았다.

희한하게도 먹을 것을 보면 걸신들린 것처럼 달려들 줄 알았다. 먹고 싶은 것이 너무 많았다. 그런데 막상 쌀죽을 대하고 보니 입맛이 뚝 달아난다.

그들은 쌀죽을 입안에 넣고 이리저리 굴렸다.

그때, 혜서가 이야기가 끝났는지 당우를 껴안았다. 그리고 귀에 대고 무슨 말인가를 한마디 더 했다.

당우는 미소를 지으며 혜서의 등을 쓰다듬었다.

"하루 종일…… 그렇게 할 말이 많았나?"

치검령이 중얼거렸다.

"나도 어제 유언이라는 걸 생각해 봤어. 내가 죽게 되면 무슨 말을 남길까. 하고 싶은 말을 다 해보자. 한데 일다경도 안 돼서 끝나더군. 할 말이 없더라고."

추포조두가 말했다.

사구작서는 쌀죽을 먹지 않았다. 그들은 먹을 수 없었다. 예상은 했지만 이십여 년 동안이나 먹지 않던 음식을 갑작스럽게 먹을 수는 없었다.

그들은 이미 인간이 아니다. 인간들과 어울려서 살 수 없는 괴물이 되고 말았다.

"역시 안 나가기로 한 건 잘한 결정이야."

"편존님을 외롭게 할 수는 없지. 살아서 모셨으니 죽어서도 모셔야 할 것 아닌가."

"너 그거 연정(戀情)이야?"

"지랄하고 있네. 연정이란 말을 감히 어디다 써."

사구작서는 농을 주고받으며 석도를 부지런히 챙겼다.

당우는 눈을 감고 깊은 침묵을 지켰다.

주위에서 무슨 말을 하든, 어떤 행동들을 하든 아랑곳하지 않았다. 깊은 명상에 잠긴 선승(禪僧)처럼 자신만의 세계에 함몰되어 나오지 않았다.

아침 식사를 마쳤다.

이제는 마지막 피바람을 일으킬 시간이다. 그런데도 정작 주요 역할을 해야 할 당사자가 일어서지 않는다.

그는 밤을 꼬박 밝혔다. 거기에 밥도 먹지 않았다.

무엇이 그를 이토록 깊은 침묵 속으로 몰아넣은 것인가. 그 원인이 사구작서에게 있다는 것만은 분명하지만, 그들이 입을 봉하고 당우가 말하지 않으니 알 도리가 없다.

반 시진이라는 시간이 쏜살같이 지나갔다.

당우가 조용히 눈을 떴다.

"됐나?"

소서가 의미 깊은 물음을 던졌다.

"됐습니다."

당우의 음성에 확신이 담겨 나왔다.

"킥킥! 그럼 이제 우린 필요없겠군. 정말 없어도 돼? 이대로 사라져도 상관없겠지? 킥킥!"

혜서가 장난스럽게 말했다.

당우는 장난으로 받지 않았다. 정색을 하고, 애잔한 눈으로, 그러나 음성만은 또렷하게 말했다.

"이 머릿속에 다 기억되어 있습니다. 원하신 대로 처리하겠습니다. 여기서 벗어날 수만 있다면."

"히히! 그건 걱정하지 마. 난 저년을 알아. 저년이 네 곁에 있는 한 넌 반드시 이곳을 벗어날 거야."

야서가 신산조랑을 가리키며 말했다.

어쩐 일인지 당우는 부인하지 않았다. 야서의 말을 순순히 받아들였다.

야서는 그런 말을 할 자격이 있다.

"그럴 겁니다."

혜서가 석도를 챙겨 들어 일어섰다.

"후후! 저놈들에게 자네는 저승사자지. 어떻게 할 수가 없어. 소리없이 다가와서 푹 찌르는데 어떻게 당할 거야. 미치고 환장하겠지만 그래도 할 게 없어."

노서가 혜서의 말을 받았다.

"그렇게 죽으면 원귀가 되는 법이야. 우리라도 분풀이 상대가 되어주어야지. 말 같지도 않은 이야기 듣느라 뜬눈으로 밤을 새웠잖아. 좀 쉬어."

이번에는 야서가 말했다.

"킥킥킥! 오래 걸리지는 않을 거야. 한 시진 정도면 끝날 거니까 푹 쉬고 있다가 그때나 마무리해."

당우는 움직일 수 없다. 그가 움직이면 마인들은 죽겠지만 사구작서가 산다.

당우가 자신의 손으로 사구작서를 죽일 수 있을까?

예전에는 가능했을지 모르지만 그들의 비밀을 알게 된 지금은 불가능하다.

모두 다 살 수 있으면 좋을 텐데.

식인 습관이 일종의 중독이라면 고칠 수도 있지 않을까? 그렇다고 치자. 그러면 지금까지 죽어간 마인들은 뭔가? 그들은 사연이 없는 자들인가?

"잘살아라, 이놈아!"

야서는 말을 마침과 동시에 어둠 속으로 달려나갔다.

후다다닥!

야서는 발걸음 소리를 죽이지 않았다.

만정에서 수련한 유혼신법을 펼치지 않고 달음박질쳤다. 누구나 다 들을 수 있도록 바닥을 쿵쿵 찍으면서 달렸다.

"야! 이놈의 자식들아! 어디 있냐! 여기 어르신이 나왔다! 어서 나와서 살을 저며봐! 누가 먼저 돼지는지 해보자고! 하하하! 겁쟁이들만 모였냐? 한 놈도 안 나오는구나!"

그는 고래고래 고함까지 질렀다.

"놈이 나왔다!"

"혼자야? 혼자 기어나왔어?"

"저 새끼, 겁을 상실했나 봐. 흐흐흐! 혼자 기어나왔네. 그럼 저며줘야지. 저 새끼 심장은 내 거다! 심장에 손대는 새끼 있으면 내 칼에 죽을 줄 알아!"

"지랄하고 자빠졌네. 저 새끼 심장은 내 거야! 넌 창자나 처먹어!"

"크크크! 내 오늘은 기분이 좋아서 봐준다. 크크크!"

마인들은 야서를 놓고 농까지 늘어놨다.

일대일의 승부로는 도저히 야서를 이기지 못한다. 그것은 인정한다. 하지만 지금처럼 떼로 뭉쳐서 덤벼들면 이야기가 달라진다. 놈의 칼에 한두 번 맞겠지만 결국 심장을 도려내는 건 이쪽이다.

"죽엿!"

"어디 있어, 이 새끼!"

여기저기서 마인들이 벌 떼처럼 달려들었다.

당우는 아무 소리도 듣지 못한 듯 눈을 감았다.

어제 저녁만 해도 사구작서의 죽음 따위는 아랑곳하지 않았다. 죽으면 죽는 것이지 뭐가 대수로운가? 만정에서 죽음이 어디 한두 번 일어났나?

지금은 다르다. 그들의 속사정을 안다.

사람을 깊게 안다는 것은 이래서 불편하다. 세상에 때려죽일 짓을 해도 그만한 사정이 있다고 생각하면 동정심이 치민다. 그럴 수밖에 없었구나 하는 생각은 정말 위험하다.

한 인간의 죽음을 지켜본다.

눈을 찔끔 감고 모른 척한다.

'고통없이 빨리 죽기를.'

죽음을 기원한다.

"후후후! 혼자 가게 할 수는 없지. 그래도 몇십 년을 같이 보냈는데. 당우, 어제 말한 것, 꼭 부탁하네."

소서가 깊은 눈인사를 보내왔다.

"걱정 마십시오."

당우는 눈을 감은 채 말했다.

눈을 뜨면 '이렇게까지 할 필요는 없지 않느냐'는 말이 튀어나올 것 같다. 식인 습관 같은 것은 마음 독하게 먹으면 고칠 수 있다고, 빛을 보지 못하는 눈도 차츰차츰 적응시켜 가면 되지 않겠냐고.

안 될 말이라는 것을 안다.

만정의 중독은 일반적인 것이 아니다. 상식을 벗어난다. 죽음으로 육신을 벗어던지기 전에는 풀려날 수 없다.

검련은 마인들을 만정에 가두지 않았다. 중독이라는 비열한 틀에 가뒀다. 그것도 식인 중독이라는, 사람을 먹지 않고는 견딜 수 없는 체질로 바꿔놨다.

도대체 어떤 자가 이따위 뇌옥을 만들었단 말인가. 뇌옥을 만든 자가 마인인가, 갇힌 자가 마인인가. 어느 놈의 심성이 더 지독한가. 어느 놈이 나쁜 놈인가.

다다닥!

어둠 속으로 뛰어드는 소서의 발걸음 소리가 들렸다.

"녹엽만주! 만세! 꼭 십성의 꽃을 피워라! 저승에서 지켜보마. 일성이라도 부족하면 꿈에 나타날 거야!"

혜서가 끝까지 장난스럽게 말했다.

"회자정리(會者定離) 거자필반(去者必返)이라 했으니 죽어서도 우린 만날 것. 이승에서의 만남은 이것으로 그치세."

다다다닥!

혜서와 노서도 망설이지 않았다.

일별(一瞥)!

일별은 너무 아프다. 수많은 말이 함축되어 있을 때는 더더욱 아프다. 가슴이 울린다.

"킥킥킥! 건방진 새끼들!"

"아악!"

"이 자식이!"

고함, 비명, 욕지거리……. 싸움판에서 벌어질 수 있는 온갖 소리가 한꺼번에 울렸다.

퍽퍽! 퍼퍼퍽!

"끄윽!"

혜서의 음성으로 추측되는 비명이 울렸다.

그들은 크게 싸우지 않았다. 마인들에게 전신을 맡긴다는 생각으로 싸움판에 뛰어들었다. 그동안 마인들을 통솔해 왔으니까 마지막에도 그들과 함께한다는 생각뿐이다.

그리고 얼마……. 조용했다. 조용해졌다.

"시간이 얼마나 지났습니까?"

당우가 눈을 감은 채 물었다.

"약 반 각."

어해연이 대답해 주었다.

"빨리 끝났군요."

당우는 어금니를 꽉 깨물고 일어섰다.

이제 모든 걸 마무리할 차례다. 그더러 빨리 끝내라고 사구작서가 손을 빨리 놓은 것이다.

그때, 그 누구도 예상하지 못한 일이 벌어졌다.

第四十九章
폭사(暴死)

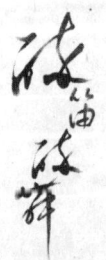

1

그그그그궁!

동구가 열리기 시작했다.

인육을 넣어주기 위해서라면 너무 빠르다.

시간으로 따지면 지금은 아침이다. 인육은 저녁에나 넣어진다. 그동안 마인들을 모두 처리할 생각이었다. 인육이 만정에 떨어질 때, 홍염쌍화의 보고가 동구를 통해 올라간다.

이것이 예정된 순서다.

지금 동구가 열려서는 안 된다.

만정 마인들이 도륙되기 전이다. 아직도 약 삼 할, 스물에서 서른 명 가까이 남아 있다.

"뭐야?"

어화영이 놀란 눈으로 어해연을 쳐다봤다.
"나도 몰라. 예정된 게 아냐."
어해연이 고개를 내두르며 말했다.
인간 먹이를 넣어주는 시간은 대체로 고정되어 있다.
사흘째 되는 날 저녁 무렵이나 나흘째 되는 날 아침 무렵에 넣어준다.
특이한 사항이 벌어질 때도 있다.
당우와 그 외의 일행이 들어섰을 때도 특이한 경우에 속한다. 그때는 한 달 동안 동구가 열려 있었다. 만정 역사를 모두 뒤져 봐도 좀처럼 찾을 수 없는 아주 특이하고도 진귀한 경우다.
그런 때는 반드시 통보를 해준다.
사전이나 사후 통보는 있을 수 없고, 대부분 일이 진행됨과 동시에 전갈이 전해진다.
이번에는 아무런 전갈도 없다.
동구만 열리고 있다. 빛무리만 쏟아진다.
그그그그긍!
모두들 동구만 쳐다봤다.
홍염쌍화도, 막 사구작서를 죽인 마인들도 전혀 예상치 못한 상황에 하늘만 올려다봤다.
이게 무슨 일인가? 어떤 놈이 들어오나?
마인을 들여보낼 경우 평상(平常)이 깨진다. 마인들의 먹이가 되어서는 안 되기 때문에 시차를 두고 투입한다.

지금도 그런 경우인 것 같다.

어느 때 같았으면 마인들이 대거 몰려들었을 게다.

어떤 놈인가? 사내인가, 계집인가? 어디서 뭘 하던 놈인가? 경혈은 얼마나 부서졌나? 바깥세상은 어떻게 돌아가고 있나 등등, 궁금한 것이 한두 가지가 아니다.

그러나 지금은 그런 것에 신경을 쓸 입장이 아니다.

그들도 사구작서가 어떤 마음으로 달려나왔는지 안다. 당우 곁에만 있으면 죽지 않을 위인들이 왜 나왔는지도 짐작한다. 그래서 거침없이 죽였다.

이제는? 자신들이 죽을 차례다.

운이 좋으면 발견하지 못하고 그냥 지나칠 수도 있다. 아니, 그것도 바라기 어렵다. 놈은 기가 막히게 사람을 찾아낸다. 아무것도 보이지 않는데 어떻게 그런 재주를 발휘할 수 있는지 모르겠다. 좌우지간 찾고자 하는 사람은 마치 보이기라도 하는 것처럼 거침없이 걸어와서 어깨를 두드리곤 했다.

놈의 손에서 벗어난다는 건 어불성설이다.

결국 죽는다.

동구가 열리고, 빛무리가 쏟아지고, 조금 있으면 활차가 돌아갈 게다. 쇠사슬 소리가 울리면서 마인이 떨어질 게다.

누가 투입되든 지금의 이 상황을 돌이킬 수는 없다.

떨어지는 자가 칠마 중 일인이라고 해도 마찬가지다. 그도 경혈이 망가질 대로 망가진 몸일 테니 제 성질대로 나대다가는 뜯어 먹히기 십상이다.

어제라도 떨어졌다면 하루라도 살련만 놈은 하루도 살지 못하고 죽을 운명이다.

하지만 눈길은 동구에게 쏠렸다.

언제 어떤 놈이 떨어지려나.

그런데 활차 돌아가는 소리가 들리지 않는다. 지금쯤이면 드르륵드르륵 하고 쇠사슬 풀리는 소리가 기분 나쁘게 울려야 하는데 조용하다.

"기분이 은근히 나빠지는데."

어화영이 눈살을 찌푸렸다.

동구는 열렸다. 한데 아무것도 투입되지 않는다. 희뿌연 빛만 일렁거린다.

그렇게 시간만 흘렀다.

"만정 사람이 아네요."

갑자기 신산조랑이 긴장한 음성으로 말했다.

"제가 저랬어요. 관정까지 뚫고 들어와서 동구를 열었는데 너무 까마득한 거예요. 아무것도 보이지 않고, 내려갈 수 있는 방법도 없고, 누구도 올라올 수 없고…… 그냥 쳐다보기만 했어요. 이걸 어떻게 하나, 어떻게 해야 하나 하면서."

"그럼 만정이 뚫렸단 말이야?"

어화영의 음성도 긴장으로 물들었다.

하필이면 만정에서 격변이 벌어지고 있을 때 위에서 변화가 일어난 건가? 좋지 않다. 위는 변화가 없어야 한다. 지금처럼 평온을 유지해야 한다.

만정이 뚫렸다면 경계망은 배가된다.

옥주가 바뀔지도 모른다. 옥졸들도 문책을 받을 것이고, 인원이 대폭 물갈이된다.

상황이 아주 나빠지고 있다.

"위에서 봤을 때 어땠어? 뭐가 보였어?"

어해연이 급히 물었다.

밑에서는 칼부림이 일어나고 있다. 비명도 터진다. 지금은 급작스럽게 동구가 열려서 모두들 넋을 잃고 쳐다보지만, 이대로 조금만 지체하면 마인들의 이성도 돌아올 게다.

몰랐는가? 지금은 마인들이 살 수 있는 마지막 기회다.

그들은 당우를 어찌지 못한다. 어떤 반항을 하든, 어떤 수단을 쓰든 오늘 모두 죽는다는 사실에는 변함이 없다.

하지만 동구가 열렸다.

위에서 사람이 내려다보고 있다!

살려달라고 바락바락 악을 쓰면 살 수 있다. 당장 사람이 뛰어내려 오지는 않겠지만 관심은 보이지 않겠는가. 그러면 제아무리 당우라고 해도 미친 짓거리는 못할 게 아닌가.

신산조랑이 말했다.

"아뇨. 아무것도 보이지 않았어요. 새까만 어둠만……."

"아무것도 안 보였단 말입니까?"

치검령이 놀라서 물었다.

위에서는 아래가 보여야 맞다. 그래야 한다. 최소한 빛무리가 쏟아질 때는 아래 상황을 살필 수 있어야 한다.

만정 마인들이 빛무리 속으로 뛰어들지 않는 것은 화염탄(火焰炭) 때문이다.

빛무리 안으로 들어서지 마라!

경고를 무시하고 빛무리 안으로 들어섰다가는 불벼락이 떨어진다. 화염탄, 불바다, 불의 지옥이 멀쩡하던 육신을 시커먼 잿더미로 만들어 버린다.

그래서 마인들은 빛무리 안으로 들어서지 않는다.

그런데 뭐라고? 아무것도 보이지 않는다고? 그럼 저 빛무리는 뭐란 말인가! 화염탄은 어떻게 해서 탄생한 것인가? 괜히 지레 겁을 먹고 불이 떨어지는 상상이라도 한 것인가?

아니다. 마인들이 어떤 사람들인데 상상만으로 물러서겠는가. 공갈 협박을 해도 물러서지 않을 자들이다. 그들은 분명히 화염탄을 경험했다. 그렇기 때문에 들어서지 않는다.

"아! 저 빛! 저 빛도 이상해! 저 빛을 똑바로 쳐다볼 수 있어!"

이번에는 추포조두가 말했다.

빛이 쏟아지면 사물을 볼 수 있는 건 당연하다. 지극히 정상적이다. 하지만 만정에서는 그것이 비정상이 된다. 사구작서가 어땠는가? 홍염쌍화의 푸른빛조차도 보지 못했다. 눈이 아파서 똑바로 쳐다보지 못했다.

그런데 동구에서 쏟아지는 빛무리만은 똑바로 쳐다볼 수 있다.

빛무리가 쏟아져 내린 곳에 어떤 자가 있는지도 볼 수 있다.

홍염쌍화의 푸른빛 야광주가 눈을 아프게 하든지, 아니면 동구의 희뿌연 빛이 장님이 된 그들의 눈을 정상으로 만들어 주든지 둘 중에 하나다.

 어해연이 말했다.

 "소리는? 여기서 말하는 소리는 들렸어?"

 "아뇨. 바람 소리밖에. 왜 그런 소리 있잖아요. 빈 동굴에서 울려오는 바람 소리. 휘이잉하는."

 동구에서는 볼 수도 없고 들을 수도 없다.

 아래에서 위를 쳐다볼 수 없는 것과 마찬가지 현상이 위에서도 일어난다.

 "휴우!"

 어해연이 안도의 한숨을 내쉬었다.

 마인 한 명이 더 투입되는 것은 큰일이 아니다. 그를 죽여야 할지 살려야 할지는 고민해 봐야 할 것이고, 아래에서 벌어지는 일을 알 수 없다니 천만다행이다. 그때,

 "저거 이상한데. 점점 밝아지잖아?"

 치검령이 손을 들어 눈을 가리면서 말했다.

 희뿌연 빛이 점점 백광(白光)으로 변해갔다.

 한가운데는 광정(光精)까지 생겼다. 주위가 새하얀데 정중앙만 흑점(黑點)이 형성된다.

 열기가 꽤 강하다는 증거다.

 "저거…… 아무래도 찜찜한데……."

 어화영이 중얼거릴 때,

폭사(暴死) 287

"앗! 안으로! 안으로 들어와요! 빨리! 저건 화염탄이에요! 화염탄! 안으로 들어왓!"

신산조랑이 고함을 빽 질렀다. 바로 그 순간,

투두두두둑! 투둑! 투투툭!

동구에서 무엇인가가 우수수 떨어졌다. 작은 돌멩이? 돌 부스러기 같은 것들이 우박처럼 쏟아졌다. 그리고,

화아아아아악!

만정 전체가 순식간에 새하얀 빛으로 휘감겼다.

2

"마사……"

사내는 침음했다.

"겁없는 줄은 알았지만. 하아!"

다른 사내는 입을 쩍 벌린 채 다물지 못했다.

광산이 터질 때처럼 산 전체가 들썩거린다. 뿌연 먼지가 하늘 높은 줄 모르고 솟아오른다. 산사태에 휩쓸린 바위와 나무들이 우르르 쏟아져 내린다.

대지진이 거봉(巨峰) 전체를 휩쓸었다.

"만정을 날려 버렸으니…… 이제는 기호지세(騎虎之勢)가 된 것 같습니다."

"그래, 기호지세야."

"가주님도 이럴 줄 아셨을 텐데…… 왜 마사를 하산시켰는

지 모르겠어요. 마사의 야망이 어디 보통입니까? 황제도 마사를 맞춰주지 못할 텐데."

"생각이 있으실 게다. 우리가 상관할 바 아냐."

"알고 있습니다. 답답해서 해본 소리입니다."

"일단 전서를 띄워라. 맡은 임무에 대해서는 함구하는 게 도리다만…… 이건 가주님도 아셔야 할 것 같다."

"굳이 전서를 띄우지 않아도 내일이면 아실 텐데요. 사형 말마따나 이게 보통 일이라야 말이죠."

"후후후! 그건 그렇고…… 저 천방지축은 어쩐다? 천검가주도 답답하게 생겼어. 검련 본가를 쳐라? 하하! 하하하하! 제 아비도 못한 일을 우리에게 시켜?"

"그건 우릴 부려먹기 위한 마사의 계책이죠."

"아직도 모르겠나? 그건 계책이 아냐. 겉포장은 우릴 부려먹기 위해서라지만, 속으로 파고들면 천검가가 나와. 천검가로 검련 본가를 치려는 거야."

"장난이 아니라 정말 치는 거군요."

"장난으로 만정을 날려 버릴까."

"그렇군."

"천검가주도 보통 능구렁이가 아닌데 걸려들까요?"

"후후후! 검련 본가를 친다는 것은 천검가주의 오랜 숙원이기도 하니까. 듣자 하니 노환이 심해서 숨넘어가기 직전이라던데, 죽기 전에 뭔가 결판을 내고 싶은 마음도 있겠지. 그건 마사가 알아서 할 거야. 후후후!"

그들 여섯 명은 뜨거운 열정을 느꼈다.

거봉이 폭삭 주저앉고 있기 때문이 아니다. 그들도 여느 무인들처럼 남의 뒤치다꺼리나 하다가 죽을 운명이었다. 하나 이제는 달라졌다. 뒤치다꺼리는 마찬가지이지만 보다 큰일에 휘말렸다. 적어도 무림이 들썩할 정도로 큰일이다.

"묵비가 너무 쉽게 속을 드러냈다고 생각하진 않으세요?"

"그만! 이제 이 일에 대해서는 일체 신경 쓰지 마라. 우리가 할 일은 검련 본가가 무너질 때까지 류명을 보좌하는 것, 그것뿐이다. 거기에만 전심전력해라."

"그래야지요."

"그런데 그건 은자가 아니지 않습니까? 우리를 살수 정도로 취급하는 건지."

"바로 그거다. 우린 살수에 불과해. 은자라는 자부심을 버려라. 머리를 버리라는 뜻이야. 옛말에도 사공이 많으면 배가 산으로 간다고 했다. 머리는 마사로 족해. 우린 몸뚱이고 손이고 발이다. 시키는 대로 움직이기만 하면 되는 거야."

"저희야 그렇지만 사형까지……."

"난 마사를 능가하지 못한다. 너희 중에 마사를 능가한다고 생각하는 사람이 있으면 지금 말해라."

"……."

아무도 이의를 제기하지 못했다.

―천(千)에 하나, 만(萬)에 하나 태어날 전사(戰士). 백만(百

萬)에 하나, 천만(千萬)에 하나 태어날 군사(軍師). 서시(西施), 왕소군(王昭君), 초선(貂蟬), 양귀비(楊貴妃), 나라를 기울게 할 경국지색(傾國之色). 우리는 감당하지 못할 여인을 얻었구나. 마사…… 우린 저 아이로 인해서 무림제일문파가 되든지 멸문하든지 양단간 결정이 날 게다. 결코 평범하게 끝나지는 않을 게야.

마사에 대한 가주의 인물 평가다.
적성비가 역사상 이토록 호화찬란한 평가를 받은 사람이 없었다.
모두 그 점을 인정한다.
무공에 관한 한 마사는 전사다. 악착같이 싸운다. 무공이 강하지는 않지만 죽을힘을 다해서 싸운다. 그것이 설령 무공의 고하만 가리는 비무라 할지라도 죽음을 각오하고 검을 쓴다.
경국지색은 이미 알려진 바다.
적성비가에는 그녀를 흠모하는 사내가 많다. 그녀의 짝이 되지 못함을 비관해서 나무에 목을 맨 자만 넷이다.
병법에 관해서는 할 말이 많다.
그녀의 지혜가 남달리 탁월한 것은 인정하지만 병법이 뛰어나다고는 할 수 없다. 수많은 사람을 대상으로, 혹은 특정한 문파를 상대로 병법을 시험해 본 적도 없다.
가주의 한마디, 그것으로 그녀는 병법의 귀재가 되었다.
그녀는 이제 무림이라는 시험대에 올랐다.

그녀가 제일 먼저 취한 사람은 류명이다. 류명이라는 패가 좋은지 나쁜지는 나중에 알게 될 게다.

그녀가 제일 먼저 한 일은 만정 폭파다.

검련 본가의 중지(重地)를 화염탄 수백 개로 싹 쓸어버렸다. 만정은 흔적도 없이 날아갔다.

그곳에는 죽은 자가 꽤 많다. 옥주와 옥졸만 해서 쉰 명이다. 죄수와 마인들까지 합하면 몇 명이나 있는지 모른다.

그들 모두가 한 줌 잿더미가 되었다.

그 누구도 이곳에서 만정의 흔적을 찾을 수 없게 되었다.

그녀가 왜 이런 패를 썼을까? 정말로 천검가를 등에 업고 검련 본가를 치려는가? 천검가주가 호락호락 넘어갈까? 전 중원에서 검에 관한 한 최강 문파인 검련제일가를 너무 가볍게 본 것은 아닐까?

곧 알게 된다.

그녀가 한 일을 그들 육 인은 도저히 이해하지 못한다. 몇 번을 쳐서 생각해도 너무 무리한 일을 벌였다.

만정은 단순한 뇌옥이 아니다.

검련 본가는 만정에서 무엇인가를 얻고자 한다. 수십 년에 걸쳐서 비밀리에 추진해 온 일이 있다.

마사는 그것을 망가뜨렸다.

검련 본가는 어떤 행동을 취할까?

이것저것 생각하려 들면 한도 끝도 없다. 머리에 쥐가 난다.

"휴우!"

육 인 중 한 명이 긴 한숨으로 답답한 심정을 드러냈다.

*　　　*　　　*

"만정이 무너졌습니다."
"그래?"
"화염탄으로 아예 흔적도 없이 지워 버렸습니다."
"허허허! 그 아이…… 만나고 싶군. 배포가 대단해. 쉽게 생각할 수 없는 일인데 말이야."
"무엇을 보고자 하신 겁니까?"
"허허허!"
"만정에는 당우가 있었습니다. 이번 폭발로……."
"됐네."
"네?"
"검련제일가는 가만히 있을 게야. 보복을 한다거나 조사를 한다거나 호들갑을 떨지 않을 게야. 허허허! 그분은 그러고도 남을 분이지. 배포가 얼마나 대단한지. 허허허."
"만정이 무너졌는데도……."
비주는 이해할 수 없다는 표정을 지었다.
만정은 검련제일가에서 상당히 많은 공을 들인 곳이다.
그곳에서 무엇을 하는지는 몰라도 문파의 존립을 걸고 납치, 살인, 감금 등 온갖 악행을 저질렀다.
만정에 대한 증거가 단 한 조각이라도 무림에 흘러나간다면 그 순간부로 검련제일가는 무림에서 사라지리라.

마사는 아직 서툴다.

검련제일가를 치려고 했다면 만정을 멸절시키는 것이 아니라 이용했어야 한다. 차라리 옥주와 옥졸들을 죽이고 만정을 차지했다면 검련 본가의 애간장이 바싹 녹았을 게다.

물론 검련 본가의 반격 정도는 감당할 수 있다는 전제하에서 하는 말이다.

검련 본가는 이번 일로 인해서 이십 년의 노력이 수포로 돌아갔다.

이번 일을 주도한 자가 마사와 류명이다. 그리고 적성비가의 은자 여섯 명이다.

비주는 그들이 공격을 받을 것이라고 생각했다.

가주가 류명을 지옥 속에 내던졌다고 판단했다. 호랑이가 새끼를 절벽 아래로 굴려 떨어뜨리는 것처럼 일부러 역경 속에 던져 넣은 게 아닐까?

그런데 공격을 하지 않는다? 모른 척한다?

이건 또 무슨 일인가?

천검가주가 쿨룩쿨룩 기침을 하며 말했다.

"명이에게 그만 돌아오라고 해."

"네, 알겠습니다."

"올 때는 그 아이도 함께 오라고 하고."

"독화입니다. 아직 공자님께는 너무 독한 꽃인데, 괜찮겠습니까?"

"허허허! 자네는 명이를 모르는군."

"제 목을 조심해야 한다는 점은 알고 있습니다. 아마 단단히 벼르고 있을 겁니다."

"내기할 텐가?"

"네?"

"자네 목 말이네. 그 아이, 자네 목 같은 건 신경 쓰지 않을 걸. 허허허! 은자 닷 푼 내기함세."

"알겠습니다."

"그 아이…… 허허허! 명이와 좋은 짝이 될 걸세. 세상에 그만한 짝도 없지. 알겠나? 이번 일은 명이가 짝을 구한 것으로 좋은 거야. 짝을 구해서 집에 오는 길에 심심풀이로 화약놀이 좀 한 거고. 허허허! 그렇게 생각하고 지나감세."

"알겠습니다."

비주는 허리를 숙였다.

모든 게 이런 식이다.

가주를 안다고 생각하면 어느새 저만큼 훌쩍 멀어져 있다.

류명 공자에게 투골조를 전수시킨 건 검련 본가로 추정된다. 그런 짓을 하고 추포조두를 보내서 조사를 시켰다. 이쪽이 풍천소옥과 선이 맞닿아 있다는 것을 알고 일부러 적성비가의 은자를 끌어들인 것이다.

그들에게는 이런 일이 심심풀이에 불과한 것인가.

천검가가 먼저 한 대 맞았고, 이후 반격했다.

한 번씩 장군을 불렀다.

그러나 아직도 모르겠는 것이 많다.

천검귀차가 몰살당하는 과정에서 나타난 실전 무공들은 어찌 된 것인가. 천곡서원 향암 공숭조 사건은 또 어찌 된 건가. 가문을 떠난 천검사봉은 이대로 끝나는 것인가.

이러한 문제들은 묵비가 전력을 기울여도 캐내지 못했다.

물은 깊은 곳에서 흐르는데 자신은 수면만 따라다니는 느낌이 든다. 수면 위에 떠 있는 낙엽만 쫓는 꼴이다.

'그놈… 진작 죽었겠지? 그곳이 어떤 곳인데……. 삼 년인가? 삼 년 동안 살 수 있었다면 기적이겠지.'

비주는 당우를 떠올렸다.

그를 따라서 추포조두와 치검령이 뛰어들었다는 소리를 들었다.

참으로 대단한 자들이다. 일 처리 하나만큼은 딱 부러지게 하는 자들이다.

그러면 뭐 하나. 나온 자가 없는 것을.

'도대체 가주의 의중을 알 수 없단 말이야. 이런 것 같으면 저렇고, 저런 것 같으면 이러니. 휴우!'

그는 머리를 내둘렀다.

第五十章
붕괴(崩壞)

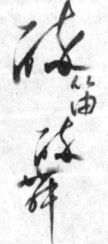

1

그는 두 여자를 껴안았다.

어해연과 어화영이 가장 가까이에 있었다. 그래서 무조건 허리를 휘어 감았다.

'괜찮아요?'

몸이 괜찮은지 물으려고 했다. 한데 말은 나오지 않고 거센 기침만 쏟아진다.

"커억! 컥! 커억!"

속이 울렁거리고 답답하다. 너무 답답해서 미칠 것 같다. 그래서 기침을 쏟아내는데, 한 번 쏟아낼 때마다 입안에서 침이 한 무더기씩 쏟아진다.

"괜찮아!"

"어휴! 이 바보!"
그녀들의 음성이 들린다.
'괜찮군요. 다행입니다.'
세상이 빙글빙글 돈다. 너무 어지러워서 정신을 차릴 수 없다. 그러나 그런 와중에도 그녀들의 안위가 염려된다. 음성을 들어보니 괜찮은 것 같은데, 그래서 다행이라는 말을 했다. 안도의 숨도 내쉬었다. 그러나 쏟아져 나오는 것은 한 뭉텅이 침 뿐이다.
"쿨룩! 커억!"
"비켜봐!"
탁! 타탁! 타타탁!
두 여인 중에 한 명이 전신 혈도를 두들기기 시작했다.
'내가 다쳤나?'
당우는 그제야 자신의 상처가 심상치 않다는 걸 직감했다.
침이 이상할 정도로 많이 나온다. 입에서 나오는 게 아니다. 뱃속에서부터 먹은 것을 게워내듯이 쏟아진다.
'피!'
내상! 내상이다.
그는 경근속생술을 시전받았다. 그래서 전신 경맥이 돌처럼 단단하다. 구각교피도 있다. 조각이 많지 않아서 전신을 뒤덮지는 못했지만 주요 부분은 거의 막았다.
그는 갑옷을 입고 있는 상태와 같다.
그런데도 폭풍의 힘을 견디지 못했다.

불바다, 쏟아지는 바위, 흙, 천지를 집어삼킬 듯한 바람!

이 모든 걸 다 견딜 수 있다. 가장 견디기 힘든 것은 쇳물보다 뜨거운 열기다.

전신이 한순간에 익어버렸다.

그 후로는 아프다는 느낌이나 뜨겁다는 느낌이 들지 않는다. 막연히 힘들다는 느낌만 든다.

"컥! 컥!"

"잠깐만…… 흠! 괜찮소. 충격을 심하게 받아서 그런데…… 한잠 푹 자고 나면 괜찮을 거요."

"이거 순 사이비 아냐? 피를 이렇게 쏟아내는데 괜찮아?"

"허허! 내 이 나이에 사이비 소리를 들을 줄은 몰랐소."

"진맥이 정확한 거야?"

"허어!"

"틀렸으면 죽을 줄 알아!"

당우는 거기까지 들었다. 어화영이 사나운 소리로 일갈한 후 손을 뻗어왔다.

탁!

풍지혈(風池穴)에서 묵직한 압박감을 느꼈다. 그리고는 아무 생각이 없는 세계로 빠져들었다.

야광주의 푸른빛이 좁은 공간을 물들인다.

"후욱! 후우욱!"

너나 할 것 없이 길고 가는 호흡에 몰입한다. 가급적 들숨을 삼가고 날숨을 길게 가져간다. 지식(止息)도 길게 한다. 참을 수 있는 한도까지 긴 호흡을 한다.

단지 호흡만 하고 있는 게 아니다. 그들은 푸른빛 속에서 손으로 땅을 더듬어가며 무엇인가를 찾았다.

손놀림이 아주 미세하고 정교하다.

찾는 게 바늘 같은 아주 작은 물건인 것 같다.

당우가 정신을 차렸을 때, 눈에 들어온 광경이다.

"끄응!"

그는 몸에 힘을 주고 일어나 앉으려고 했다.

온몸이 벌에 쏘인 듯 퉁퉁 부어올랐다. 팔이며 다리며 흠뻑 두들겨 맞았을 때처럼 아프다.

"많이 다쳤어. 누워 있어."

머리맡에서 어해연의 음성이 들려왔다. 그리고 나긋나긋한 손이 머리를 눌렀다.

당우는 일어서려다가 다시 누웠다.

그러고 보니 머리에 푹신한 감촉이 닿는다. 그녀의 허벅지. 기분 좋다. 천하에서 가장 좋은 베개가 머리맡에 있다.

"좋군요."

"그래? 그럼 한숨 더 자."

"지금 뭣들 하고 있는 건데요?"

당우가 여러 사람을 쳐다보며 말했다.

어해연은 잠시 망설였다. 대답을 해준 건 어화영이다.

"정신 차렸으면 일어나. 잠깐이라도 눈 뜨고 있는 게 낫지.

앞뒤 꽉꽉 막혔다. 공기도 통하지 않는 것 같아. 만정이 무너졌다면 우린 지하 백 장 정도에 묻혀 있는 셈이야."

당우는 그제야 어찌 된 영문인지 알았다.

자신이 왜 누워 있으며 왜 몸이 퉁퉁 부었는지 궁금했다. 아무것도 기억나지 않았다. 그런데 어화영의 말을 듣자 섬광이 터지던 순간부터 피를 토하던 순간까지 모든 게 되살아났다.

"그런데…… 뭐하는 건데요?"

"바람이 스며드는 데가 있는지 찾는 거야. 바람이 스며들면 숨 쉬는 데는 지장없잖아. 지금으로서는 불가능한 것 같은데…… 호호! 우리 아무래도 생매장당한 것 같지?"

"끄응!"

그는 몸을 일으켰다.

이번에는 어해연도 말리지 않았다. 어화영의 말대로 지하 백 장에 묻혀 있다면 곧 숨이 막혀 죽을 것이다. 아무것도 모른 채 정신을 잃고 있다가 죽는 것보다는 지금이 나을 게다.

"산 넘어 산이라더니. 어떻게 한구석을 빠져나오면 또 한구석이 나타나는지."

"후후! 그런 게 인생이란다."

추포조두가 웃으면서 말했다.

"모두 이상없는 겁니까?"

얼핏 주의를 훑어봤다.

모두 이상없다. 홍염쌍화의 동혈이 일직선으로 뚫려 있지 않고 안쪽으로 휘어져 있는 까닭에 직접적인 타격을 피할 수 있었다.

거기에다가 당우도 큰 몫을 했다.

그는 동혈로 쏟아져 들어오는 바위며 흙을 온몸으로 막아냈다.

막으려고 해서 막은 건 아니다.

그는 석도를 준비하고 밖으로 나가는 중이었다. 섬광이 터질 때, 가장 바깥쪽에 있었던 것이다. 신산조랑의 외침을 듣고 급히 등을 돌렸지만, 이미 폭풍우는 몰아치고 있었다.

그는 육신으로 커다란 타격을 거의 흡수했다.

솔직히 그러고도 살아 있는 것이 신기하다. 어느 사람 같으면 묵사발이 되고도 남았다.

경근속생술과 구각교피의 위력이 이 정도인가?

그 부분에 대해서는 산음초의도 회의적이다.

일침기화가 시전한 경근속생술이나 자신이 붙여준 구각교피는 일정한 한계가 있다.

갑옷을 입었다고 해서 죽지 않는 건 아니다. 화살이 철갑 사이를 파고들면 어쩔 수 없이 죽는다. 갑옷 밑에 있는 육신은 여전히 말랑말랑하다.

당우도 마찬가지다. 경근속생술과 구각교피를 벗겨내면 맨살이 나온다. 태어날 때 부모로부터 물려받은 살과 뼈와 피가 고스란히 드러난다.

일정한 타격은 견뎌내지만 천붕(天崩)과 같은 자연의 분노마저 막아낼 수 있는 건 아니다.

당우는 백 장의 동혈이 무너지는 충격을 감당해 냈다.

경근속생술과 구각교피 외에 다른 게 더 있다. 그것이 무엇인지 알 수는 없지만 커다란 힘이 당우의 원정지기를 감싸고 있다. 몸이 부서지고 피가 들끓어도 생명력이 보존되는 이유가 그 때문이다.

기적은 기적을 불러온다.

당우의 몸에서 일어난 기적은 많은 사람들을 살렸다.

붕괴는 묵혈도와 산음초의같이 무공을 쓰지 못하거나 모르는 사람들에게는 치명적이다. 날아오는 돌덩이에 한 대만 맞아도 즉사한다. 한데 용케 살렸다.

기적은 또 있다.

홍염쌍화가 거주하던 동혈이 무너지지 않은 것이다.

만정 전체가 폭삭 함몰되었는데 동혈만 멀쩡하다는 것은 기적 중의 기적이다.

당우는 바로 옆에서부터 손으로 벽을 더듬어갔다.

"괜찮아. 넌 쉬어도 돼."

"이제 괜찮아요."

"괜찮지 않아. 많이 다쳤어."

"앉아서 쉬는 것보다 움직이니까 훨씬 편해요."

거짓말이 아니다. 괜히 해보는 소리도 아니다. 누워 있을 때는 몸을 옆으로 돌리는 것도 힘들었는데, 억지로라도 일어나니 몸이 한결 가벼워진다.

한 걸음, 또 한 걸음…….

걸음을 떼어놓을 때마다 뼈마디가 욱신거린다.

그런데 희한한 것이 있다. 뼈도 아프고 근육도 아프다. 온몸이 아프지 않은 곳이 없다. 뱃속도 뒤틀린다. 피를 토했을 때처럼 역겨움에 구토도 치민다.

한 걸음, 한 걸음...... 걷고 또 걷는다.

그러자 아픔이 사라진다. 뱃속도 진정된다. 마치 좋은 약을 복용했을 때처럼 움직임 속에서 평안함이 찾아온다.

'해공!'

생각되는 바가 있다.

해공은 뼈의 탈골을 가상으로 이끌었다. 가상 속에서 근육의 파손도 극심하게 일어났다.

당우만의 정신세계 속에서 그의 몸과 마음은 천 갈래 만 갈래 찢어졌었다.

그것은 상상에 불과한 것이 아니다.

실제로 그의 뼈와 근육과 힘줄에 영향을 미쳤다. 그를 연골인간으로 만들었다. 그러면서도 강철같이 단단한 면까지 덧보탰다.

해공 자체가 갑옷을 입은 문어로 만드는 과정이다.

이는 육체적인 수련으로 보인다. 당우도 그렇게 생각해 왔다. 편마도 이에 대해서는 많은 말을 하지 않았다. 무조건 수련을 하라고만 했지 이것이 육체적인 수련이다, 정신적인 수련이다 기타 등등 여타의 말을 하지 않았다.

해공은 색다른 내공심법(內功心法)이다. 내공 수련이다.

누워 있을 때는 운용되지 않다가 몸을 움직이자 해공이 자연적으로 일어나 몸을 감싼다.

해공은 공기와 같다.

늘 몸에 붙어 있어서 있는 줄을 몰랐다. 너무 많은 고마움을 주기 때문에 고마운 줄을 몰랐다.

사람은 육신의 존재를 망각하면서 산다.

손이 있는지, 발이 있는지, 가슴이 있는지 의식하지 않는다. 그러다가 아픔이 찾아오면 그때서야 깊이 의식한다. 발에 물집이 잡히거나 가시라도 박히면 육신의 다른 부분은 생각되지 않고 오직 발만 쳐다보게 된다.

육신이 비명을 질러야 의식한다.

해공도 그랬다. 평상시에는 모르고 지내다가 몸이 아프고 진통 역할을 해주자 그제야 항상 몸과 찰싹 달라붙어 있어구나 하고 존재감을 의식한다.

당우는 몸동작을 크게 일으켰다.

"큭!"

자신도 모르게 단말마가 튀어나온다.

그의 등은 수십 명이 박달나무 몽둥이로 전력을 다해서 일시에 두들겨 팬 것과 같은 상태다. 돌에 맞았고, 흙에 휩쓸렸고, 작열하는 열기를 정면으로 받아냈다.

당연히 아플 수밖에 없다.

그러나 그 속에서 시원함이 새어 나온다. 푹푹 찌는 더위 속에서 맑은 물을 찾은 느낌이다.

"크게 움직이지 마. 아직 무리야."
"괜찮아요, 정말 괜찮아요."
"고집하고는……."
어해연이 옆에 바싹 붙었다.
혹여 당우가 쓰러질 때를 대비한 것 같다.

바람이 스며드는 곳은 찾지 못했다.
식량이 없다. 물도 없다. 모든 것이 섬광과 함께 날아갔다. 남은 곳이라고는 그들이 움직이는 작은 공간이 전부다.
"후욱!"
추포조두가 숨을 토해내며 앉았다.
자신이 지닌 모든 비기를 총동원했다. 적성비가에서 터득한 감각을 모두 펼쳐 냈다.
그래도 바람의 느낌은 잡지 못했다.
"웬만하면 초령신술에 잡히는데 안 되네."
치검령이 추포조두 옆에 앉으며 말했다.
"후후후! 인간이 지닌 재주란……."
"입 다물어! 지금 그런 말 할 때야! 어떻게든 살 방법을 찾아야지. 앉아서 노닥거리기만 하니까 더 답답하잖아."
어화영이 톡 쏘았다.
"지금까지 뒤지다가 이제 앉았소."
치검령이 억울하다는 듯 어깨를 들썩였다.
"나는 앉았니?"

어화영이 어디서 말대꾸냐는 듯 눈을 부라렸다.
"하! 내가 말을 말아야지."
치검령이 일어나서 벽을 뒤지기 시작했다.
"초령신술을 써봐."
"써봤다고 하지 않았소."
"써보라면 써보기나 해."
"허! 그것참, 나이 몇 살 더 많은 것 가지고 너무 짓누르는 것 아니오?"
"무공도 너보다 높거든!"
"그거야 본격적으로 대봐야 아는 거고."
"까분다."
"제길!"
치검령이 투덜거리며 진기를 일으켰다.
파파파팟!
그가 진기를 일으키자 동혈에 잔잔한 물결이 일렁거렸다.
그렇다. 꼭 바다의 물결이 고요하게 밀려드는 느낌이다.
잔잔한 호수에 몸을 담근다. 눈을 감고 물결의 흐름을 온몸으로 느낀다.
물이 흐른다.
스으으웃!
호수가 아니라도 상관없다. 계곡도 괜찮다. 계류에 손을 담근다. 물살이 손가락을 스치며 지나간다. 느낌이 전해진다. 물의 몸을 만진 기분이다.

공기가 물살처럼 일렁거렸다.

"됐어."

치검령이 진기를 풀었다. 그리고 무슨 말을 기대하며 어화영을 쳐다봤다.

어화영이 고개를 내저었다.

"제길! 그래도 한 가닥 기대를 했는데."

치검령이 투덜거렸다.

귀영단애의 안공(眼功)은 '철시(鐵矢)의 흐름을 지켜본다'는 말로 대변된다.

명궁(名弓)이 아주 강한 활을 쏜다. 쇠로 만들 철시를 쏜다. 손에서 떠나자마자 표적에 꽂히는 맹렬한 화살이다. 그러나 귀영단애의 눈은 속이지 못한다. 손에서 떠나 표적에 꽂히는 순간까지 철시의 흐름을 생생하게 지켜본다.

이러한 안공은 귀영단애의 모든 무공의 기본이 된다.

치검령이 진기를 일으켰을 때, 어화영도 진기를 최극상으로 끌어올렸다. 치검령이 초령신술을 펼쳐서 주위를 훑을 때, 그녀도 물결을 따라다니며 주위를 더듬었다.

물결이 벽 사이로 빠져나가는가? 장벽에 막혀서 반사되지 않고 유유히 흘러가는 물결이 있는가?

없다.

어화영이 말했다.

"농담이 아니라…… 우리 정말 큰일 났다."

2

 모두 다 동분서주(東奔西走)할 때, 신산조랑만은 앉은 자리에서 꼼짝도 하지 않았다.
 이들은 아주 큰 잘못을 저지르고 있다.
 우선 공기가 희박한 곳에서는 움직임을 자제해야 한다. 조금이라도 더 오래 살려면 말도 하지 말아야 한다.
 공기는 몸을 움직이게 해주는 연료다.
 폐로 들어와서 몸에 필요한 힘으로 탈바꿈한 다음에 전신으로 고루 퍼진다.
 폐가 건강하면 겉모습도 건강해 보인다.
 이것은 밀폐된 곳에 갇혔을 때, 가장 기본적인 행동지침인데 이들은 그런 점을 전혀 고려하지 않는다.
 아니다. 이들이라고 모를까. 알고 있다. 알면서도 무시하는 게다.
 하루를 살다 죽으나 이틀을 살다 죽으나 마찬가지가 된다. 살면 살수록 고통이 더 커진다.
 지금이 그런 상황이다.
 어차피 공기가 끊어질 것이라면 빨리 끊어지는 것도 괜찮다. 공기가 어디에서 스며든다면 애써서 길게 끌 필요가 없다.
 이런 마음은 지하 백 장에 갇혔다는 절망감에서 우러나온다.
 이들은 이중적인 행동을 한다. 한편으로는 진기를 조절하여 호흡을 길게 끌고 간다. 이것은 분명히 공기를 아끼는 측면이다. 하지만 또 부지런히 움직인다. 공기가 끊어져도 괜찮다는 대범함을 보이는 것인데, 이것은 공포의 다른 이름이기도 하다.

공기가 끊어지면 죽는다. 죽는구나. 정말 죽을 수 있구나. 얼마 지나지 않아서.

본인들이 죽음을 의식하지는 않는다. 지난한 수련으로 죽음 같은 것은 뛰어넘었다. 하나 무의식은 죽음의 공포를 느꼈고, 이런 식으로 행동을 표출시킨다.

이들의 이런 움직임이 그리 나쁜 것은 아니다.

신산조랑은 사람들의 움직임을 면밀히 살폈다.

하나 더하기 하나는 둘이다. 하지만 인간만은 다른 잣대를 들이댈 수 있다. 하나 더하기 하나는? 셋? 열? 백? 인간의 불가사의한 능력은 어떠한 숫자든 대입이 가능하게 만든다.

치검령, 추포조두, 홍염쌍화, 당우…….

이들 외에 묵혈도와 산음초의가 더 있으나 밀폐된 공간은 그들의 능력을 필요로 하지 않는다.

'지하 백 장…… 위에서 내려다봤을 때 어둠밖에 보이지 않았어. 까마득한 어둠……. 지하 백 장도 더 된다는 소리. 호로병…… 호로병에 화염탄을 넣고 터뜨리면…….'

만정은 아주 단단한 곳에 만들어졌다.

만정에 갇힌 마인들치고 바위벽을 긁어보지 않은 사람은 없다.

만정은 행동에 제한을 두지 않는다. 무슨 짓을 해도 내버려 둔다. 행동을 통제하는 사람이 일절 없다.

탈출? 하고 싶으면 해도 좋다.

당연히 모두들 탈출을 꿈꾼다. 지하에 갇힌 사람이 무엇을 할 수 있는가? 땅을 파는 일이다. 지하 백 장이 아니라 천 장이라고 해도 땅굴을 파다 보면 언젠가는 위로 나갈 수 있다.

처음에는 작은 구멍에서 시작한다.

굴이 점점 넓어지면 많은 사람들이 가담할 것이고, 그러다 보면 백 년이 걸릴 일도 일 년 만에 해치울 수 있다.

이런 생각은 누구나 한다.

마인들은 굴을 팠다. 그리고 절망했다.

나타나는 것은 암벽, 암벽, 암벽……. 옆을 파도, 밑을 파도 끝없는 암벽뿐이다.

홍염쌍화가 거주하는 동혈도 그런 식으로 만들어졌다.

처음에는 굴이 뚫렸다. 희망을 가지고 계속 뚫었는데 암벽이 가로막는다. 다행히 옆으로 파들어갈 수는 있었고, 또 팠다. 그러자 또 암벽이 나온다. 방향을 또 튼다. 그렇게, 그렇게 계속 이어간다. 그리고 최종적으로 방향을 틀 곳도 없는 암벽과 만난다.

마인들은 팔 수 있는 곳은 모두 팠다. 그리고 이제는 파는 사람이 없다.

만정은 사방이 암벽으로 둘러싸인 호로병이다.

화염탄이 그 속에서 터졌다. 그리고 호로병이 붕괴되었다.

붕괴(崩壞) 313

다시 말해서 빠져나갈 수 없는 암벽이 무너졌다는 뜻이다. 암벽으로 형성된 벽이 무너졌기 때문에 틈이 생겼다. 무너진 틈을 잘 헤쳐 나가면 밖으로 나갈 수 있다.

문제는 지하 백 장이라는 깊이다.

아무리 틈이 생겼어도 그만한 깊이에 매몰되었다면 도저히 빠져나가지 못한다.

"저기…… 적성비가에 구중철각이 있죠? 구중철각으로 동혈을 무너뜨리세요. 한 군데만 집중적으로 치세요."

신산조랑이 추포조두를 쳐다보며 말했다.

추포조두의 눈가에 이채가 떠올랐다.

이왕 매몰되어 죽는 것이라면 틈을 만들어보는 것이다. 안 되면 마는 것이고, 되면 좋은 것이고.

쾅쾅쾅쾅쾅!

구중철각이 바위 한 부분에 집중되었다.

쒜에에엑! 쒜에엑! 콰콰콰콰쾅!

바로 뒤를 이어서 당우의 헝겊 채찍이 작렬했다.

타타탁! 타타타탁!

치검령의 일촌비도도 한 부분만 집중적으로 타격했다.

그동안 추포조두는 진기를 되돌려 최강의 힘을 집중시킨다. 그리고 치검령의 바로 뒤를 이어서 구중철각을 펼친다.

쾅쾅! 쾅쾅쾅!

'울리고 있어!'

신산조랑은 눈을 감고 소리를 들었다.

이들의 타격으로는 지하 백 장의 암벽을 부술 수 없다. 돌가루는 분분히 피어나지만 그것으로 끝이다.

바윗돌 하나 부쉈다고 매몰된 데서 빠져나갈 수 있는가!

그녀가 기대한 것은 진동이다. 그래서 한시도 쉬지 않고 끊임없이 쳐달라고 한 것이다.

진동은 돌팔매질로 일으킨 물결과 같다. 처음에는 작게 일어나나 멀리 갈수록 넓고 커진다.

콰콰콰쾅! 쒝에엑! 콰앙! 타타타탁!

신산조랑은 타격 소리를 듣지 않았다. 암벽에 귀를 붙이고 저 멀리서 울리는 소리를 들었다.

두우웅! 두우우웅!

"조금 더 강하게 하자. 우리도 들어갈게. 치검령 다음에 너, 그리고 나. 추포조두는 내 다음에 들어와."

홍염쌍화가 타격에 가세했다.

가세하는 사람이 많으면 자신의 차례가 늦어진다. 그리고 그만큼 진기를 추스를 수 있는 시간이 길어진다.

"두 명…… 두 명씩 쳐봐요."

신산조랑이 말했다.

추포조두가 구중철각을 터뜨린다.

뒤를 이어서 원거리 공격인 일촌비도와 녹엽만주가 동시에 작렬한다. 홍염쌍화의 무류적멸(無溜寂滅)은 그다음이다.
 무류적멸은 일종의 내가강기다.
 격산타우(隔山打牛)의 일종으로 표면에 손상을 주지 않고 속을 으스러뜨린다.
 파파파팟!
 돌가루가 뿌옇게 피어난다.
 그들이 공격한 곳은 이미 물 항아리 정도의 공간이 파였다.
 우르르릉! 쿠우우웅!
 멀리서 진동이 일어난다.
 신산조랑만 들은 것이 아니다. 타격을 가하는 사람도, 묵혈도와 산음초의도 알 수 있다.
 진동이 지진(地震)으로 일어났다.
 동혈이 흔들린다. 금방이라도 무너질 듯이 요동친다.
 단지 다섯 사람이 만들어낸 엄청난 힘이다.
 "이게 무너지면 우리 다 매몰되는 거 아냐?"
 묵혈도가 암울하게 말했다.
 그 말에도 일리가 있다. 운 좋게 좁은 공간을 만나서 매몰을 피했다. 위치한 곳이 지하 백 장임을 감안하면 아주 운이 좋은 것이다. 한데 그곳을 일부러 무너뜨리고 있다.
 거대한 자연의 힘은 아주 좁은 공간을 순식간에 바위와 흙으로 채워 버릴 것이다.
 그들에게 주어진 시간은 찰나다.
 한순간이라는 말도 너무 길다. 느낌이 왔다 싶을 때도 늦다.

그때는 이미 자연의 거대한 힘에 휩쓸린 후일 것이다. 그전에 시작하지 않으면 끝장이다.

"마님! 마님!"

그녀가 급히 불렀다.

어화영과 어해연이 눈을 마주쳤고, 어해연이 타격에서 물러나 그녀 곁에 앉았다.

'왜?'

그녀가 눈짓으로 물었다.

"소리를……."

어해연이 말뜻을 알아듣고 바위에 귀를 댔다.

꾸르르르릉……!

멀리서 우렛소리가 들린다. 폭풍우가 몰아치기 전에 마른번개를 터뜨리듯 거대한 울림이 일어난다.

"무너지겠는데?"

자신도 모르게 한 말이다.

"무너지기 직전에……."

"지금인데?"

"네?"

"무너질 것 같아. 이미 진행됐어."

"모여욧!"

신산조랑이 뾰족하게 소리쳤다.

이런 부분에 대해서 사전에 협의한 적은 없다. 어떤 상황이 일어나면 어떻게 행동하자고 입을 맞춘 적도 없다. 하지만 그들은 마치 각본에 짜인 것처럼 일사불란하게 움직였다.

추포조두가 묵혈도를 등에 업었다.

치검령은 산음초의를 업었다.

자연 앞에서 무공은 보잘것없다. 동혈이 무너지면 무인이나 아닌 자나 정신없이 휩쓸린다. 등에 업었다고 해서 빠져나갈 수 있는 게 아니다. 같이 휩쓸릴 뿐이다.

그것이다. 헤어지지 않기 위해서 업는다.

"업혀!"

어해연이 등을 내밀었다.

신산조랑은 사양하지 않았다.

어화영이 당우를 보며 장난스럽게 말했다.

"너는 내게 업혀라. 탄탄한 엉덩이 좀 만져 보자."

꾸르르르릉!

동혈이 거친 자갈밭을 달리는 마차처럼 흔들린다. 흙과 작은 바위들이 우수수 쏟아진다. 아니, 이미 동혈 절반 정도는 쏟아진 흙먼지로 채워졌다.

매몰. 다른 수가 없다.

"승산이 몇 푼이야?"

어해연이 물었다.

"없어요."

"뭐?"

"운에 기대본 거예요. 운이 없으면……."

"맙소사! 운에 기대본 거라고?"

"이런 일을 하지 않아도 어차피 죽게 되어 있어요. 아무것도 하지 않는 것보다는 운에 기대보는 편이 낫잖아요."

"나가면 한 대 맞을 줄 알아."

"지금 같아서는…… 맞았으면 좋겠네요."

콰콰쾅!

바로 옆에서 폭음 터지는 소리가 울렸다.

뭐가 어떻게 된 건가? 무슨 일이 일어난 건가? 다만 아련하게 무슨 말인가 들려온다.

"지금!"

『취적취무』 6권에 계속…

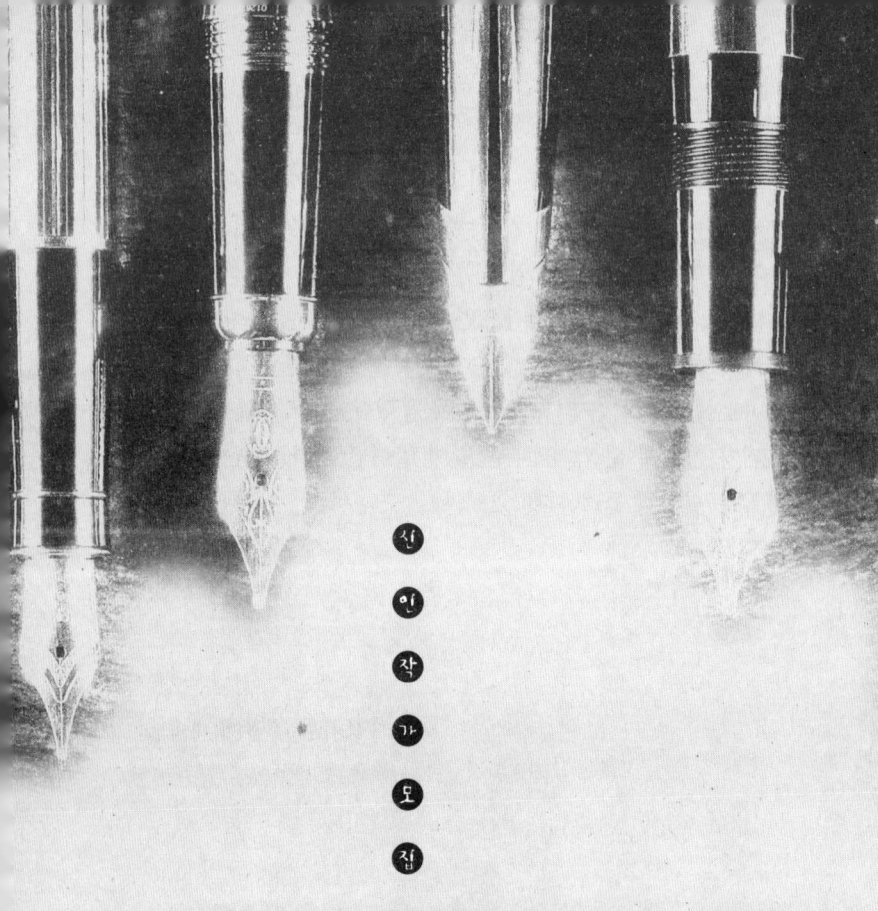

「철혈무정로」,「천마검엽전」의 작가 임준후!
그가 태산처럼 거대한 남자의 이야기로 돌아왔다!

"네가 좋아하는 방식대로 살 거라.
지금까지처럼 마음이 가고 몸이 가는 대로!"

스승이 남긴 말을 가슴에 새기고 중원으로 나온 강산하.
고향으로 향하는 귀로에 하나둘씩 인연이 모여들고
어느새 그의 걸음마다 무림의 판도가 바뀌기 시작한다.

태산처럼 굳세게
산들바람처럼 유유자적하게
흔들리지 않고 올곧게 자신의 길을 걸어간
괴협 철산대공 강산하의 가슴 묵직한 일대기!

Book Publishing CHUNGEORAM  유행이 아닌 자유추구 -
WWW.chungeoram.com

용호객잔
龍虎客棧

설경구 新무협 판타지 소설

낙양 변두리에 위치한 허름한 용호객잔.
폐업 직전까지 몰렸던 용호객잔에 복덩이,
천유강이 저절로 굴러 들어왔다.
그런데… 이 객잔 좀 수상하다?

독문병기는 낡은 주판, 중원상왕을 꿈꾸는 객잔주인, 용사등.
독문병기는 마른 걸레, 끔찍이 못생긴 점소이, 용팔.
독문병기는 식칼, 긴 독수공방 끝에 요리와 혼인한 숙수, 장유걸.
독문병기는 이 빠진 도끼, 사연 많은 남장여인, 문우령.
독문병기는 얼굴, 기억을 잃어버린 절세미남 신입 점소이, 천유강.

"중원의 상왕이 되리라!"

현실감각이라고는 찾아보기 힘든
용사등의 허황된 선언이 천하를 혼란에 빠뜨린다.
바람 잘 날 없는 용호객잔의 평범한(?) 일상에
중원의 이목이 집중된다.

Book Publishing CHUNGEORAM
WWW.chungeoram.com

Unterbaum
GOD BREAKER
운터바움
신들의 파괴자

이상혁 판타지 장편 소설

**나를 세기할 자, 그를 다스리는 한 권의 책,
찾아 헤으리, 그리하지 않으면 나는 불타리.**

세계의 근거, 그 자체인 거대한 나무, 바움.
그 아래에서 살아가는 생명들의 세상, 운터바움.
윈델은 신탁에 따라 바움을 파괴할 책을 찾아 떠나고
맨 처음 그의 손이 책에 닿는 순간 운명이 격변한다.

십 년을 모신 주인이자 친구, 세베리아를 비롯
세상 모든 것이 자신의 존재를 잊어버린 상황에서
윈델은 존재의 증명을 위하여 운명과 싸우기 시작한다!

나무의 파괴자 '엠베르크' 란 무엇인가?
모두가 잊어버린 '나' 는 대체 누구인가?

「데로드 앤드 데블랑」, 「카르마 마스터」의 뒤를 잇는
이상혁 작가의 정통 판타지 대작!

「운터바움-신들의 파괴자」!

Book Publishing CHUNGEORAM

유행이 아닌 자유추구 -
WWW.chungeoram.com

각사 新무협 판타지 소설

소년은 오직 소녀를 위하여 검을 들었다
가슴에 담긴 지키고자 하는 뜨거운 열망.

"이제는 지킬 것이다."

단 하나 남은 소중한 인연, 무유화를 지키려
악의에 휩싸인 무림을 수호하기 위하여
윤, 세상에 서다!

그의 용혈검이 떨치는 무상류와 구천류가
모든 악을 쓸어내리라!

지키는 자!
수호무사 윤, 그를 기억하라.

Book Publishing CHUNGEORAM

WWW.chungeoram.com